12
고블린 슬레이어
GOBLIN SLAYER!
He does not let anyone roll the dice.
© Noboru Kannatuki

"역시 모험이라면
이래야지!"
© Noboru Kannatuki

Contents

GOBLIN SLAYER!
He does not let anyone roll the dice.

GOBLIN SLAYER!

고블린 슬레이어

GOBLIN SLAYER!

He does not let anyone roll the dice.

12

저자 카규 쿠모

일러스트 칸나츠키 노보루

고블린 슬레이어

인물 소개

CHARACTER PROFILE

—그러니까 나는,
놈들 입장에서 고블린이다.

고블린 슬레이어
Goblin Slayer

변경 도시에서 활동하는 별난 모험가. 고블린 토벌만 해서 은 등급(서열 3위)까지 올라간 희귀한 존재.

—지키고, 치유하고, 구하라.
『지모신의 세 마디 성스러운 구절』

여신관
Priestess

고블린 슬레이어와 콤비를 짠 마음씨 고운 소녀.
고블린 슬레이어의 무모한 행동에 휘둘리고 있다.

—무지한 자들이야말로
행복한 것이다.
알게 되는 것은 가장 커다란
기쁨이니까. 『엘프의 격언』

엘프 궁수
High Elf Archer

고블린 슬레이어와 모험을 함께 하는 엘프 소녀.
탐색자(레인저) 역할을 맡고 있는 굉장한 솜씨의 활잡이.

—그녀에게 중요한 것은,
언제나 날씨, 가축, 작물과
그 사람이다.

소치기 소녀
Cow Girl

고블린 슬레이어가 묵고 있는 목장에서 일하는 소녀.
고블린 슬레이어의 소꿉친구.

—펜과 종이도 없이, 어떻게
모험을 할 수 있을까요?

접수원 아가씨
Guild Girl

모험가 길드에서 일하는 여성.
고블린 퇴치를 솔선해서 하는 고블린 슬레이어 덕분에 언제나 마음의 짐을 덜고 있다.

—보석도 금속도 연마하기
전에는 모두 돌덩이로다.
사물을 겉모습으로만 판단하는
드워프는 이 세상에 없느니라.

드워프 도사
Dwarf Shaman

고블린 슬레이어와 모험을
함께 하는 드워프 술사.

—용은 도망치지 않는 법.

리자드맨 승려
Lizard Priest

고블린 슬레이어와 모험을
함께 하는 도마뱀 수인 승려.

나를 단련하고 칼날로 해치워라.
피가 나온다면 내 적이 아니다.
—강철의 비밀, 그 중 일부.

중장 전사
Heavy Warrior

변경 도시의 모험가 길드에
소속된 은 등급 모험가.
여기사를 포함한 변경 최고의
파티를 이끌고 있다.

—신비와 사랑은 혀로 자아낼
수록 쉽게 풀어지는 법. 하물며
여인의 아름다움은 어떠하리.

마녀
Sorceress

변경 도시의 모험가 길드에
소속된 은 등급의 모험가.

존경해 마땅한 적을,
내일의 벗이라 부르기는 싫다.
적어도 오늘은.

창잡이
Lancer

변경 도시의 모험가 길드에
소속된 은 등급의 모험가.

사랑이란 서로를 마주보는
것이 아니다.
같은 방향을 함께 보는 것이다.
—어느 시인.

검의 처녀
Sword Maiden

물의 도시에 있는 지고신 신전의
대주교. 과거에 마신왕과 싸운
금 등급의 모험가이기도 하다.

서장 「모험담(캠페인)을 시작하려는 이야기」

다 됐다아! 커다란 소리를 지르며, 《환상》과 《삶》과 《죽음》은 신이 나서 만세를 불렀습니다.

펄럭. 사방세계의 성탁(星卓)에, 커다랗고 커다란 지도가 펼쳐졌습니다.

그것을 본 세 신들은 생긋 웃으며, 만족한 기색으로 고개를 끄덕끄덕 했습니다.

《환상》은 물론이고, 《삶》과 《죽음》은 대단히 관대하고 상냥하며 보살피기 좋아하는 신들입니다.

이 세상 모든 것에게 반드시 한 번 받는 선물로서, 반드시 마중을 가주니까요.

그런 신들이 들뜨는 것을 보고, 다른 신들이 신경 쓰지 않을 리가 없어요.

무슨 일인데? 뭔데? 《진실》이나 《풍요》를 비롯해서, 우글우글 모여들었습니다.

보면 안 돼! 당황한 《환상》이 외치며 손을 펼치고, 《삶》과 《죽음》이 칸막이 너머로 철수합니다.

—뭔데? 모험(시나리오)?

—아냐, 서사시(캠페인).

서사시! 그 말에 신들이 흥분하기 시작했습니다.

서사시! 영웅담! 전기!

모험 하나만 해도 즐거운 법이니, 죽 이어진 모험의 즐거움은 확정적이며 명백합니다.

그래서 신들은 영웅서사시를 아주 좋아했습니다.

하나나 둘은 당연하고, 한 신이 일곱 여덟 개를 끌어안고서 낑낑거리고 있는 신들도 있을 정도니까요.

그래서 그러나 그럼에도 새로운 대장편(사가)의 개막이란 말을 듣고서, 가만있을 수 있을 리가 없어요.

나도! 나도 할래! 자신의 예정도 잊고서 손을 들어 참가하고 싶다며 소리치기 시작했습니다.

이것에는 《삶》과 《죽음》도, 반쯤 당혹하고 반쯤 기뻐하는 기색으로 서로를 마주보았습니다.

그도 그럴 것이 자신들이 시작한 모험(세션)에, 아무도 참가해주질 않으면 쓸쓸하니까요.

이 광경만 봐도 《환상》의 도움을 받아 인연(시나리오)을 자아낸 보람이 있는 법이죠.

《환상》이 소리를 높여서 모두를 진정시키고, 일단 예정에 여유가 있는 신들을 골랐습니다.

그런 신들의 대화를 보면서, 《삶》과 《죽음》은 행복한 기색으로 후훗 웃었습니다.

그도 그럴 것이 《삶》과 《죽음》은 대단히 바쁜 신들이니까요. 놀 기회가 좀처럼 나지 않아요.

그렇지만, 물론 신들만 있으면 모험이 성립되지 않습니다.

다음은 모험가들이, 자신의 의지로, 모험에 도전을 해줘야죠.

눈독을 들인 — 눈독은 아주 편리합니다! — 모험가와 괴물에게 일단은 한 번 부름을 보내죠.

은근히 계시(핸드아웃)를 내리고, 그들 그녀들에게 모험의 운명을 제시하는 겁니다.

손을 뻗을지 거둘지, 다음은 모두 그들의 자유입니다. 억지로 모험에 끌어들여도 의미가 없어요.

그렇지만 모험가라면, 모험에 도전해줄 거라고 신들은 믿고 있었습니다.

그렇지만 괴물이라면, 그 앞을 막아서 줄 거라고 신들은 믿고 있었습니다.

구시렁구시렁 변명과 약삭빠른 엉터리 논리를 늘어놓으며 도망치는 녀석들은 부르지도 않아요.

그렇다면 다음은 기합과 기도를 담아서 에잇, 주사위를 굴리면 됩니다.

이 모험이 어찌될 것인지는 신들도 알 수가 없어요.

모든 것을 좌우하는 건 모험가들의 인과와—《숙명》과 《우연》의 주사위뿐이니까요.

제1장 『모험하는 도중이지만 와이번(비룡)이 나온 이야기』

Goblin Slayer
He does not let anyone roll the dice.

그러니까, 뭐, 그렇게 된 거다.

"꺄아아아아아아아?!"

"달려달려달려 잡아 먹힌다아?!"

"이야아, 이거 죽어버릴 것 같네요오…… 힉!"

등 뒤에서 울리는 굉음에 비명을 지르면서, 곤봉과 장검을 찬 전사는 필사적으로 밀림을 달렸다.

바로 뒤에서 울먹거리며 달리는 성녀를 살피고, 뿅뿅 뛰는 흰 토끼 엽병의 등을 좇아서.

————어쩌다 이렇게 됐지……?!

분풀이 같은 사고로 머리를 가득 채우면서, 절대로 뒤는 돌아보지 않는다. 돌아볼 수가 없다.

머리 위를 뒤덮는 것처럼 드리우는 죽음의 그림자.

으르렁거리며 울리는 것은 바람소리뿐 아니라, 살의가 담긴 포효다.

대기가 비릿하게 들러붙는 것도 딱히 그가 땀을 흘리고 있어서가 아니다.

"GYAAAAAAAAAAOSSSSSSS!!!!"

양팔에 거대한 날개를 가진 괴조 같은 포식자가 자신들을 노리며 공격해오고 있었으니까.

—와이번(비룡)이 용이 되다가 만 짐승이라는 말은 어느 바보가 한 거지!

아니, 그건 그거대로 틀린 말은 아니긴 하다.

그러나 용에서 다소 강함을 뺀다고 해도, 본래 수치가 100이라면 큰 차이가 없으리라.

하물며 이쪽은 신참 모험가에서 한 걸음(플러스 1) 앞선 정도밖에 안 되니까!

요즘 들어서 조금 배운 계산이라는 것을 이런 식으로 활용하고 싶지는 않았다…….

"자, 잠깐, 어떡할 거야?!"

숨을 헐떡이는 소꿉친구가 비명처럼 울먹이는 목소리로 말했다.

땅바닥을 달리는 자신들과 날갯짓인지 활공인지 알 수 없는 방식으로 날아오는 거대한 그림자의 속도 차이는 역력했다.

울창한 나무들이 머리 위를 뒤덮고 있는 덕분에 간신히 살아있지만, 끝은 그리 멀지 않았다.

"어떡하기는……!"

도망치는 수밖에 없다. 싸워서 이길 수 있을 리 없다. 그러나 어디로?

젊은 곤봉 검사는 필사적으로 지혜를 짜내 봤지만, 본래 스스로도 학식이 없는 건 인정하고 있었다.

상황을 뒤집을 명안 같은 게 그리 쉽사리 떠오를 리 없었다.

그런 그에게 매달리는 것처럼, 앞서 가는 흰 토끼 엽병이 표정을 찡그리고서 돌아보았다.

본래 수인은 민첩하지만 지구력은 없다.

특히 토끼 수인은 먹기만 하면 민첩하게 움직일 수 있지만, 먹지도 마시지도 않고 계속 달리는 것은 안 맞는다.

“나, 나는요, 이제 슬슬, 지치기 시작했어요……!”

“에에이, 젠장할(가이각스)!”

“아, 벌 받아— 와하아?!”

하얀 토끼 발이 문득 휘청거리는 걸 보자마자 소년은 그 허리띠를 잡아채 들쳐 멨다.

와아아인지 꺄아아인지하는 비명이나, 생각보다 무겁고 부드러운 살의 감촉은 이참에 무시한다.

—농가 셋째아들의 체력을 얕보지 말란 말이다!

그때, 기합을 토해낸 그는 뭔가 깨닫고서 눈을 부릅떴다.

그의 시야에는 지금 그야말로 어깨 위에서 버둥거리는 소녀의 기다란 귀가, 펄럭펄럭 흔들리고 있었다.

그러고 보니 전에도 이런 일이 있었다. 옆에서 헥헥거리며 달리는 소꿉친구와 함께, 하수도에서.

그때는 두 사람뿐이었던 탓도 있어서 엄청 고생했다. 지금도 변함이 없다. 세 명인데.

—세 명?

“아.”

소년은 그 순간 뇌리에 번뜩인 빛을 단단히 붙잡았다.

“그렇지, **귀**다!”

“후에?!”

“올 때 강이 있었잖아! 물소리! 안 들려?! 어느 쪽이야! 알 수 있겠어?!”

스스로도 엉망진창인 지시라고 생각했지만, 흰 토끼 엽병은 의도를 이해해준 모양이다.

그녀는 고개를 갸우뚱한 다음에 우응, 하면서 귀를 기울이고는 그 손을 오른쪽으로 뻗었다.

“나는요 아마, 저쪽이라고 생각은 하는데요……!”

“좋았어……!”

그러면 정해졌다. 그는 나머지 한 손으로는 지고신의 성녀의 손을 잡고 필사적으로 달리기 시작했다.

소꿉친구의 손이 생각한 것 이상으로 작고 떨리고 있다는 것도— 지금은 일단 나중에 생각하자.

“강, 이잖아……. 어, 어떡할 건데……?!”

얼굴이 새파래지고 목소리가 올라가 있는 것도 평소라면 놀림감이겠지만—.

“어, 어쨌든, 어떻게든, 어찌하든…… 하는 거야아……!”

분명히 지금 자신의 표정도 별 차이 없을 거라 생각하자, 얼굴이 떨리면서도 웃음이 떠올랐다.

잠시 지나 시야가 확 트인 것은 숲 속을 빠져 나왔기 때문이다.

그곳에 펼쳐진 것은 강— 아니, 정확하게는 계곡이라고 해야 할 것이다.

깎아지른 좁고 높은 벼랑에 끼인, 가늘고 긴 강.

평소에는 다리가 후들거릴 거고, 이런 곳에서 뭔가 하려는 생각은 조금도 안 할 거다. 하물며 모험하는 와중이라면 더욱 더.

“GYAAAAAAAAAAOSSSSSSS!!!!”

그러나 이제 한 수도, 1초도 유예가 없다. 나무들의 수호가 사라지자 와이번은 일직선으로 다가온다.

"오고 있어요. 오고 있는데요오?!"

흰 토끼 엽병이 외친 것은 그녀가 어깨에 올라가 있는 탓에 위가 잘 보여버리기 때문이리라.

"죽어도, 화내지 마라?!"

"화낼 거야!"

딱 잘라서 지고신의 성녀가 소리쳤다.

"신 앞에서, 설교해주겠어!"

그러면 따라와 주겠다는 걸까? 곤봉 검사는 마주 쥔 손을 자기 사정에 맞춰 해석했다.

그리고, 뛰었다.

소꿉친구인 소녀와 동료인 소녀와 함께— 벼랑 아래로 단숨에.

부유감 같은 건 전혀 없다. 대지의 힘에 온몸을 콱 붙잡혀서 끌려 내려가는 낙하감.

쿠오오오 하는 바람 소리도, 두 소녀와 자신이 지르는 비명도 뭐가 뭔지 모르겠다.

하다못해 그녀들이 벼랑에 부딪치지 않도록, 젊은 전사는 두 사람의 몸을 끌어안고 팔로 머리를 감았다.

그래도 쑤우욱 다가오는 수면이 무서워서, 그는 한순간 눈을 감고 그리고 눈길을 돌렸다.

억지로 위를 보려고 고개를 돌렸더니, 벼랑에 처박은 용의 턱이 따악 맞물리는 참이었다.

분통하게 딱딱 몇 번이고 이를 부딪치는 모습이 멀어지는 가운데, 그는 대담하고 사나운 웃음을 지어줬다.

—덩치가 큰 탓에 벼랑 아래로는 못 들어오겠지. 로치보다도 못하구나 꼴좋다!

만약 와이번이 마음을 읽을 수 있었다면, 그 매도는 말 그대로 역린을 건드렸을 게 틀림없다.

그러나 적어도 사냥감을 놓친 짜증이 담긴, 벼랑 위에서 울리는 포효는 뭐라 말하기 어려울 정도로 통쾌했다.

그리고 그런 생각을 하는 사이에 풍덩, 커다란 물소리가 나더니—.

얼음 덩어리로 얻어맞은 것 같은 고통과 차가움에 그의 의식은 간단히 끊어져버렸다.

§

"실제로 아마 세 번째겠지만, 고블린은 역시 잔챙이구나……!"

"GBBOR?!"

체스트 버스터 투의 칼날로 단검을 받아내고, 로치 킬러 투를 한 번 휘둘러 고블린의 두개골을 부순다.

우지직 뇌가 뭉개지는 감촉은 참으로 불쾌하고 익숙해지지 않는다. 벌레를 뭉개는 것하고는 또 다른 법이다.

동굴 바닥은 축축했지만, 그래도 하수도 정도로 미끄럽지는 않다. 충분히 딛고 버틸 수 있다.

장화로 흙을 튀기며, 곤봉 검사는 자기 무기를 끌어당겼다.

처음에는 곤봉과 검을 쌍수로 휘두르는 것이 과연 괜찮을까 싶었지만, 지금은 익숙해졌다.

—앞으로 몇 마리지?

"아마 나머지 대여섯 마리! 방심하지 마……!"

또박또박한 목소리는 바로 옆에서 들린다. 돌 벽에 딱 붙어 기댄 지고신의 성녀다.

한 손에는 천칭검, 한 손에는 랜턴을 들고서 단단히 이쪽이나 주위를 경계해주고 있었다.

여태까지는 둘밖에 없었으니까 언제나 긴장을 풀 수 없었고, 그녀에게도 여유가 없었다.

그도 그럴 것이 이 파티의 투사무기라고 해봐야, 지고신이 내려준 기적 하나뿐이었다.

게다가 그것은 비장의 수다. 그렇게 쉽사리 쓸 수 있는 주술적 자원이 아니었다.

—그래, 아니었다. 였다.

"에이이, 이 정도라면 어떻게든 될 거예요오."

동굴 안에서 고블린 퇴치를 하는 정경과 달리, 무척 느긋한 어조로 흰 토끼 엽병은 말했다.

물론 그 양손은 바쁘게 쇠뇌의 손잡이를 돌리고, 현을 당기는 와중이었지만 말이다.

그렇다. 하수도에서 쥐 퇴치와 비교하면, 무엇보다도 그녀의 존재가 크다.

사방을 경계할 때도, 전위로서 싸울 때도, 그리고— 저 쇠뇌의 실력도!

발에다 척 걸고, 손잡이를 돌려 현을 당기고, 굵은 화살(볼트)을 메기는 것이 최선.

그렇지만 그 동작동안만 확실하게 시간을 벌면, 술법과는 다르게 횟수를 신경 쓰지 않고 사격할 수 있다!

『에이 뭐, 화살도 공짜가 아니니까요. 너무 쏘면 밥을 먹을 수가 없다니까요.』

흰 토끼 엽병은 그렇게 말하고, 그 기다란 귀를 쫑긋쫑긋 흔들며 쑥스럽게 웃었는데.

"으랏차!"

쩍. 장작을 쪼개는 것 같은 소리와 함께 날아간 굵은 화살이 멀리 전열 뒤의 고블린을 훌륭하게 쏴 죽였다.

목에서 화살이 박힌 고블린은 몸부림치면서 뒤로 넘어지고, 그대로 한 번 회전하여 움직이지 않게 됐다.

"GGOROGB!!"

"GROB! GOOROGB!!"

고블린 놈들은 소란을 피우지만, 아직 어떻게 된다고 생각하는 건지 기세는 좋다.

혹은 여기서 정면돌파를 하는 것 말고 길이 없다는 것을 깨닫고 있는 것일까?

눈앞의 적을 상대하다 보면 허술해지기 쉽지만, 지고신의 성녀가 소리를 질렀다.

"다음, 안쪽에서 아직 더 오고 있어……!"

"조금만 기다려 보세요! 이게 또 현이 무거워서……!"

영차영차. 흰 토끼 엽병이 작은 몸에 안 어울리는 커다란 쇠뇌의 현을 잡아당겼다.

발을 대고서 버티고, 손잡이를 영차영차 돌리는 것이다. 시간이 나름대로 걸린다.

—그러면, 그 시간을 버는 게 내 일……이지!

"내가 맡는다!"

한 번 외치고 한 걸음 나아간다. 손에는 땀이 흘러서 미끄럽고, 철판을 댄 머리띠를 해서 머리와 시야는 무겁다.

그렇지만 검과 곤봉 자루에서 뻗은 끈은 손목에 감고 있었다. 주위는 동료들이 보고 있었다.

따라서 그는 자신의 역할에 충실하게, 일단은 파고들면서 동시에 왼쪽 곤봉을 똑바로 뻗었다.

"GOOBGG?!"

"으랏차!"

목젖이 뭉개져 탁한 비명을 지르는 고블린에게 즉시 오른쪽 검을 때려 박아 마무리.

파악 튀는 피가 눈에 들어가지 않도록 고개를 숙이고, 이마의 보호대로 받아낸다.

쥐 퇴치에서도 벌레 퇴치에서도, 튀어 오르는 체액은 지긋지긋했었는데—.

—이건 이른바 **경험**이라는 건가?

"GORB! GOOBBGB!!"

"어이쿠……?!"

그렇게 생각하고 있을 때가 아니었다. 동료의 죽음을 태연하게 무시하고서 뛰어드는 고블린의 단검.

무기로 받아냈는데도 불구하고, 왼팔의 간소한 보호대를 꿰뚫고서 칼날이 박혔다.

"아, 프잖아?!"

"GORRGBB!!"

살이 뚫리는 아픔보다도 놀라움에 무심코 곤봉을 놓쳐 버렸지만, 끈이 달려 있으니 괜찮다.

그러나 그것보다도 이 고블린을 상대하는 것이 우선이다. 승리를 뽐내는 기색으로 비웃는 그 녀석에게서 억지로 팔을 떨쳐냈다.

"이익, 이 자식……!"

"갑니다아!!"

"GOBGB?!"

그때 곧장, 파앙 하는 폭발음과 함께 굵은 화살이 날아왔다.

고블린의 눈구멍에 박힌 그 화살촉은 뇌까지 도달하여, 아주 간단히 그 생애를 끝내버렸다.

곤봉 검사는 눈앞의 시체를 걷어차 쓰러뜨려 안쪽의 고블린 놈들에게 던져버리고, 헐떡거리며 뒤로 물러났다.

"미안, 잠깐 부탁해……!"

"맡겨만 두세요오!"

기다란 귀를 쫑긋 흔들면서, 쇠뇌를 등에 진 흰 토끼 엽병이 산악도를 손에 들고 앞으로 뛰쳐나갔다.

둘뿐이면 이렇게는 못 한다. 소년은 팔에 박혀 있는 단검을 뽑아내 내던졌다.

"있지, 괜찮아?!"

달려온 소꿉친구가 얼굴을 긴장으로 굳히면서 엿보는 것에, 그는 고개를 붕붕 흔들었다.

"모르겠어……! 무서워서 보기도 싫다……!"

"그런 말을 할 때야?!"

그녀는 랜턴을 땅에 두더니, 척척 손목 보호대를 풀어 그의 팔을 살피기 시작했다.

다행히 보호대를 꿰뚫었을 뿐이지, 칼끝은 살짝 팔에 파고들었던 것뿐인 모양이다. 출혈도 적다.

"그러니까, 화농약을 바르고, 붕대를 감고…… 꽉 눌러서 지혈해!"

"그, 그래……!"

꾸욱 힘을 주어 누르면, 다소의 상처는 피가 멎는다. 신들의 가호일까?

모험에 나올 때까지는 그런 방법이 있는 것도 몰랐던 그도, 소꿉친구의 지시에는 순순히 따랐다.

상처에 바르는 약보다도 오히려 꽉 조이는 감촉에 더 아픔을 느끼지만, 지고신의 성녀는 힘을 풀지 않는다.

"독은……?!"

"모르겠어……!"

그 지적을 듣고서 그는 표정을 찌푸렸다.

"마셔두는 수밖에 없나……."

지출이 생기는 건 서로 싫지만, 여기서 움직이지 못하게 되면 본전도 못 찾는다.

힐끔 전선을 보니, 흰 토끼 엽병이 몇 마리를 상대로 비명을 지르며 산악도를 휘두르고 있었다.

—몇 마리 죽이고, 몇 마리 남았지……?!”

이제 잘 모르겠다. 소년은 허둥지둥 서둘러서 안티도트(해독제)를 꺼내, 단숨에 들이켰다.

“우에, 써어……! 아, 그러면, 돌아간다!”

“뒤는 보고 있으니까, 정신차려!”

파앙. 지고신의 성녀가 등을 두드리자, 곤봉 검사는 양손에 무기를 쥐고서 동굴 안을 달렸다.

“기다렸지!”

“늦었잖아요오!”

검사가 외치자 흰 토끼 엽병이 반쯤 울면서 응답했다.

보아하니 발치에는 가슴팍을 베인 고블린이 쓰러져 있지만, 그녀 자신도 자잘한 상처가 많았다.

하얀 털에는 군데군데 피가 번져 있었고, 그 숨결도 대단히 거칠다. 상당히 지친 것을 알 수 있었다.

“GOROGBB!”

“GBBGB! GORGBB!!”

그도 그럴 것이 고블린을 지금도 두 마리나 상대하고 있다. 다시 말해서 방금 전까지는 3대 1이었던 것이다.

하물며 고블린 놈들은 욕망으로 눈을 불태우면서, 저열한 감정을 숨기려고 하지도 않는다.

그 추악한 머릿속에서, 흰 토끼의 소녀가 얼마나 농락당하고 존엄을 짓밟히고 있었을지.

후열에 있는 지고신의 성녀에 대해서도 분명 그럴 것이다. 게다가, 흰 토끼 엽병은 상대의 눈앞에 있다.

욕망을 쏟아부어대자, 그녀는 틀림없이 공포를 느끼고 있었을 것이다. 그걸 알고서, 소년을 표정을 찌푸렸다.

—더 상황을 잘 보고 지시를 내려야 해……!

만약 그녀가 뭔가 한 수라도 실수했다면, 지금쯤 고블린 놈들에게 깔려 있었을 게 틀림없다.

“교대한다!”

그는 억지로 전선 유지를 맡긴 것을 반성하면서, 강하게 외치고 뛰쳐나왔다.

“그쪽은 물러나서, 상처를 봐달라고 해! 독일지도 몰라!”

“우히익?! 아, 알았어요오……!”

위치 교대를 할 때 보이는 가벼운 몸놀림은 과연 토끼 수인이라고 해야 하리라.

몸을 숙이고 굴러가는 그녀를 뛰어넘어, 곤봉 검사는 그 기세를 그대로 살려 고블린 놈들을 후려쳤다.

각 손에 든 검과 곤봉이 두 마리 고블린의 녹슨 무기와 부딪쳐 둔탁한 소리를 냈다.

“GOORG……!!”

“BGGGBGORG!!”

"이, 자식……!"

여기서 화려하게 「저 녀석을 괴롭힌 답례다!」라고 할 수 있다면 멋질 수도 있겠지만, 그것도 안 된다.

끼이이익. 무기를 맞댄 고블린을 한 손으로 후려쳐 간신히 밀어내고자 버텼지만, 상대는 두 마리다.

가까이서 느껴지는, 썩은 내마저 나는 고블린 놈들의 비릿한 숨결. 역겨운 체취.

용력을 따지자면 곤봉 검사가 압도적이지만, 긴장을 풀 수 없다. 어설프게 틈을 만들 수 없는 것이다.

"……노오옴!"

그러나, 곤봉 검사도 제대로 된 검술을 배운 것이 아니다.

그는 깊은 생각 따위 없이 양손의 무기를 단숨에 휘둘러, 고블린 놈들의 무기를 튕겨 올리고자 했다.

"GROGB?!"

"GOOBBGG!!"

고블린 놈들이 발을 구르는 것도 한순간. 그 눈에는 저열한 빛이 번뜩였다.

한쪽 — 물론 자신이 아니다 — 이 살해당하는 틈에 덤벼들면, 이 녀석을 죽일 수 있다!

실제로 그 생각은 맞았다.

"으라라라!!"

"GOROOGOG?!"

곤봉 검사는 불행한 쪽의 고블린에게 곤봉을 때려 박고, 검을 뻗어 숨통을 끊었다.

그나마 행운이 따랐던 쪽의 고블린은 즉시 함성을 지르며 그에게 덤벼들었고—.

"날카로운 토끼(보팔 래빗)에게 물리면 목숨이 없지!"

볼에 고약을 붙인 흰 토끼 엽병이, 얼굴에 상처를 낸 분노를 담은 사격으로 그 사소한 운을 꿰뚫어 버렸다.

비명도 못 지르고 쓰러진 고블린에게 곤봉 검사가 마무리 일격을 때려 박고, 그걸로 끝이었다.

깨닫고 보니 고블린 놈들의 시체가 흩어진 가운데 헉헉, 거친 숨소리만 울려 퍼지고 있었다.

"……끝났어?"

"아마."

지고신의 성녀가 조용히 중얼거리자, 그가 응답하고서 주위를 힐끔 둘러보았다.

어둠 속, 동굴의 바위 뒤나 안쪽까지는 눈길이 닿지 않는다. 그러나 움직이는 기척은 없는 것처럼 보였다.

"아마도……."

그는 다시 한 번 반복하고, 자신 없이 말을 이었다.

"끝났다, 고 생각하는데."

"후헤에에……. 지, 지쳤어요오……."

추욱. 여자애인지 남자애인지 알 수 없는 태도로 흰 토끼 엽병이 주저앉았다.

"수고했어."

그녀는 지고신의 성녀가 웃으며 내민 물주머니를 양손으로 받아서 마시기 시작했다.

토끼 수인이란 것은 먹기만 하면 움직일 수 있지만, 먹지 않고서는 움직이지 못하는 법이다.

"분명히 구운 과자도 있었지. 이제 돌아가기만 하면 되니까 먹어도 돼."

"와아!"

곤봉 검사도 자기 물주머니에서 희석한 포도주를 마시며 말하자 흰 토끼 엽병이 기쁨의 소리를 외쳤다.

"아야아, 정말로 나는 말이죠. 배가 완전히 고팠단 말이죠……!"

단단하게 구워낸 구운 과자는 모험의 식량으로서 단골이다.

기쁨이 가득한 표정으로 짐 주머니에서 꺼내, 흰 토끼 엽병은 말 그대로 볼에 욱여넣는 것처럼 그것을 깨물었다.

볼을 동그랗게 부풀리면서 먹어치우는 모습을 보면, 정말로 토끼를 먹이로 길들이는 것 같다고 늘 생각한다.

"자, 너무 급하게 먹으면 흘리고 목도 막히잖아?"

"괜찮아요, 괜찮아……!"

정말이지. 지고신의 성녀가 볼을 풀면서, 흰 토끼 엽병의 얼굴에 묻은 조각을 떼어내줬다.

곤봉 검사는 그걸 보면서, 자기 무기를 넣고 동료의 상태를 확인하더니 새삼 결론을 내렸다.

—그래. 역시…… 고블린은 잔챙이야.

과거 눈 덮인 산에서 싸운 흡혈귀나 사스콰치 같은 것과는 비교도 안 된다.

그도 그럴 것이 이 규모의 소굴이라면 자신들 셋이서도 어떻게 되어 버리는 것이다.

도시 변두리의 목장을 지키기 위한 전투 — 소년에게는 틀림없는! — 도 포함하여, 이걸로 세 번째.

고블린과 싸우고, 다른 괴물과 싸우고, 역시 그런 결론을 내리지 않을 수 없었다.

"좋아. 한숨 돌리고 동굴 안쪽까지 확인해보자. 그리고 또 없으면 철수하자."

"그래."

지고신의 성녀가 고개를 끄덕였다.

"마을 사람들도 신경 쓰고 있을 테니까."

전형적인, 혹은 정형적인 의뢰다.

마을 근처에 고블린이 나왔다. 산 쪽에 둥지가 있는 것 같다. 어떻게 해줄 수 없겠나.

모험가가 쳐들어가서, 싸우고, 정리하고, 그걸로 끝이다.

소문으로 들은 시골뜨기— 대형인 녀석도 없고, 주문술사도, 포로도 없다.

"마치 어디선가 이동해온 직후 같은 느낌이네요."

식사를 하고서 활기를 되찾은 흰 토끼 엽병이 코를 벌름거리며 그렇게 평했다.

"뭐 대개 고블린 퇴치는 그런 법이라고 하니까."

"매일매일 고블린 퇴치만 하는 이상한 모험가라면, 또 다르겠지만."

지고신의 성녀가 흘린 말에, 세 사람은 얼굴을 마주보며 웃었다.

그렇다. 지극히 일반적인 고블린 퇴치란 것은 이 정도인 것이다.

그들 세 사람은 동굴 안까지 들어가서 그 사실을 확인하고, 의기양양하게 동굴을 떠났다.

보수는 그다지 좋은 편이 아니지만, 성과를 올리고 마을 사람에게도 감사를 받는다.

기분은 좋았다. 들뜬 것은 인정하자. 그렇지만, 그것이 잘못이라고 생각하지는 않는다.

동굴의 흐릿한 어둠을 등지고, 다소 기울어가면서도 빛나는 태양과 파란 하늘을 올려다보며 눈을 가늘게 떴다.

이제는 나무들 사이로 숲과 나무를 빠져나가고 산을 내려가, 마을로 돌아가기만 하면 된다.

모험은 끝—이 아니다.

"응?"

"에?"

"호에?"

한 걸음 내디딘 그때, 그들 모두를 뒤덮을 정도로 커다란 그림자가 땅에 떨어졌다.

"GYAAAAAAAAAAOSSSSSSS!!!!"

——모험은 아직, 도중이었다.

§

싸늘하다와 따스하다를 동시에 느끼는 기묘한 감각이 그의 각성을 재촉했다.

머리가 빙글빙글 흔들리고, 사고는 둔하며, 코와 목 안쪽에는 피 냄새인지 맛인지 알 수 없는 것이 느껴진다.

문득, 어린 시절의 기억이 되살아났다.

나무에서 떨어져 머리를 부딪친 친구가 있었다. 괜찮다고 하면서 웃었었는데, 조금 지나 코피를 흘리고 죽었다.

머릿속의 혈관이 터진 것을 깨닫지 못한 것이다.

자신도 그렇게 되지 않을까 하는 막연한 불안과 공포가 곤봉 검사의 몸을 일으켰다.

"우, 오, 오……?"

곧장, 휘청거리며 취기가 ― 술을 마신 것은 언젠가 있었던 연회 때 정도였다 ― 도는 것처럼 머리가 흔들렸다.

황급히 손을 댄 곳은 축축한 느낌의 바위였다. 귀를 기울이자 불티가 터지는 소리와, 물이 흐르는 소리가 들린다.

―동굴 안, 인가?

몇 번인가 눈을 깜빡 거리고, 시야와 사고를 흐릿하게 만드는 안개를 떨쳐냈다.

조금 지나 흐릿한 어둠에 익숙해진 시야에 번진 것은 일단 주황색의 불이 활활 춤추는 모닥불이었다.

불꽃 위에는 천막의 천 같은 것으로 만들어진 즉석의 삿갓을 씌워서, 연기를 잘 유도해 바깥으로 흘리고 있었다.

—그렇지 않으면 질식해버릴 테니까.

멍하니 생각하면서, 그는 숨을 내쉬었다. 보아 하니, 자신의 몸에서 의복이 벗겨져 있었다.

바닥에 담요를 깔아두긴 했지만, 이래서는 차갑다. —그리고 따뜻하다.

—동굴의 돌바닥 위에 누워 있었다. 옷도 없다. 그렇다면, 두 사람은 무사한가?

드디어 명료해진 사고로 맨 먼저 두 사람을 확인하려는 참이었는데—.

"야아, 일어났네요!"

기쁨이 목소리를 통해서 보일 만큼 들뜬 목소리가 동굴에 울려 퍼졌다.

"와아아!"

양손을 들고서 기뻐하는, 부드러운 능선을 그리는 윤곽이 불꽃에 비추어 떠올랐다.

훌쩍 머리 위에서 흔들리는 기다란 귀와, 둥그런 엉덩이 위에 있는 솜털— 흰 토끼 엽병이었다.

건강하고 새하얀 피부에, 하얀색과 갈색의 얼룩무늬 체모 말고는 무엇 하나 걸친 것이 없는 것 같았다.

아니, 양손이나 몸의 중요한 곳을 뒤덮은 모피가 오히려 그 부드러운 살결을 돋보이게 만든다.

"와, 와아……?!"

© Noboru Kannatuki

무심코 곤봉 검사가 마른 침을 삼킨 — 그 소리가 들리지 않기를 기도했다 — 것도 무리가 아니다.

그의 기억에 있는 마지막 여체라고 해봐야, 둘이서 여행하는 와중에 야영하면서 힐끔 보인 지고신의 성녀의 몸 정도였다.

그것도 옷을 갈아입는 그녀와 멀리 떨어진 곳에서 힐끔, 보여버렸던 정도다.

물론, 의도한 것이 아니다. 결단코. 삿된 마음은…… 그야 있기는 했지만.

"자작나무 껍질은 젖어도 불쏘시개로 쓸 수 있어서, 갖고 있어서 다행이었어요."

그렇기에 경계심 없이 생글생글 뽕뽕 움직이는 흰 토끼 엽병의 모습은 눈에 안 좋았다.

어찌해야 할까? 어떡하면 좋을까? 사고가 굳어버린다는 건 그야말로 그런 것을 말한다.

지금 이 순간에 누가 목을 물어뜯는다면, 곤봉 검사는 맥없이 인과지평의 너머로 가게 될 것이다.

"잠깐!"

그러나, 구원의 목소리가 바로 옆에 있었다.

머리칼을 풀고 담요를 두르고 있는 소꿉친구가 불꽃의 색 이상으로 볼을 물들이며 소리쳤다.

"몸…… 옷! 옷……!"

"헤에? —아, 와…… 햐아아……?!"

한순간 고개를 갸웃거린 흰 토끼 엽병도 그 지적의 의미를 짐작하고 비명을 질렀다.

꼬옥 몸을 끌어안고서 쪼그라들더니, 곧장 그 자리에 웅크려 앉은 것이다.

"보, 보지 말아주세요……. 싫어, ……차, 창피해. 마을에, 남자애가 적다 보니까……."

의식이 거기까지 미치질 못했다나 뭐라나. 토끼 수인의 독특한 억양이 섞인 강한 변명에, 소년이 고개를 끄덕였다.

"그, 그래……. 으, 응. ……미, 미안……. 아니, 미안……."

꼬물꼬물 작은 동물 같은 움직임으로 담요를 뒤집어쓰는 그녀를 본받아서, 그도 담요를 집었다.

머리부터 담요를 두르며 다시 앉았지만, 분명히 그의 얼굴도 여자들 두 명에게 지지 않을 정도로 새빨갈 것이다.

그도 포함하여, 밤눈이 밝은 사람이 없어서 다행이었다. 몸의 자세한 부분까지 보이지 않는 것이 모두를 위해서 좋다.

"……잠깐."

그런 삿된 사고를 꿰뚫어본 것처럼, 지고신의 성녀가 담요 너머로 그의 옆구리를 작게 찔렀다.

"이상한 생각한 거 아니겠지……."

"새, 생각 안 했어……!"

목소리 톤이 높아진 것도 무리가 아니다.

그녀의 몸이 생각보다 가까운 것도 소년에게는 꽤나 어려운 상황이었다.

힐끔 보자 평소에는 땋아두는 머리칼이 길게 풀려 있고, 물에 젖어서 살짝 달콤한 냄새가 났다.

여자애가 됐다—고, 생각했다.

어렸을 적, 마을의 강에서 물놀이를 했을 무렵에는 그와 별 차이도 없는 몸이었는데.

언제부터 이렇게 됐을까?

지고신의 신전에 들어갔을 무렵부터? 아니면 함께 여행을 떠났을 무렵부터? 눈 내린 산에 도전했을 때부터?

홍조를 띤 볼 아래의 몸은 담요 탓에 안 보이지만, 그 솟아오른 부분으로 윤곽을 살필 수 있었다.

그야말로, 옷 갈아입을 때 힐끔 보인 나체를 통해 전체를 상상하기에 충분할 정도로—.

—그게…… 아니고……!

곤봉 검사는 자신의 머리를 깨버리고 싶은 충동을 필사적으로 억눌렀다.

남자는 그 한 명. 밉지 않게 생각하는 나이 찬 아가씨들에게 둘러싸여서, 아무것도 느끼지 않을 리 없는 것이다.

아무것도 느끼지 않고 태연하게 지낼 수 있는 영웅의 이야기도 가끔 들었지만, 그건 분명히 거짓말이야. 그는 생각했다.

그러나 거기서 한 걸음 전진하거나, 재치 있는 말을 할 수 있는 자는— 그거야말로 영웅뿐이다.

모든 것이 자신의 사정에 맞춘 착각이었거나, 혹은 나아가는 방식을 잘못 택하면 거기서 죽는다.

그렇지 않아도 두 사람의 호의를 받고 있다는 마음보다, 미움 받기 싫다는 마음이 강하다.

그것이 허영인지, 사모인지, 욕망인지, 아직 젊은 소년은 전혀 알 수가 없었지만.

그는 지금 여기서 처음으로, 그 은 등급의 창잡이에 대한 존경의 마음을 새삼 품었다.

여기서, 두 사람에게 창피를 주지 않고 좋은 의미로 부끄럽게 만드는 행동 따위 그에게는 무리다.

—그 사람은, 역시 굉장하구나…….

"저, 기…… 일단은. ……일단은, 말이지."

입 안이 메말라 따끔거리는 상태로, 곤봉 검사가 새삼 해야 할 말을 찾았다.

"두 사람은, 무사한 거지?"

바로 옆에서 지고신의 성녀가, 모닥불 옆에서 흰 토끼 엽병이, 고개를 끄덕이는 걸 알 수 있었다.

"그 뒤로, 어떻게 됐어……?"

"……가, 강으로 다 같이 떨어졌어요. 그리고, 형아야가 정신을 잃어서……."

"둘이서 동굴로 옮겨서, 다들 옷을 벗고, 불을 피우고 말리고…… 깨어나는 걸 기다렸어."

—죽어버린 줄 알았어.

조용히 중얼거린 성녀의 말이 굉장히 떨리는 목소리였다는 것은 — 감사할 일일까?

고맙다고 속삭이자, 돌아오는 것은 콧물을 훌쩍이는 소리였다. 소년은 살짝 웃었다.

"그래서, 그 녀석은……."

"……귀를 기울여보면, 알 수 있어요."

흰 토끼 엽병은 말과 달리, 기다란 귀를 푹 접었다. 곧장 그 이유를 알 수 있었다.

——OOOOOSSSSSS………….

지옥 밑바닥을 지나가는 원령들의 신음 소리와 비슷한, 그 와이번의 포효였다.

"매, 매복하는 거냐……!"

곤봉 검사는 이번에야말로 머리를 감싸 쥐고 담요로 파고들었다.

§

"……드래곤은 불 뿜지 않나?"

"……독이나 산이나 얼음이나 벼락을 뿜는 녀석도 있다고 들었어요오."

"……와이번은 불 뿜으려나."

"……독이나 산이나 얼음이나 벼락을 뿜는 녀석도 있을지도 모르겠네요."

"모르겠다……! 완전 모르겠어……!"

동굴 바깥에는 와이번. 이쪽은 신참 모험가가 3명. 아무리 생각해도 이길 길이 없는 것 같았다.

유감이지만 자신들의 모험은 여기서 끝나버렸다. 그런 말마저 뇌리에 떠올랐다.

곤봉 검사는 담요를 끌어안은 채 끙끙 신음하고, 일단 되는대로 계획을 짜냈다.

“동굴 밖이 벼랑 바닥이라서 와이번이 들어오지 못한다거나 하진 않겠지?”

“꽤 트여있지 않을까……?”

“그, 그러면, 동굴 안이 어딘가 다른 곳으로 이어져 있다거나……?!”

“물의 흐름은 있지만요. 내가 보기에는, 거기로 가는 건 무리가 아닐까요오.”

문자 그대로 사방이 꽉 막혀 있었다.

전부 내던지고, 울부짖으며 웅크려도 용서되지 않을까? 솔직히 곤봉 검사는 그런 생각도 했다.

물론 그런 짓을 해 봤자 아무 짝에 쓸모가 없다. 그렇잖아도, 아무 짝에 쓸모가 없으니까.

그 혼자였다면, 실수를 저지른 어린애처럼 담요를 두르고 징징 울었을 것이다.

어머니에게 혼났을 때 도망쳤던 나무옹이가 그립게 떠오른다.

물론, 거기 틀어박혀 있어도 성큼성큼 다가온 어머니에게 끌려갔었지만.

그건 참 싫었어. 지금도 싫다.

—결국, 무엇 하나 상황은 바뀌지 않았단 말이지.

한심함에 무심코 웃음이 나왔다. 그러자, 흰 토끼 엽병이 움찔 몸을 떨었다.

"나는요. 배고파 죽겠어요……."

그것은 무심코 흘러나와버린, 대단히 풀이 죽은 말이었다.

곤봉 검사가 흰 토끼 엽병 쪽을 보자, 그녀는 아차 하는 표정으로 입을 양손으로 막고 있었다.

눈이 동그래져서 고개를 좌우로 붕붕 흔들고 있지만, 꼬르륵. 그녀의 배가 작게 울었다.

그러자 토끼 수인 소녀는 가여울 정도로 얼굴이 빨개져서, 점점 더 담요 안에서 쪼그라들어 버렸다.

"정말이지……."

그러자, 기가 막히는 것처럼 말한 것은 곤봉 검사 옆에 있던 지고신의 성녀였다.

"잠깐 기다려."

그녀는 그렇게 말하고, 돌 벽에 걸어 말리고 있던 자기 가방을 집었다.

그리고 천으로 감싼 구운 과자를 꺼내든다. 딱딱하게 구워낸 그것은 단골 식량이었다.

"……자, 이거 먹어. 조금 축축하지만."

"아니, 그래도오……."

성녀가 내민 딱딱한 빵 앞에서, 흰 토끼 엽병은 코를 벌름거리면서 휙휙 고개를 좌우로 저었다.

"……언제까지, 이 안에 있을지 알 수가 없잖아요……."

"안 먹으면 죽어버리잖아? 그러면, 먹어."

"……네이."

그녀가 양손으로 받은 음식을 오독오독 깨무는 걸 보고, 지고신의 성녀가 「좋아」 하며 고개를 끄덕였다.

그리고 자연스럽게 또 본래대로 담요를 두르고 곤봉 검사의 옆에 앉았다.

문득 의식하자 희미한 호흡 소리에도 맥박이 빨라질 것 같아서, 그는 이를 꾹 악물었다.

"……뭔데? 너도 배고파?"

힐끔 담요에 얼굴을 묻은 그녀가 올려다보면서 이쪽을 살폈다.

평소와 같은 야유하는 것 같은 어조였지만, 목소리에 어쩐지 힘이 없고 약하다.

"아니, 생각을 좀 하느라."

그렇게 말하고, 곤봉 검사는 순순히 말을 이었다.

"나중에 먹을게."

"그래……."

그리고 소꿉친구인 그녀는 입을 닫았다. 흰 토끼 엽병은 미안한 기색으로 식사를 하고 있었다.

—그러면, 나는 진정하고 냉정하게 생각해라.

곤봉 검사는 동굴의 곰팡이나 이끼, 연기, 소녀들 두 사람의 향기가 뒤섞인 공기를 들이쉬고 내쉬었다.

그가 아직 어린애 같은 태도를 보이지 않고 있는 것은, 그녀들이 있는 덕분이었다.

아무도 아직 울부짖지 않는 것이다. 그가 처음에 그러는 것은 참으로 꼴사나웠다.

—꼴사나운 건, 싫으니까.

그것이 허영인지 책임감인지 오기인지, 전혀 알 수 없었지만—.

"…………아."

갑자기, 그는 자신들이 **진작에 죽어 있다**라는 것을 깨달았다.

—만약 그 와이번이 불이나 독이나 뭔가 굉장한 것을 토하는 것처럼 뱉을 수 있다면—.

자신들이 동굴로 도망쳤을 때, 그곳에 불어넣으면 일망타진이니까.

일부러 입구에서 매복하는 소용없는 짓을 할 필요가 없다.

—아니, 그러면 먹을 수가 없으니까?

동굴에 못 들어오면, 안에서 죽여도 먹을 수가 없으니까. 나오는 걸 기다린다.

그렇다면 이쪽이 브레스가 없다고 생각하여 나왔을 때, 브레스?

—아니, 그러면 바깥에서 도망칠 때라거나, 강에 떨어졌을 때 뿜었을 거야.

그렇다면, 놈에게 브레스는 없다. 없을 거다. 없다고 생각하자. 있으면 어차피 죽으니까.

—그러면, 손톱이나 이빨과 꼬리, 란 말이지.

조심해야 할 것은 그 셋이다. 그것만 어떻게 할 수 있으면 된다—.

"……미안해."

"헤?"

곤봉 검사는, 스스로도 참 얼빠진 목소리를 냈다는 것을 깨닫지 못했다.

그 정도로, 문득 지고신의 성녀가 흘린 중얼거림은 전혀 이해할 수 없는 것이었다.

"……도움이 못 돼서."

"그러니까…… 뭐가?"

진심으로 모르겠어서 물어봤는데, 그것이 그녀의 감정을 지독하게 자극한 모양이다.

콱 노려보는 것처럼 고개를 든 그녀의 눈꼬리가 모닥불 빛에 비추어 희미하게 빛나고 있었다.

"내가!"

"어째서?"

그러나, 그래도 곤봉 검사는 이 소꿉친구가 무슨 말을 하는지 전혀 이해 못했다.

그러나, 그것을 그대로 두는 게 좋다는 생각도 안 들었다.

그는 쓱 — 쑥스러움을 억누르고서 — 몸의 방향을 바꾸어 똑바로 그녀를 보았다.

이해할 수 있도록 말을 안 해주면, 알 수 없지 않은가?

"그거야……."

그녀는 두런두런 말했다.

"신이 내려주신 기적은 한 번뿐이고. ……편리한 건, 하나도 모르고……."

그리고. 적은 말수로 중얼거리고, 지고신의 성녀는 눈을 가늘게 뜨면서 입술을 삐죽거렸다.

"……아까도 재를 보고 있었고."

"그건 상관없지 않아……?!"

목소리를 죽인 것도 아니다. 기다란 귀로 듣고 있던 흰 토끼 엽병이 「우유」 하는 묘한 소리를 흘렸다.

곤봉 검사와 지고신의 성녀는 얼굴을 마주보고는, 그 다음에 웃었다.

심각해지는 것이 어쩐지 바보 같아진 것이다.

"아우우우우……."

자신이 부끄러워하는 걸 봐서 그런 거라고 생각했는지, 토끼의 기다란 귀가 폭 접혔다.

"미안미안."

곤봉 검사가 사과하고, 그리고 커다랗게 숨을 내쉬었다.

"아니, 그게, 잘 모르겠는데. 강하다거나 약하다거나, 도움이 된다거나 아니라거나, 그런 게 아니잖아."

그렇고말고, 그럴 것이다.

그런 것만 가지고 동료를 골라 정할 수 있겠냐? 진심으로 생각했다.

그야 물론 위험한 장소니까 데리고 갈 수가 없다. 그런 일은 있을지도 모른다.

적합하다거나 아니라거나, 특기인 일이 다르다거나, 그런 것 때문에 따로 행동하는 일도 있을 것이다.

그렇지만 그것은 도움이 된다거나 아니라거나, 동료가 아니라는 것은 아닐 것이다.

"그러니까, 일단은…… 응."

소년은 두 소녀를 향해서 뭐라고 해야 할지 생각하며, 흐릿하게 어두운 동굴의 천장을 올려다보았다.

대답은 없었다. 대답 대신에, 호시탐탐 기회를 노리는 괴물의 으르렁대는 소리가 들렸다.

그렇다면, 할 일은 명백했다.

"……일단, 저 녀석을 어떻게든 하고서, 돌아가자."

응. 두 소녀가 고개를 끄덕이고 그걸로 결정됐다.

§

어떤 때든 일단 장비와 수단을 확인하는 것부터. 이것은 하수도에서 배운, 모험의 철칙이었다.

"무기와 방어구는 있지. 젖었지만."

"네 끈 달린 곤봉이랑 검이지. 녹슬지 않게 닦아두는 게 어때?"

"아, 나는요 기름 갖고 있어요. 그리고, 송진 같은 것도 이것저것."

"그러면 기름 빌릴게. ……송진은 왜?

"화살대에 촉을 고정하거나, 기름이랑 섞어서 현에 바르거나, 독화살 마련할 때 쓰거든요."

그렇구나. 곤봉 검사는 흰 토끼 엽병의 말에 고개를 끄덕였다. 독, 독이라. 지고신의 성녀가 몸을 내밀었다.

"있지, 독은 갖고 있어?"

"있기는 한데요."

흰 토끼 엽병이 고개를 끄덕였다.

"아무래도 와이번한테 풀독은 안 통할 것 같아요."

"그렇구나."

실망한 기색으로 성녀가 고개를 숙였지만, 본래 그다지 기대는 안 했을 것이다.

아니면 기분을 재빠르게 전환했는지, 그녀는 머리칼을 흔들면서 훌쩍 고개를 들었다.

"그러면, 먼저 전부 확인부터 해두자!"

"그래."

곤봉 검사가 고개를 끄덕였다.

"검, 곤봉, 좋아. 그쪽도, 천칭검이랑 쇠뇌는 있지?"

"그리고 슬링. 무기는 단단히 가지고 있어야지. 그치?"

"그럼요~."

지고신의 성녀와 흰 토끼 엽병이 얼굴을 마주보며 생긋 웃었다.

"그럼 좋아."

곤봉 검사는 살짝 소외감을 느끼면서도 수긍했다.

"그리고, 옷이랑 방어구는 저기 걸어서 말리고 있지."

"말린 건 우리들이지만."

"알고 있어. 그리고…… 물약은?"

"떨어졌을 때 깨져버렸어요. 강 녀석이 꿀꺽꿀꺽했네요."

어쩔 수 없다는 기색의 흰 토끼 엽병이 기다란 귀를 휙휙 흔들면서 고개를 옆으로 저었다.

비쌌는데……. 곤봉 검사는 표정을 찌푸렸다. 지고신의 성녀도 같으리라.

다른 모험가는 어떻게 하는 걸까? 돌아가면 물어봐야지. 돌아가면.

"병 파편 같은 건 어떡할까요?"

“일단 가방에서 꺼내 치워둬.”

그렇게 말하고 조금 생각하고, 곤봉 검사는 덧붙였다.

“버리지는 말고, 한 군데 모아놔.”

“네에.”

취사선택은 중요하지만, 지금은 어떤 도움이든 필요하다.

혹시 그때 병의 파편을 버리지 않았다면…… 그렇게 후회할 가능성도 있다.

뭐 어쨌거나 이 동굴에서는 나갈 수 없으니까, 있는 동안에는 어디에 버리든 상관없겠지만.

“다음은 식량이 며칠 분량이랑…… 모험가 툴이군.”

“나설 때는 잊지 말 것, 이랬지.”

동기인 소녀, 출세 필두라고 할 수 있는 여신관이 기도처럼 하는 말을 지고신의 성녀가 입에 담았다.

은 등급 파티에 있다는 것을 빼더라도, 그녀는 쑥쑥 성장하고 있었다.

지난번 눈 내린 산에서 보인 활약은 이 세 사람도 가까운 곳에서 보았다.

드디어 강철에서 청옥에 손이 닿는다는 것도 이해가 된다.

“노력해야지.”

지고신의 성녀가 조용히 중얼거리며, 척척 모험가 툴 안을 다시 살폈다.

“그러니까 갈고리 밧줄에, 쐐기에 백묵……. 횃불은 이제 젖어서 못 쓰겠네…….”

"이거, 중요하다고 해서 사서 가지고 다니는데요. 그다지 쓸 기회가 없네요."

모닥불 곁에 걸어둔 가방을 흰 토끼 엽병이 툭툭 두드리며 불평했다.

이러니저러니해도 지구력이 없는 그녀는 그다지 괜한 짐은 좋아하지 않는 것이리라.

나도 그런 생각 했었지. 곤봉 검사는 웃었다. 왜냐면 괜한 짐은 멋이 없다고 생각했으니까.

"하지만 가지고 있으면 쓸 기회도 있을 거야. 그리고…… 실제로 그게…… 어떻게 할까 말인데."

그리고, 이야기는 빙 돌아 본래 장소로 돌아왔다.

검이나 곤봉으로 어떻게 되는 상대가 아니란 것은 곤봉 검사도 알고 있었다.

자신이 중장 전사처럼 대검을 휘두를 수 있다면 다르겠지만— 아니, 그것도 마법의 무기던가?

언젠가는, 때가 오면, 그렇게 생각하면서도, 그는 일단 눈앞의 일에 의식을 돌렸다.

"그 녀석은 말야. 딱히 냄새로 쫓아오는 건 아니겠지?"

"매나 솔개처럼 눈이 좋은 게 아닐까요?"

코를 움직이면서 흰 토끼 엽병이 대답했다. 짐승에 대해서는 그녀가 제일 잘 안다.

"그러면 밤까지 기다려서, 몰래 나가는 건?"

"용이 새 눈?"

지고신의 성녀가 표정을 찌푸렸다.

"아무리 그래도 아니겠지."

잠시 셋이서 이것도 아니다 저것도 아니다 해봤지만, 역시 몰래 빠져나가는 건 어려울 것 같았다.

애당초 숨어서 몰래 도망칠 수 있었다면, 강에 떨어진 단계에서 어떻게 됐으리라.

적어도 교전은 각오해야 할 것이다. 싫어지는 현실이었다.

"신의 기적은, 어때? 와이번이 날아도 닿을까?"

"닿을…… 거라고 생각은 하지만."

소꿉친구 소녀의 말에, 지고신의 성녀는 생각하고 생각해서 조심스럽게 말을 자아냈다.

"아마도, 빨리 움직이면 맞출 수가 없을 거야. 맞춰도, 한 발로는 아마 못 쓰러뜨릴 거야……."

"그러면, 쇠뇌는 어때?"

"높이 날면 안 닿을 걸요."

그에 대해 흰 토끼 엽병은 하얗고 폭신폭신한 손을 들어서 높이를 어필하며 응답했다.

"나는요. 맞출 수는 있을 거라고 생각하는데요. 맞춰도 비늘에 팅팅일 거예요."

대책이 없다. 익살스런 동작으로 어깨를 으쓱거리고 고개를 좌우로 흔들지만, 이 동작은 그녀의 본심이리라.

우~음. 곤봉 검사는 팔짱을 끼고, 익숙지 않은 작전 세우기에 고민하면서 생각나는 대로 말을 뱉어봤다.

"날개를 찢어서 날 수 없게 하거나, 꼬리를 잘라내서 둔하게 만들거나, 머리를 때려서 기절 시키거나…….”

“무리일걸.”

“어려울 거예요.”

그렇겠지. 곤봉 검사는 탄식했다. 아무리 해도 신참에서 한 발짝 나아간 정도인 자신들에겐 어려웠다.

뭐, 그건 다 알고 있는 이야기이기도 했다.

자신들은 창잡이도 아니고 중장 전사도 아니며, 하물며 그 소귀살해자도 아니다.

실력도 장비도 모든 것이 부족한 것이다. 지금 있는 것으로 하는 수밖에 없으리라.

세 사람은 한데 모여 이마를 맞대고, 이것도 아니다 저것도 아니다 의견을 나누었다.

배가 고프면 딱딱한 빵을 깨물고, 물을 마시고, 동굴 입구에서 들리는 포효에 표정을 찌푸린다.

그리고 어느 정도 시간이 지났을 무렵인지, 어떻게든 작전다운 것을 세웠다.

그것은 물론 기사회생의 한 수라거나, 천재적인 책략 같은 것이 아니었다.

생각나는 것을 끌어 모아서 만든, 누가 들으면 실소할 법한 그런 작전이었다.

“6이 둘 나오면 이길 수 있어.”

“그리고 저쪽이 1이 둘 나오면 말야.”

“실패해도 다 함께 뱃속이네요.”

그렇다면 좋을까? 그렇다면 좋아. 세 사람은 각자의 얼굴을 보고서, 키득키득 웃었다.

분명히 그때는 울부짖을 거고, 공포에 떨고 있을 거고, 꼴사나운 모습을 보일 것이다.

그렇지만, 할 수 있는 만큼은 해보자는 마음이 있었다.

하지 않고서 죽는 것보다는 분명히 훨씬 나을 테니까.

§

그러니까, 결국은 분풀이였다.

그 와이번에게 고작해야 자그마한 두 다리 세 사람 따위, 대단한 것이 아니었다.

단적으로 말하자면 먹는 보람이 없다. 쫓아 다녀봐야, 오히려 배가 고플 뿐이리라.

그렇지만.

대단히 불쾌하기 짝이 없는 일로 둥지에서 쫓겨나 짜증난 참에, 눈앞에 날벌레가 세 마리.

뭉개버리는 것 말고 선택지가 있을까?

그리고 그 녀석들이 시끄럽게 소란을 피우며 도망쳤다 해서, 그냥 보내줄 이유가 있을까?

적어도 와이번에게는 없었다.

강으로 뛰어든 놈들이 그대로 동굴로 도망치자, 와이번은 그 바로 눈앞에 진을 쳤다.

이 동굴에 다른 입구가 있다면 참으로 얼빠진 짓이지만, 다행히 그것이 없다는 걸 알고 있었다.

그렇게 되면, 이제는 즐겁고도 즐거운 매복의 시간이다.

그저 하염없이 기다린다는 것은 짜증으로 이어지는 일도 있지만, 이럴 경우는 마음이 들뜬다.

안으로 도망쳐 들어간 꼬맹이들은 무척 공포에 질려 당황하면서, 언젠가 뛰쳐나올 것이다.

그렇게 되었을 때 얼빠지고 비장한 표정만큼 사악한 용의 마음을 채워주는 것이 없다.

와이번, 비룡이라고 하면 진짜 용에게는 뒤쳐지긴 하지만, 그 한 가지는 같았다.

그 와이번은 안의 사냥감을, 설령 10년이든 20년이든 기다릴 셈이었다.

그리고 놈들이 그렇게 오래 살 수는 없다는 것에 생각이 미치자, 그거 참 잘 됐다고 한 번 짖었다.

안에서 죽어 버리면, 과연 어떻게 시체를 꺼내주면 될 것인가?

지금인가? 지금인가? 기다리면서 그런 생각에 잠기는 것은 참으로 유쾌했다.

"우, 와, 오오오오오오아아앗!!"

그렇기에, 와이번은 그 순간을 놓치지 않았다.

동굴에서 양손의 무기를 들어 올린 한 마리가 새되고 우스꽝스런 소리를 지르면서 뛰쳐나온 것이다.

본인으로서는 비장감이 듬뿍이겠지만, 와이번으로서는 웃으며 뒹

굴 정도로 꼴사나웠다.

"GYAAAAAAAAAAOSSSSSSS!!!!"

그렇다면 바라는 대로 해주마.

와이번은 무모하게 돌격해 오는 애송이에게 기다란 목을 틀고 송곳니를 드러내며 턱을 벌렸다.

머리부터 콱 깨물어서 두세 번 씹어주면, 손발을 남기고 위 속으로 넘어가서—.

"토끼 마을 제일의 화살이다아!!"

"OOOSOOS?!"

와이번의 외침은 목소리가 되지 못했다.

휘잉. 용감하게 바람을 가르는 소리를 내며 날아온 쇠뇌의 화살이 목 안쪽으로 뛰어 들어온 것이다.

물론 그 정도는 와이번이 죽음에 이르는 피해가 되지 못한다.

다시 말해서, 목에 가시가 걸린 거나 마찬가지다

따라서 와이번은 구역질을 하는 것처럼 목을 울리고, 그 턱에서 비릿한 기침을 두세 번 반복했다.

—에잇, 허튼 수작이군!

"GYAAAAAAAAAAOSS!!!"

이어서 와이번은 짜증을 내며 갈라진 포효를 지르더니, 커다랗게 날개를 떨치고 떠올랐다.

또 다시 입에 화살을 쏘면 못 당해낸다.

그렇다면 위에서 공격하여, 이 발톱으로 찢어주마.

그것은 그야말로 매가 들토끼를 사냥하는 것과도 같았다. 떨어뜨려도 좋겠다. 목을 그 자리에서 꺾어버려도 좋겠다.

즉사시키지 말고, 그렇지만 살아날 수 없도록 힘 조절을 하면, 이 고통의 응분도 사라질 것이다.

하늘이야말로 와이번의 영역.

보라. 무기 두 자루를 어깨에 지고서 달려오는 애송이도, 필사적으로 현을 거는 계집도, 손대지 못한다.

단숨에 죽이지 않는다. 그 잔인함을 가슴에 품고, 와이번은 또 한 번 날갯짓을 하여—.

"《심판의 다스림, 검의 군주, 천칭을 든 자여. 그 힘을 보이소서》!!"

번쩍 빛나는 그 신울림의 일격은, 하늘보다도 높은 하늘에서 내려오는 것.

어둠 속에서 휘두른 천칭검은 지고신의 이름으로 뇌정의 검을 뽑어냈다.

동굴에서 파란 하늘 아래를 달려온 백광은 말 그대로 와이번의 눈을 꿰뚫어 시야를 새하얗게 물들였다.

"————?!?!?!"

이번에야말로, 와이번의 입에서 비명이 나왔다.

물론 이걸로 죽음에 이르지는 않는다. 그리고 눈이 불타서 뭉개진 것도 아니다.

와이번은 몇 번인가 눈을 깜박여, 흐려진 시야로 원수를 포착하고자 눈에 힘을 주며 시야를 회복하려 했다.

이렇게 되면 이제, 보다 잔인한 죽음을 내려주지 않으면 용서할 수 없다.

예를 들어, 이 흐릿한 세계에서도 확실하게 보이는 가장 앞에 있는 애송이부터다.

계집 둘 앞에서 갈기갈기 찢어주면, 아까 그 우행을 분명히 후회할 것이다.

"GYYYYYYYYYYAAAAAAAAAAOSSSSSSSS!!!"

비틀거리며, 내려간 고도를 유지하려고 날갯짓을 하면서, 와이번은 위협하고자 목을 울렸다.

그러나 돌진해오는 애송이— 모험가의 기세는 멈추지 않는다. 날아오는 화살처럼.

그리고 그 순간, 그 등에서 날개가 펼쳐진다. 아니, 지고 있던 검과 봉에 걸고 있던 천이다.

일이 이렇게 되자, 와이번이 그 해답에 이르렀다. 들어 올린 것은 무기가 아니라 이것인가?

그러나 그래 봐야 천이다. 그런 것으로 어떻게 한다는 것인가? 눈이라도 가릴 셈인가?

와이번에게 그것은 이미 막무가내, 자포자기의 한 수로밖에 안 보였다.

"으, 랏차아아아아아아아아아아아!"

피할 틈은 없고, 그렇지만 피할 필요도 없다. 와이번은 순순히 그 천을 얼굴에 받아냈다.

이상하게 무거운 소리가 울리고— 두 눈을 파헤치는 격통에 와이번이 포효한 것은 다음 순간이었다.

§

“해냈, 다아……!!”

“재고 있지 말고, 도망쳐!”

무심코 쾌재를 올린 곤봉 검사 바로 옆에, 소매를 걷어 올린 지고신의 성녀가 달려왔다.

눈앞에서 안면에 들러붙은 천을 떼어내려고 와이번이 데굴데굴 구르고 있건만, 용감하기도 하다.

“얼른 도망치자……!”

“우와, 날 두고 가지 마……!”

이어서 흰 토끼 엽병이 추월하자, 곤봉 검사는 황급히 두 소녀를 뒤쫓아 강변을 달렸다.

곤봉과 검은 양손에 들고 있었다. 들러붙은 송진을 닦아내지 않으면 칼집에는 안 들어가리라.

망설인 끝에, 그는 양쪽의 자루에 묶어둔 끈을 허리띠에 둘러서 묶었다. 역시 편리하다.

“……하지만, 그래도, 잘 됐지!”

“그러네……!”

“야아, 정말 그래요오.”

딱히 대단한 건 아니다. 어린애 눈속임 같은 단순한 장난질이다.

송진과 진흙, 풀독을 바른 천막에, 부서진 병의 파편까지 부숴서 뿌려둔 것이다.

찰싹 달라붙으면 떼어내기 어렵고, 입도 막을 수 있고, 눈에는 파편이 들어가서 보시는 바 그대로다.

아무리 용에게 독이 안 통한다고 해도, 눈에 뿌려버리면 아프지 않을 리 없으니까.

물론 단순히 시간 끌기에 지나지 않는다. 이걸로 와이번을 쓰러뜨릴 수 있다거나, 이겼다고 생각하는 녀석은 바보다.

천막을 망치고, 물약도 낭비하고, 고블린 퇴치의 보수를 생각하면 보통 적자가 아니다.

강변을 열심히 달리는 모습은 한심하기 짝이 없으며, 숲에 들어갈 무렵에는 숨도 끝까지 차올랐다.

그러나 그래도 격분한 와이번을 등지고서, 계속 도망치는 세 사람의 얼굴에는 회심의 웃음이 떠올라 있었다.

"하지만, 다가간 거지!"

어쩐지 너무나도 외치고 싶어서 어쩔 수가 없다. 곤봉 검사는 헉헉 헐떡이면서도 있는 힘껏 외쳤다.

흰 토끼 엽병을 사이에 두고서, 약간 늦는 기색이었던 지고신의 성녀가 열심히 따라붙으며 외쳤다.

"뭐에?!"

"언젠가는, 드래곤 퇴치!"

그것은 시골 마을을 뛰쳐나올 때, 아니 그보다 훨씬 전부터 몰래 품고 있던 마음이었다.

누구한테 말해봤자 웃어버릴 거고, 바보 취급할 거고, 주제를 모른다고 할 거고, 실제로도 그렇다.

하지만, 봤냐—! 소년은 생각했다.

마을을 뛰쳐나와서 하수도에서 쥐랑 바퀴벌레한테 쫓겨 다니던 나는 와이번이랑 싸웠거든!

너희들이 평생 걸려도 못 본 것도, 할 수 없는 것도, 잔뜩 해냈거든!

그런 사소하고 자그마한, 남들이 보면 우스꽝스런 승리 선언에 흰 토끼 소녀가 손뼉을 쳤다.

"와아. 그건 굉장한 일이네요……!"

얼이 빠져 있고, 그렇지만 어디까지나 솔직하고 순수한 말에 소녀의 볼이 삭 붉어졌다.

"아, 귀까지 새빨개."

등 뒤에서 소꿉친구 소녀가 깔깔 웃는 소리.

"뭐가 쑥스러운데!"

"쑥스러운 거 아냐!"

외친 참에, 강변 쪽에서 괴물의 포효가 따라온다.

"이거 빨리 안 가면, 다 같이 꿀꺼덕 잡아 먹혀 버려요~."

뿅뿅 귀를 흔들면서 토끼 수인이 앞서 가고, 훌쩍 내민 그녀의 부드러운 손을 쥐었다.

"잠깐, 두 사람 빠르다니까……!"

돌아보자 자신도 얼굴이 새빨개진 소꿉친구가 필사적으로 손을 뻗기에 그 손을 단단히 쥐었다.

"……좋아, 간다!!"

도시까지는 멀고, 꿈은 더욱 멀고, 등 뒤의 와이번은 생각보다 가깝다.

그래도 모험가가 된 소년은 소중한 것을 움켜쥐고, 가벼운 발걸음으로 계속 달렸다.

그의— 그들의 모험은, 아직 도중이었다.

제 2 장 『여자애도 모험을 하고 싶다는 이야기』

Goblin Slayer
He does not let anyone roll the dice.

"역시 모험이라면 이래야지!"

성벽을 넘어서 날아온 와이번을 일검에 격추하는 모습이 여자애인가는 그렇다 치고, 여기사는 만족스러운 기색이었다.

날개가 끊어진 와이번은 퍼득퍼득 하늘에 빠진 것처럼 발버둥 치고 새된 비명을 지르며 안쪽 정원에 떨어졌다.

즉시 대기하고 있던 병사들이 뛰어들어서 창과 육척봉을 찌르고 휘둘러 때려눕힌다.

괴물과 단기 혹은 소수로 맞서는 것에는 모험가보다 뒤쳐지지만, 집단의 싸움이라면 병사들이 웃돈다.

발톱과 송곳니와 꼬리에 한 사람씩 날아가버렸지만, 열 명 스무 명이 달려들어 덤비면 어떻게든 되는 법이다.

진짜 용이라면 모를까 와이번이라면, 이겠지만—.

"일격으로 부족한 건 마음에 안 들지만, 참으로 가슴이 후련한 광경이군!"

"정말 그래."

기다란 귀를 기분 좋게 흔들면서, 엘프 궁수가 동의했다.

"그러면, 시범을 보여줄게!"

그녀는 주목나무 대궁에 건 거미줄 현을 가볍게 당겨서, 나무 눈

화살촉의 화살을 하늘로 쏘았다.

나뭇가지처럼 가는 팔이라 꽤 가벼운 것인가 생각했는데, 셋이 함께 당기는 강궁에도 뒤지지 않는다.

그러나 그녀는 「오라버니의 활은 훨씬 강하지만 말야」라고 웃으니 하이 엘프는 정말이지…….

그리고 공중으로 날아간 나무 눈 화살촉은 마치 끈이라도 달려있는 것처럼 커다랗게 호를 그렸다.

그것은 화살이 엉뚱한 방향으로 날아간다는 인식을 그대로 영원토록 와이번의 뇌에 박아놓았다.

눈구멍에서 눈구멍으로 빠져나간 화살촉이 똑바로 바로 옆까지 날아가서 옆에 있던 와이번의 날개막과 심장을 꿰뚫었다.

엘프 궁수의 비취 같은 눈동자는 하늘에 번지는 얼룩 같기만 한 그 머나먼 광경을 분명하게 확인했다.

"흐흥."

엘프 궁수는 격추 수 둘에 무척 우아한 태도로 코웃음을 쳤다.

"다음, 서쪽이네!"

"에이잇. 아직 하나 차이다. 으스대지 마라!"

여기사는 못 견디겠다는 식으로 웃었다.

"간다!"

여기사는 전신 갑주에 대형 방패와 검까지 들었다고는 생각하기 어려운 속도로, 훌쩍 성벽 위를 달렸다.

그 가벼운 움직임도 훌륭하지만, 나란히 달리는 하이 엘프는 그야말로 아무도 없는 들판을 달리는 것 같았다.

발소리마저 안 내고서 경쾌하게, 바람이라도 부는 것 같은 움직임. 이건 그야말로 종족이 다르다.

그렇지만 그 아리따운 여성 두 사람의 모습에 한눈을 팔 여유는 다른 병사들에게 전혀 없었다.

성벽 위에 늘어선 톱날 같은 화살 창에는 작은 몸을 웅크리고 외투를 껴입은 자들이 있었다.

근처에서 모아온 바람의 제사장이나 바람 읽기, 기우사 같은, 참으로 기초적인 술법을 다루는 사람들.

고작해야 바람을 부르고, 날씨를 읽어내고, 잠깐 비를 부르는 정도밖에 못한다.

그러나 그들은 열심히 영혼을 깎아내면서, 진정으로 힘 있는 말을 자아내 수호의 술법을 걸고 있었다.

필사적으로 요새에서 화살을 쏘아내는 병사들에게는 어떤 주문이라도 필요한 것이다.

우러러 보면 일목요연하다. —하늘이 일곱에, 적이 셋이다. 반대가 아닌 것을 기뻐하면 되냐면서 웃어야 하나?

성벽 아래 또한 비참하다.

지평선 너머부터 이 성채로 밀려들어오는 것은 그림으로도 그릴 수 없는 지평선까지 이어지는 군세.

—아니, 아무리 그래도 그건 비유다. 그런 규모의 괴물은 몇 년 전의 전쟁 이후로 나타난 적이 없다.

그러나 숲 속에서 꿈틀거리며 기어 나오는 혼돈의 수는 익숙하지 않으면 헤아리지도 못하리라.

결코 지치지 않는 해골 병사 놈들이 방패를 들고서 밀고 들어오는 전선에는, 어중간한 화살의 비가 내려도 무의미하다.

그리고 썩어 문드러진 육체의 망자 놈들은, 아무리 화살을 맞아도 태연한 기색으로 전진한다.

저것들을 부수려면 검, 망치창, 곤봉의 일격이 필요하다.

그러나 성주가 문에서 뛰쳐나가지 않고, 암흑의 군세가 성벽에 달라붙는 그대로 놔두는 것에는 이유가 있다.

출격해서 적군을 내쫓을만한 병력이 없는 것이다.

그리고 만에 하나라도 이 요새가 함락되면, 그 등 뒤에 있는 마을들이 사령 놈들에게 유린되어버릴 것이다.

이 요새가 건재하기에 적이 모여드는 것이다.

따라서 병사들은 열심히 하늘의 적에게 화살을 쏘고, 지상의 적에게 화살을 쏟아 붓는다.

성벽에 달라붙으면 바위를 떨어뜨리고, 끓는 기름을 붓는다. 부족하다면 죽도 뿌린다.

산 자와 달리 들러붙는 열을 신경 쓰지 않는 놈들은 올라왔을 때 검이나 창으로 때린다.

죽지 않는다고 해도, 높은 곳에서 떨어져 부서지고 뭉개지면 물리적으로 움직이지 못하리라.

방비가 잘 된 요새라면, 성벽에 이런 방어를 위한 틈이나 문이 설치되어 있는 법이다.

흙의 요새라 흙만 눈에 띠지만, 엘프나 드워프, 수인이나 레아도 상관없이 그들은 필사적으로 싸운다.

병사도 기사도 용병도, 허드렛일을 하는 시녀부터 종자, 요리사, 감옥에 묶인 죄인도 한데 뭉쳐서.

괴물에게 무기를 휘두르고, 밥을 짓고, 치료를 하고, 벽을 보수하고, 물을 긷고, 세탁을 한다.

금고의 알맹이를 헤아리고, 병참의 나머지를 조사하고, 모든 것을 기록하고, 악기를 울리고, 노래를 부른다.

보잘것없는 사소한 일이라고 해도, 쓸데없다고 웃는 자는 한 명도 없다.

사방세계의 변경 그 한 구석에서 펼쳐지는 이것은 질서와 혼돈의 다툼을 축소한 것이다.

살아남기 위해서인지, 명예인지, 우정이나 애정, 보수, 혹은 돌아가고 싶을 뿐인지, 은사를 위해서인지.

이유가 무엇이든, 모두가 한데 뭉쳐서 일치단결하여 싸우기 때문에 질서.

똑똑한 척 하면서 비웃는 자도 있겠지만, 세상 끝 최후의 요새라는 생각도 든다.

"……저기, 화살 가져왔어요……!"

그 와중에, 여신관도 열심히 자신이 해야 할 일을 하고자 바쁘게 달리고 있었다.

두 손 가득히 화살 더미를 안고서 사다리를 올라가, 몸을 낮추어 성벽 위의 회랑에 나눠주고 다닌다.

톡톡톡. 작은 새처럼 종종 달리며, 마치 가지에서 가지로 옮겨 다니는 것처럼.

물론 상처 입은 병사의 모습도 보이며, 그것을 볼 때마다 여신관은 살며시 입술을 깨물었다.

그러나, 치유의 기적은 쓰지 않는다. 쓸 수 없다. 목숨에 직결된 상처가 아니니까.

몇 갠가 기적을 받았고, 하루에 세 번 행사가 가능하다면 그것은 귀중한 전력이다.

—하루에 두 번이나 불꽃의 주문을 다룰 수 있는 건, 정말로 굉장한 일이었구나.

중견이라 불리는 층으로 한 걸음 발을 디딘 소녀는 술법을 어디 써야 하는지 잘 이해하고 있었다.

그렇기에, 그녀는 가능한 명랑하게 목소리를 높였다.

"식사도, 조금 있으면 다 된대요! 힘내세요!"

"고마워!"

"미안하다, 덕분에 살았어……!"

병사들 또한, 피로가 배어 나오는 얼굴에 웃음을 짓고서 고개를 숙이며 화살을 받았다.

먹지도 마시지도 않는 것은 물론이고, 검도 방패도 창도 화살도 없이 싸울 수 있을 리 없다.

그런 일이 가능한 것은, 극치에 이른 리자드맨이나 무투가 정도일 것이다.

"와이번의 무리도, 꽤 줄어들었네요."

"저건 공격해온다기보다는, 밀려온다는 느낌이야. 위험한 건 죽은 자들이지."

"그거 대장이 했던 말 그대로잖아."
병사 한 명이 참견했다.
"어쨌거나 위험하잖아."
"그건 그렇네."
분명히 와이번은 공격해오는 것이 아니라, 어쩐지, 그렇다. 야생 소떼가 이동하는 인상을 주었다.
그렇다 해도 말려들면 뼈도 못 추리니, 정면으로 맞서고 싶다는 생각이 들 리 없었다.
여신관도 자신 혼자서 남겨졌다면, 분명히 도망쳤거나 공포에 굳어버렸을 것이다.
그런데도 병사들은 껄껄 웃었다.
"보급이 어떻게 되고 있는지는 알 수 있나?"
"보급대가 물의 도시에서 오고 있다는 연락이 있었다고 해요……."
그렇기에 병사가 던진 질문에, 여신관은 전해들은 말을 그대로 전했다.
애매모호하며, 진위도 알 수 없지만. 그렇지만 병사는 어쩐지 기쁜 기색으로 수긍했다.
그렇군, 알았어. 중얼거리는 병사에게 여신관은 가슴 앞에 성스러운 인을 맺었다.
"지모신 님의 가호가 있기를……!"
그 기도는 그 자리에 있는 병사들에게 어느 정도의 위안이 되었을까?
믿는 신이 다른 자도 있으리라. 그렇지만, 자신들을 위해서 기도해주는 누군가가 있다.

그것이 어느 정도 다행스런 일인지, 모르는 자는 평생을 가도 모를 게 틀림없다.

자기방어를 위한 싸움이다. 분명히 자비 깊은 여신의 수호가 있을 테다.

《숙명》과 《우연》의 주사위는, 신들도 생각지도 못한 눈이 나오기도 하는 법이지만—.

여기저기 날아드는 괴물의 송곳니와 발톱, 해골 병사 놈들의 화살비에 맞지 않도록 기도하면서 여신관은 사다리를 내려왔다.

호오. 숨을 내쉬고, 그럼 다음으로 무엇을 해야 하나 생각하는데—.

"조금…… 쉬는, 게, 어때?"

톡. 어깨를 부드러운 마녀의 손바닥이 쓰다듬었다.

살랑살랑 육감적인 몸을 흔드는 걸음걸이는 진중에서도 요염한 꽃 그 자체.

여차하면 그 마술로 요새 수호의 요체가 되는 그녀는 평소와 다름없는 어조로 속삭였다.

"지나치, 게…… 기합, 을 넣어도…… 못 버티, 니……까?"

"아, 아, 네! 죄송해요……."

여신관은 부끄러움에 고개를 숙였다. 마치 자신이 축제에서 들뜬 어린아이 같았으니까.

그런 그녀의 마음속을 꿰뚫어보는 것처럼 투명한 눈길을 주면서, 마녀는 희미하게 웃음을 흘렸다.

"하지, 만…… 익숙, 하……구, 나?"

어라라? 무슨 말일까? 여신관은 말의 의미를 이해 못하고, 고개를 갸우뚱 기울였다.

“좀 더…… 당황하, 거나? 무서워할, 줄…… 알았는, 데?”

—아아.

납득했다. 여신관은 힘차게, 크게 고개를 끄덕였다.

“네. 사원에서 이래저래…… 어렸을 때부터, 일을 도왔으니까요.”

여신관은 자신을 가지고, 그리고 자랑스럽게 — 잘난 척이 되지 않도록 — 가녀린 가슴을 쭉 폈다.

대규모 토벌이나 전투가 있어서, 상처를 입은 모험가나 병사의 치료를 도운 일이 몇 번이나 있었다.

이제 와서 생각해 보면, 그 록이터(암식괴충) 때에는 도통 도움이 못 됐던 것 같지만—.

—어쩐지, 굉장히 옛날 일처럼 생각되니까, 신기하네요.

시간 경과만으로 따지면 그렇게 옛날은 아닐 텐데, 역시 어린 시절의 기억이라서 그럴까?

도저히 흐뭇하다고는 말할 수 없는 기억과 상황이지만, 그리움에 여신관은 희미하게 볼이 풀어졌다.

그런데— 잠시 지나 요새 바깥에서 들리는 소리가 서서히 잦아들기 시작했다.

기묘하게도, 불사인 망자의 군세이니 휴식은 필요 없다……라는 것이 아닌 모양이다.

그것은 단순히 시체의 수가 줄었기 때문인지, 아니면 사역하는 자의 마력이 쇠퇴하기 때문인지.

설마 하니 해골 병사가 서로의 뼈를 붙여주고, 부패한 시체가 상처에 붕대를 감는다…… 같은 생각은 할 수 없겠지만.

적어도 몇 번째인지 파상 공세가 끝나고, 여신관 일행은 일단 살아남은 것이었다.

"헤헹, 내가 이겼지!"

"이쪽은 다가가지 않으면 손을 댈 수 없지 않나? 그 점을 고려해라, 그 점을."

"졌다고 변명하면 안 되지~."

이런 전장에 안 어울리는 — 혹은 더할 나위 없이 걸맞은 — 명랑한 대화.

발소리도 없이 사다리를 내려오는 엘프 궁수와 갑주의 무게를 삐걱거리며 내려오는 여기사 두 사람이다.

아무래도 격추 수 승부에서 진 여기사에게는 그 발소리의 차이도 불만 중 하나인 모양이다.

정말이지 이래서 엘프란 것들은. 투덜거리면서 그녀는 마녀에게 손을 훌쩍 흔들었다.

그것에 마녀는 더욱 짙은 웃음을 지으며 고개만 끄덕이고, 이 오랜 강자 두 사람 사이에 뭔가 소통이 있었던 모양이다.

—좋겠다아.

여신관은 무심코 이렇게 생각해버리는데, 그걸 보고 금방 흉내 내는 것은 아무리 그래도 창피하다.

"수고하셨어요."

그래서, 다다다. 종종걸음으로 두 사람에게 달려가 말을 걸었다.

"이 정도는 별 거 아냐."

엘프 궁수는 기다란 귀를 흔들었다.

"오르크볼그랑 달리 든든한 벽도 있으니까."

"흐흥. 그 성녀에게 결코 뒤쳐지지 않는 기술을 똑똑히 보라, 이거다!"

칭찬을 받았다고 해석한 여기사가 더할 나위 없이 자랑스럽게 말하며 아름다운 얼굴에 웃음을 지었다.

갑옷과 장비로 몸을 감싸고 있어도 이렇게 아름답지만, 이야기하는 내용이 내용이라 용맹함이 앞선다.

그렇지만 그녀는 형태가 단정한 눈썹을 한심스레 내리고, 불만스레 한숨을 쉬었다.

"뭐, 일격으로 처리하지 못하는 걸 보면, 아직 미숙하긴 하다만."

"와이번을 일격으로 죽일 수 있는 성녀가 어디 있는데?"

이유도 또 이런 것이니, 엘프 궁수가 기겁하며 흉갑을 가볍게 두드렸다.

보통 갑옷이란 생각이 안 드는 맑은 소리. 이 자리에 드워프 도사가 있었다면, 어떤 명품인지 알려주었을 것이다.

혹은 리자드맨 승려가 있었다면, 두 사람의 기술에 대해서 논해주었을 것이 틀림없다.

—고블린 슬레이어 씨가 있었다면—.

"아뇨. 정말로 계셨다고 해요. 일검으로 와이번을 격추했다는 노래도 있으니까요."

어땠을까 생각하면서, 여신관은 자신이 아는 지식을 늘어놓기로 했다.

"성녀라기보다는 맹녀네."

그것에 엘프 궁수가 또 기겁한 기색이었지만.

"어쨌……든지……. 한 번, 돌아…………갈, 까……?"

키득키득 즐겁게 그 대화를 바라보던 마녀가 챙이 넓은 모자 아래서 눈웃음을 지었다.

요새 안에 들어가서 휴식과 식사. 하이 엘프라도 끝도 없는 생명력을 가진 것이 아니다.

어쩌면 스스로 깨닫지 못하는 것뿐이지, 엘프 궁수도 꽤나 지친 것이 아닐까?

"…………저거 뭐야?"

여신관이 황급히 허리춤의 물주머니에 손을 뻗는데, 엘프 궁수의 날카로운 중얼거림이 귀에 닿았다.

아무래도 피로가 어떻거나 그런 이야기가 아닌 모양이다.

허리춤에서 눈길을 들자, 엘프 궁수는 날카로운 눈동자로 하늘 높은 곳을 노려보고 있었다.

햇빛이 높고, 눈부시다. 하늘은 파랗고, 햇살이 살짝 노랗게 보였다.

"소리가 안 나. ……하지만, 뭔가, 온다……!"

하늘이 그늘지는 것과— 여기사가 말없이 도약하는 것, 어느 쪽이 더 빨랐을까?

적어도 여신관이 석장을 겨누는 것보다는 한 수 두 수 앞섰다는 것은 틀림없다.

하얀 바람일까? 아니면 빛이 아닐까 싶은 속도로 여기사는 땅을 박차고 하늘로 날았다.

그 궤도를 눈으로 좇아서, 그제야 여신관은 **그것**을 인식했다.

"저것, 은――."

공중에 번지는 희미한 안개처럼 보인 그것은, 눈앞에서 부풀어 오르며 형태를 갖추기 시작했다.

거대한 날개에, 날카로운 뿔. 창백한 차가움을 두른, 그것은――.

"……새, 와…… 사슴……?"

그 둘을 뒤섞어 놓은 것 같은, 정신이 혼란스러워지는 괴물이다.

명백하게 혼돈의 짐승일 그 존재 앞에서, 여기사는 더욱이 그 위에 있었다.

요새의 안뜰에 선명한 발자국을 새길 정도의 도약은 가볍게 그 괴물을 뛰어넘었다.

동시에, 아래쪽을 향해 펼치는 찌르기는 손쉽게 하늘을 나는 것의 명맥을 끊어내리라.

와이번과 싸우면서 연구를 한 것일까? 아니면 고대의 검술일까? 그것은 알 수 없다.

그러나, 그 치명타가 되기에 충분한 참격은―.

"……음……?!"

괴물을 꿰뚫었음에도 불구하고, 마치 허공을 벤 것처럼 그 기세 그대로 빠져나가 버렸다.

한 번 신음한 여기사는 공중에서 억지로 몸을 비틀어 자세를 제어하고 가볍게 성벽 위에 착지.

그대로 방심하지 않고 검과 방패를 겨누며 허리를 낮추고 대비했다.

"환술 같은 것인가……?!"

"……있는데, 없는 느낌!"

응답한 것은 엘프 궁수의 늠름하고 긴장된 방울 같은 목소리.

그녀는 안뜰에 한쪽 무릎을 꿇고서, 그 대궁을 끼리릭 당겼지만—당혹을 감추지 못했다.

"기척을 잡을 수가 없어……! 안 맞아!"

앙다문 치아 사이에서 흘러나온 그 말조차, 하이 엘프의 목소리는 듣기 좋았다.

갑작스럽게 공중에 나타난 괴물과, 한 칼을 나누어본 여기사의 모습, 그리고 엘프 궁수의 목소리.

당혹하여 공황에 빠질 참이었던 병사들도 간신히 무기를 쥐고서 경계했다.

그런 모든 것을 한 박자 두고서 시야에 넣은 여신관은 열심히 머리를 움직였다.

자신이 무엇을 할 수 있을까? 무엇을 하면 될까? 기적을 써야 할까? 기도를 바쳐서—.

"……그만, 두……도록, 해."

여신관을, 어깨와 등을 미끄러지는 마녀의 부드러운 손가락의 감촉이 살며시 말렸다.

"아……."

흘러나온 목소리가 기묘하게 올라가서, 무심코 여신관은 볼을 붉혔다.

그 단 한 번의 손길은 천상에 이르는 기도의 집중을 흩어버리기에 충분하고 남는 것이었다.

"정체를, 알 수, 없는…… 것, 은. ……아직, 건드리……면, 안 되는, 거니까."

마녀는 하늘을 올려다보면서, 어딘지 알 수 없는 장소를 보듯 중얼거렸다.

여신관은 도무지 그 말의 의미를 이해할 수 없었다.

마술사의 마술사다운 언질은 언제나 그런 것이다. 드워프 도사도 가끔 그렇다.

지난 1년, 2년 동안 모험을 거듭하면서, 여신관은 일단 결론에 이르렀다.

—그저 그런 것, 인 거야.

어려운 논리를 늘어놓아서 무엇이 된단 말인가? 그들 그녀들이 다루는 것은 마법인 것이다.

"……네."

그래서 여신관은 그 검푸른 괴물을 노려보며, 머리를 작게 위 아래로 움직였다.

마녀는 「아직」이라고 말했다. 그렇다면, 그것을 믿자. 그녀는 순순히 결단했다.

"그래."

마녀는 그 짧은 말에 기쁨을 섞었다.

"착한 아이, 네……."

그런 건 그만두세요. 여신관은 입술만 움직여 대답하고, 똑바로 적을 보았다.

시기가 찾아온다면, 그때까지 하나라도 준비를 해두어야 하리라.

—적어도, 그 사람이라면 그렇게 할 테니까.

"—어느 정도인가 하여 와봤다만, 상상 이상으로 나약하군."

그래서 여신관은 문득 울린 갈라진 목소리가 그 괴물의 목에서 흘러나왔다는 것을 금방 인식할 수 있었다.

죽은 생선이 연상되는 눈을 움직이며, 그 새인지 사슴인지 알 수 없는 짐승이 말을 한 것이다.

"……뭐라고오?!"

맨 먼저 반응한 것은 검을 들어 올린 여기사였다.

그녀는 지고신의 신도에게 걸맞지 않은 어조로 「젠장할(가이각스)」 하고 신음하며 외쳤다.

"이놈! 말은 잘 하는구나! 내려와라! 그 목을 친 다음에 허벅지부터 구워주마!!"

"바라는 그대로, 내일 같은 시간에 나는 다시 한 번 이곳에 찾아오겠다."

혼돈의 괴물은 큭큭, 목에서 짜낸 것 같은 웃음소리를 내며 응답했다.

그리고 나타났을 때와 마찬가지로, 처음부터 없었던 것처럼 안개가 되어 흩어지기 직전에——.

"그 때를 두려워하도록 해라! 그리고— 자신의 무력함을 한탄하면서 죽도록 해라!!"

하늘에 고리를 그린 괴이 아래쪽에 있던 병사들이, 닿지도 않았는데 풀썩풀썩 무너져 내렸다.

그리고 괴이는 그 한 마디만, 파란 하늘을 더럽히는 얼룩처럼 남긴 것이었다.

§

딱히 돈이 궁해져서 용병이 된 것은 아니다.

애당초 모험가는 용병 따위 되지 않는다. 그 반대는 있다고 해도.

그도 그럴 것이 전투에서 적병의 수급을 가져오는 것보다, 동굴에 쳐들어가서 보물 상자를 발견하는 편이 돈이 된다.

어차피 똑같이 목숨을 걸어야 한다면 모험가가 좋다. ―그야 일정 이상의 등급이 되어야 하지만.

입신출세를 바란다면 처음부터 군에 들어가거나, 아니면 모험가가 된다.

이름을 알려 기사나 귀족이 되어, 영지를 가지고 군을 이끄는 입장이 된다면 그것이「성공」.

다시 말해서 더는 모험가가 아니며, 당연하지만 용병도 아니다.

모험가가 군에 고용되어 전투에 참가하는 이유는 두 가지.

적군에 있는 괴물을 쓰러뜨리기 위해서, 적군의 요새에 잠입하여 우두머리를 친다. 혹은 기밀의 탈환.

아니 셋이군. 괴물 퇴치, 암살, 기밀 탈환, 그리고 납치된 공주의 구출. 그러니까 네 가지.

그렇지만―.

여신관을 보면 딱히 그런 비장의 모험가가 아니다.

단적으로 말해서, 말려든 것이다. 그렇다. 다섯 번째다.

"어. 오늘은 고블린 슬레이어 씨, 안 계신 건가요?"

갸우뚱. 눈을 동그랗게 뜬 여신관이 며칠 전 모험가 길드에서 그렇게 물었다.

아침 일찍 기도를 바치고 몸가짐을 갖추어 길드로 갔더니, 접수원 아가씨가 난처한 표정을 짓는다.

"네. 아뇨, 오기는 하셨는데요, 아까 전에…… 데리고 가버려서요."

듣자니, 창잡이와 중장 전사가 와서 뭐라 말대꾸도 못할 기세로 끌고 갔다고 한다.

아마 창잡이 혼자였다면, 접수원도 뭐라고 한두 마디는 할 수 있었겠지만.

"척후(스카우트)가 필요하다고 해서요. ……모든 의뢰를 제가 관리하는 것도 아니니까요."

접수원은 그렇게 말하고 난처한 기색으로 웃었다.

동료들에게 확인을 하려고 하면 할 수 있지만, 그것은 그것대로 직권남용, 이 아닐까?

"그런가요……."

응답한 여신관은 길드의 내정을 모르고, 상상마저도 애매하다.

그 표정을 어떻게 받아들였는지, 접수원은 흐뭇한 것을 보는 것처럼 눈웃음을 지었다.

"변했어요."

"네?"

"벌써 2년인가요? 전에는 계속 단독이었는데, 당신과 함께, 파티를 짜고서……."

이제는 빅 네임에게서 의뢰를 받아 이국으로 가고, 때로는 다른 파티에서도 조력을 구하고 있다.

"정말로, 변했어요."

접수원은 그리운 것처럼, 차분하게 중얼거리고 고개를 갸웃거렸다.

머리채가 사르륵 소리 없이 내려가, 어쩐지 모르게 생쥐나 다람쥐가 꼬리를 내린 것 같기도 했다.

"기쁘기도 하지만요……. 조금 쓸쓸하다, 그런 심정일까요?"

"그건…… 하긴."

부정하는 것도 부끄럽고, 긍정하는 것도 어린애 같아서, 여신관은 얼버무리듯 고개를 저었다.

"저도, 언제까지나, 그게…… 마냥 따라다니기만 할 수는, 없으니까요."

"……훌륭하게 성장했네요."

접수원은 가늘고 긴 손가락을 뻗어, 정성스레 손질하고 연마된 손가락 끝으로 여신관의 가슴팍을 톡 두드렸다.

그곳에서 흔들리는 것은 새로운, 아직 익숙지 않은 색으로 빛나는 인식표였다.

"과연, 청옥 등급의 모험가예요."

"노, 놀리지 말아주세요……."

여신관은 얼굴을 붉히면서 말했다. 접수원은 그것을 보고 키득키득 웃었다.

에잇. 볼을 부풀리려다가, 너무나 어린애 같은 반응이란 생각에 여신관은 얼굴을 긴장시켰다.

아무래도 칭찬에 익숙지 못하다. —애당초 자각도 거의 없었다.

분명히 등급은 올랐다. 그러나, 그렇다고 해서 당사자의 감각이 변하는 것은 아니다.

어제까지 차근차근 쌓아 올리고 걸어온 자신과, 오늘 한 단계 위로 올라간 자신은 같은 것이다.

연속되어 있고, 계속되어 있고, 무엇 하나 변화가 없다. —그런 것 같았다.

도무지 선배 모험가들처럼, 중견다운 태도를 할 수 있다는 생각이 안 들었다.

자신 안에서는 아직도 초보자, 신입, 앞뒤 구분도 못한다는 감각밖에 없는데.

—그야, 돌이켜보면, 이것저것 할 수 있게 되기는 했지만요…….

용과 마주쳐서 살아 돌아온 것만 해도 상당한 체험이라고 생각한다.

만약 그런 모험가와 만난다면, 자신도 분명히 「굉장해」라고 말할 게 틀림없다.

그러나 당사자로서는…… 뭐라고 해야 할까.

—자신의 실력이나 기량을 한순간에 알 수 있는 방법이 있으면 좋을 텐데…….

그런 꿈같은 생각을 하고 있는데, 무심코 한숨이 흘러나와버렸다.

"무슨 일인가요?"

접수원이 고개를 갸웃거리자, 여신관이 고개를 옆으로 저었다.

"아뇨, 청옥 등급에 익숙하질 않아서……."

"후후. 이제 곧 익숙해질 거예요. 그럴 듯한 태도라는 것도."

"네."

접수원은 그렇게 말을 하지만, 여신관은 애매한 표정으로 수긍하는 것에 머물렀다.

—하지만, 어떡할까요…….

왜냐하면 리자드맨 승려는 오랜 지인의 의뢰를 받았다고 하여 드워프 도사와 함께 나섰다.

그래서 오늘은 고블린 슬레이어와 자신과 엘프 궁수 셋이서 모험일 거라고 생각하고 있었다.

그런데— 갑자기 예정이 훌쩍 비어버렸다.

물론 애매하고, 막연한, 예정이라고 하기도 뭐한 예정이다. 마음대로 하면 된다.

그러나 딱히 쉬는 것을 싫어하는 것은 아니지만, 이렇게 되어 버리면 뭘 해야 할지 난처하다.

그도 그럴 것이 오늘은 일하는 날이라고 처음부터 청하고 일어나서 준비를 갖춘 것이다. 그렇게 되면—.

—몬스터 매뉴얼(괴물 사전)로 공부라도 할까?

석장이나 슬링을 붕붕 휘두르는 것도 좋겠지만, 그보다도 책을 읽고 싶은 기분이다.

괴물은 고블린만 있는 게 아니다. 고블린 퇴치를 하다가 언제 다른 위협과 마주칠지 모른다.

—실제로, 요전에는…….

물론 용이라는 게 그리 자주 만날 수 있는 게 아니고, 약점을 안다고 쓰러뜨릴 수 있는 것도 아니지만.

그렇다고 해도, 사마귀 사내와 마주쳐서 아무것도 모른 채 살해당한 모험가 이야기도 들었으니…….

"뭐야? 그쪽도 바람맞아버린 건가?"

여신관이 길드의 책장에 눈길을 주고 있는데, 문득 탄탄하고 예쁜 목소리가 말을 걸었다.

돌아보니 그곳에는 시원스런 용모에, 그럼에도 숨길 수 없는 불만을 품은 여기사가 서 있었다.

내실을 모르면 울적한 표정의 미인이리라. 신입 여성 모험가 몇 명이 작게 환성을 흘렸다.

"네. ……그러니까, 바람맞아버렸어요."

그에 비해 여신관은 선후배로서 몇 번인가 인연이 있는 상대였다.

말투를 흉내 내서, 괜히 불만을 강조하며 키득 웃을 정도의 여유도 있었다.

"정말이지. 지독한 녀석들 아닌가. ……처녀의 순정을 농락하다니."

푸욱. 거칠게 콧김을 뿜으며 여기사가 어깨를 으쓱거렸다. 진심인지 농담인지, 여신관은 구분할 수가 없었다.

"남자……애, 는…… 제멋대로……야."

그때 살며시 끼어든 요염한 목소리에 여신관이 등을 폈다.

이 사람 앞에서는 역시 아직 미숙하다고, 그렇게 생각해 버리기 때문인데—.

"나, 도……. 바람맞……았, 어."

"두 분도, 그런가요……."

여신관이 눈을 깜빡거렸다.

“다른 분은──?”

“우리 꼬맹이들과 회계는 그쪽 드워프가 견문을 넓혀준다면서 데리고 가지 않았나.”

여기사가 노려보자, 여신관은 「죄송합니다」 하고 말하는 수밖에 없었다.

사전에 이야기는 해뒀고, 파악은 하고 있었을 테지만, 그래도다.

―이게 세간에 익숙해졌다, 라는 걸까요?

대인 교섭의 기능이 성장한 거면 좋을 텐데. 도통 실감이 안 난다.

역시 자신의 기능이나 능력을 한순간에 알 수 있는 힘이 있다면, 무시무시한 은혜인 거겠지.

“음. 그쪽이야말로, 그 엘프는 어디 있지?”

“아아.”

여신관은 애매한 기색으로 천장을 보았다.

“아직, 자고 있을 거라고 생각하는데요.”

“그렇다면 한가한 거군. 좋아, 결정했다!”

뭔가 납득한 기색으로 손뼉을 짝, 친 여기사가 「이봐!」 하고 접수처 쪽으로 말을 걸었다.

“아, 네.”

그들 파티를 담당하는 직원이 다 안다는 식으로 서류 선반을 뒤졌다.

이해를 못한 여신관과 마녀 — 아마도 — 는, 둘이 나란히 얼굴을 마주보았다.

“이봐이봐, 전사…… 아니지 기사에 마술사, 신관, 탐색자(레인저)가 모였으면 할 일은 한 가지 아닌가?"

그 모습을 본 여기사가 맹수처럼 이를 드러낸 것을, 여신관은 잘 기억하고 있었다.

"모험을 해야지!"

§

"고지식하게 상대하지 말고, 적진으로 쳐들어가서 남김없이 베어 버리면 안 되나?"

"안 되지."

"그렇군……. ……………………그런가?"

"왜 미련이 남은 거야, 이 기사님은……."

그리하여 여기사의 권유를 받아서, 보시는 바와 같다.

저녁놀이 붉디붉은 햇살이 드리우는 곳은 요새의 식당……은 이름뿐이고 홀이었다.

모피 깔개에 의자 겸 탁상 삼아 장궤가 몇 갠가 늘어서 있고, 병사들이 주섬주섬 식사를 하고 있었다.

그 사이에 덩그러니 앉은 여신관은, 엘프 궁수와 여기사의 대화에 「하하하」 웃었다.

어째서인지, 이 두 사람은 마음이 잘 맞는 것 같다.

"역시 기합이 부족하군, 기합이. 내가 전력을 내면 하늘을 나는 놈도 일도양단이다."

"엘프 용사조차도 참격을 날리려면 만전의 상태가 아니면 무리인데. 흡은 당연히 무리잖아.”

“우으음…….”

여신관은 거듭해서 「하하하」 공허한 웃음소리를 냈다. 풀이 안 죽은 것은 좋은 일이다. 아마도.

힐끔. 시선만 마녀 쪽으로 움직여 도움을 청하지만, 그녀는 우아한 동작으로 곰방대를 피울 뿐이다.

대담한 동작으로 다리를 바꿔 꼴 때마다, 병사들이 허벅지 쪽으로 눈길을 주는 것은…….

—다 알고서 하는…… 거겠죠.

여신관 또한 두근두근 하면서 얼굴을 붉히고 고개를 숙일 수밖에 없으니, 이것 참.

덕분에 빈약한 가슴 속의 심장이 쿵쾅쿵쾅 맥동해서 머리도 제대로 돌아가질 않는다.

—어째서, 이렇게 되어 버린 건지—.

요새라고 했으니 군의 관할이지만, 그건 그렇다 쳐도 군 외부에서도 찾아오는 일이 있다.

그도 그럴 것이 군대가 가는 곳 뒤에는 사제부터 창부들에 상단, 전장의 수거꾼까지 따라간다.

마차와 수레에 상품을 싣고서, 군의 요새까지 장사하러 가는 상인은 그리 드물지도 않다.

그렇다면 그 호위는 모험가의 일이며, 다시 말해서 모험이다.

여신관으로서는 반대가 없었지만, 독단으로 정할 수는 없다.

발 들일 곳 없는 방에서 침상을 탐색하여 엘프 궁수와 상담한다는 작은 모험을 일단 한 번.

물론 그녀의 대답은「그런 것도 좋겠네!」라는 실로 명쾌한 것이었다.

그리고 여성 네 사람이 떠들썩하게 마차를 지키며 요새에 도착했더니—— 보시는 바와 같은 꼴이다.

장사 이야기를 하는 와중에 우와아 와이번에 죽은 자의 군세가 흘러 넘쳐서, 쨍쨍쨍 쾅쾅쾅. 공성전.

물론 여신관 일행의 의뢰는 상인을 호위하여 요새에 도착한 시점에서 해결됐다.

따로 의뢰받지 않았다. 돈이 안 된다. 상관없다. 그러니까 내버려두고 돌아가자.

……따위로 말하는 녀석은「모험가로서 자격이 없다」라는 것이 엘프 궁수의 주장이었다.

자기가 좋아서 모험에 몸을 던졌으니까, 모험의 기회가 있다면 기쁘게 뛰어들어야 한다.

—우리들은 모험가니까요.

"……그렇지만, 어떻게 해야 할까요?"

여신관은 양파와 감자에 약간 고기가 떠 있는 콩 수프를 입으로 옮기면서 홀로 투덜거렸다.

실체를 보이지 않고 숨어서 다가오는 파란 그림자. 하늘을 나는, 그 새와 사슴을 섞어놓은 악몽 같은 괴물.

지금까지 본 적도 들은 적도 없다. 괴물 사전에도 실리지 않았던 것 같다.

알 수 있는 거라면—.

"……고블린이 아니다, 라는 거네요."

"페리……톤……이야."

"네—?"

문득 속삭인 그 말에, 여신관이 눈을 깜빡거렸다.

깨닫고 보니, 지금까지 모르쇠란 태도로 곰방대를 즐기고 있던 마녀가 이쪽을 보고 있었다.

두근두근하면서 자세를 고치는 여신관에게 마녀는 키득 볼을 느슨히 풀면서 반복했다.

"파란, 그림자의…… 짐승. ……환몽 속에서 나타나는…… 존재하지 않는, 것."

애매모호한, 마치 안개 속에 있는 것 같은 말이며, 설명이다.

그렇지만 여신관은 그 말을 한 마디도 놓치지 않고자 귀를 기울이며 마녀를 보았다.

"그러니까, 쓰러뜨리는 건…… 무리, 야. 존재, 하지 않는…… 짐승을, 사냥하는 건, 짐승 사냥의…… 꿈, 속."

"꿈 속……."

마술사의 말이란 것은 역시 언제나 붕 떠 있는 법이지만, 거짓은 없을 것이다.

여신관은 눈썹을 찌푸리며 필사적으로 생각에 잠기고, 우우움 신음한 끝에 한 가지 결론을 냈다.

"애당초 존재하지 않는…… 것은, 쓰러뜨릴 수가…… 없다?"

"그거……야, 처음……부, 터. 거기, 에는…… 없는 거, 니……까?"

—하지만…….

그래서는 설명되지 않는 것이 하나 있었다.

존재하지 않는 것이라면, 이쪽에 아무것도 못하지 않을까?

사람을 습격하고, 병사를 죽이고, 우리들에게 선전포고를 하고, 불사자 놈들을 지휘하다니—.

"……존재하지 않는다, 하지만…… 존재하고 있다."

"그러, 네."

마녀는 여신관이 속삭인 말에 긍정하고, 달콤한 숨을 후우 뱉었다.

탄력 있게 부푼 입술에서 흘러나온 연기는 그대로 공중에 떠올라 불가사의한 무늬를 그렸다.

여신관은 수수께끼의 대답을 바라는 것처럼 시선으로 좇다가, 역시 어렵다는 표정을 하고서 우우웅 신음했다.

그리고 드디어「우으」하고 어린 아이 같은 신음 소리를 내고서 여신관은 탁상에 엎드려 버렸다.

사원에서 엄격하게 교육을 받지 않았다면, 그대로 머리칼을 마구 헤집었을 게 틀림없다.

"모, 모르겠어요오……."

"에이잇, 그래! 알아듣게 말을 해라, 알아듣게!"

한심한 불평을 지우는 것처럼, 힘을 주어 탕탕 탁상을 두드리는 소리가 울려퍼졌다.

어느샌가 귀를 기울이고 있었는지, 아니면 술이라도 마셨는지, 얼굴이 붉어진 여기사다.

손에 술잔을 들고 있는 걸 보니, 십중팔구 후자일 것이다.

턱. 탁상에 그 잔을 내리치자, 당연히 주위 병사들의 시선도 모인다.

"그러니까 쓰러뜨릴 수 있는지 없는지! 피가 흐르면 죽일 수 있겠지. 내가 알고 싶은 건 그거다!"

"……."

마녀는 당황한 것처럼, 혹은 유쾌한 기색으로, 눈을 가늘게 떴다.

"……쓰러뜨릴 수, 있어?"

"그러면 됐다!"

여기사는 반복해서 「됐어!」 하고 말하더니, 발치에 있던 술단지를 집어 올렸다.

그리고 국자도 안 쓰고, 아직 넘실거리며 남아 있는 그것을 단숨에 들이켜지 않겠는가?

"요컨대 이길 수 있다는 거다! 모두들, 신경 쓰지 말고 소란을 떨고, 마시고, 먹고, 그리고 자라!"

담대한 — 나쁘게 말하면 근거 없는 — 말을, 여기사는 한치 망설임 없이 단언했다.

어안이 벙벙한 여신관이었지만, 그보다도 빠르게 주위 병사들이 「오오!」 하며 응답했다.

"은 등급의 기사님이 하는 말이잖아. 그럼 이길 수 있다는 거지!"

"그냥 기사가 아니다!"

여기사가 「음」 하며 귀엽게 입술을 삐죽거렸다. 어여쁜 얼굴에 신기하게 잘 어울리는 표정이었다.

"다름아닌, 지고신 님을 섬기는 성기사다!!"

"그럼그럼!"

그에 대해 환성이 돌아왔다.

괜히 멋대로 풀이 죽은 채, 무시무시한 적에게 맞서고 싶은 병사 따위 한 명도 없었다.

누군가 용기를 불어넣어주면, 그저 그것만으로도 그들에게는 충분한 것이리라.

방금 전까지 조용했던 식당은 한순간에 사라지고, 그야말로 성질 급한 승전 축하연 같았다.

창고에서 술 단지를 꺼내오고, 베이컨이며 햄이며 빵이며, 아껴두던 식량까지 꺼내오는 꼴이다.

병사장이나 요새 지휘관이 말리지 않을까 싶었는데, 오히려 그들이 솔선해서 하고 있었다.

여신관은 그 소동 안에서, 여기사가 힐끔 이쪽을 보며 한쪽 눈을 감는 걸 눈치 챘다.

―굉장…… 하다.

타고난 건지 의도하고 한 것인지는 모르겠지만, 여기사가 이 자리의 분위기를 일변시켜버렸다.

아니, 오히려 남들이 다 보는 가운데 「모르겠다 모르겠다」 하며 소란을 떨었던 자신이―.

―이럼 안 되지…… 안 돼.

여신관은 고개를 휙휙 흔들고, 찰싹찰싹 양 볼을 두드렸다.

자기평가를 낮추어서, 풀이 죽어서, 고민하고, 멈춰버리면 아무것도 변하지 않는다.

일단 생각하고, 생각해서 행동을 해야 하는 것이다. 그 사람이라면 그렇게 할 것이다.

"……좋아."

그렇게 또 다시 진지하게 사고를 시작한 여신관은, 이미 마녀의 부드러운 시선도 깨닫지 못했다.

—그 괴물은, 존재하지 않는 것.

존재하지 않는 것은, 없앨 수 없다.

왜냐하면 처음부터 거기에 없는 것이니까.

"그러니까, 다시 말해서—?"

"맞추면 되잖아?"

딸랑. 엘프 궁수가 방울이 울리는 것처럼 시원스런 목소리로, 그 집중한 머릿속에 미끄러져 들어왔다.

"후헤……?"

어느 틈에 창가로 이동한 것일까?

돌아보자, 그녀는 창틀에 앉아서 바람에 머리칼이 흔들리도록 놔둔 채, 사람들의 소동을 즐거운 기색으로 보고 있었다.

상당히 기운 저녁 해는 세상을 붉게 물들이기만 하는데, 하이 엘프에게는 다른 것일까?

마지막으로 날아온 햇살 한 줌이 그녀의 머리칼을 금색으로 반짝반짝 채색했다.

그리고 그 하이 엘프가 휠쩍 손을 흔들어서 아무것도 아니란 것처럼 말했다.

"그게 무엇인지, 맞춰버리면 되는 거야. 안 그래?"

"어, 아……."

여신관은 혼란스런 사고를 필사적으로 정리했다.

"그런 건가요?!"

가는 목을 돌려 마녀 쪽을 보자, 그녀는 아무 말 없이 챙이 넓은 모자의 챙을 손가락으로 튕겼다.

아무 말도 안 하는 것이, 무엇보다도 대변할 때도 있는 법이다.

"존재하지만 존재하지 않는 것은 무엇인지. 요컨대 그것뿐."

해답을 맞추면, 그것은 이미 『존재한다』는 것이다.

별 거 아니란 것처럼 말하고, 엘프 궁수는 자신 있게 고양이처럼 씨익 웃었다.

"그치, 간단하지?"

"그렇군요……! 그렇다면—."

그렇다면, 쓰러뜨릴 수 있다.

여신관은 드디어 붙잡은 답을 놓치지 않고자, 단단히 주먹을 쥐며 고개를 끄덕였다.

상대는 한낮에 나타난다고 했다.

그렇다면 그때 매복한다. 전위는 여기사와 엘프 궁수. 후위는 마녀와 자신.

정체가 드러난 상대가 느긋하게 그 자리에 머무르고 있을 리도 없다.

따라서 공격은 즉시. 그렇다면 전위 두 사람에게 수수께끼 풀이를 시킬 여유는 없었다.

자신이나, 그녀. 여신관은 거기까지 척척 머릿속에서 정리하고— 눈썹이 내려갔다.

"저한테는 무리예요."

여신관이 진정 한심스런 목소리를 흘렸다.

그녀가 생각하기에 이것은 자기평가가 낮다기보다는 순수한 사실이었다.

실제로 지금 이 순간까지, 그녀 자신이 뭔가 해답에 다가간 것이 아니니까.

그리고 무엇보다도, 지금 이 파티— 네 사람 중에서 가장 지혜를 가진 것은 자신이 아니다.

"저보다도—."

당신이 훨씬.

그러나 그렇게 말하려던 입술이 삭, 뻗어온 가는 손가락에 막혔다.

"마법사……는. 애매한, 것을…… 애매한 채, 사용……하는 것."

무심코 콩닥거리며 말을 삼킨 여신관에게, 마녀는 그대로 노래하는 것처럼 말했다.

"한 가지…… 의미를, 가지게 하……면. 이제, 그 의미밖에, 존재하지 않으……니까. 응?"

그 말을 여신관은 그렇게 깊게 이해할 수 없었다.

마녀의 손가락 끝에서 희미하게 담배 같은 달콤쌉싸름한 맛이 느껴져서, 황급히 입술을 떼었다.

그렇다. 의미를 이해할 수 없는 것이다. 문자 그대로, 연기에 가려서.

그렇지만— 마녀가 무슨 말을 하고 싶은 건지는 알 수 있었다.

그 증거로 그녀는 부드럽게 눈웃음을 짓더니, 달콤하게 속삭였다.

"그러, 니까…… 맞춰, 보렴……?"

——네가, 하고.

§

"……뭐야, 잠이 안 오나?"

물론 잠이 올 리 없었다.

병사 숙소의 침대는 간소하지만 부드럽고, 사원의 침대보다도 훨씬 편한 잠자리였다.

모험가 길드의 숙소와 비교해도, 적어도 간이침대보다는 분명히 나을 것이다.

담요를 두르고, 천장을 바라보고, 눈을 감고, 몸을 뒤척이고, 다시 눈을 뜬다.

창틈에서는 서늘할 정도로 빛나는 쌍둥이 달의 차가운 빛이 들어온다.

주위에는 잠든 병사 ― 물론 여성 병사들이다 ― 들의 숨소리 말고, 소리가 없다.

졸지도 못하고, 몇 번인가 반복해서 몸을 뒤척이고, 얼른 자야 한다고 생각하지만 잠이 안 온다.

이대로는 잠들지 못하고 아침이 되어 버리지 않을까…… 아니.

―잠에 들었다고 해도, 그대로 살해당해서 두 번 다시 눈을 뜰 수 없는 것 아닐까?

그런 불안이 갑자기 덮쳐서, 여신관은 바보 같다고 생각하며 한숨을 쉬었다.

너무나도 겁쟁이 같은 생각이고, 웃어넘길 수 있을 법한 것이지만…….

그렇기에, 문득 말을 걸자 오히려 안도할 수 있었다.

"그러니까……."

여신관은 조금 생각한 끝에, 허세를 부리지 않는다는 허세를 부리기로 했다.

"……네. 잠이 안 와요."

"뭐 그런 법이지. 금방 잠드는 것은 일종의 재능이야."

옆 침대에서 여기사의 온화한 목소리가 돌아온다. 그 엘프가 부럽다.

엘프는 본래 수면이 필요하지 않다고 들었는데, 정말인 것일까?

어쩌면 원할 때 잠들고, 원할 때 눈을 뜰 수 있을지도 모른다.

어느 쪽이든 간에—.

—분명히…… 부러워.

반대쪽 침대에서 잠든, 나이가 떨어진 언니 같은 친구를 생각하며 여신관은 고개를 끄덕였다.

"저기, 당신은……?"

"어쩌다가 눈이 떠진 것뿐이야. 방금 전까지는 잠들어 있었다."

삐걱. 희미하게 침대가 소리를 냈다.

여신관이 데굴 몸을 돌리자, 그곳에는 파란 달빛이 비추는 미모가 보였다.

장난스럽게 웃는 여기사 또한, 이쪽을 보고 있었다.

"아무래도, 전투나 모험 전날 밤은 말이야. 두근거려서 이런 식이지."

달빛에 떠오른 아름답게 정돈된 얼굴에, 악동 같은 표정이 떠올라 있었지만.

여신관은 뭐라고 대답을 해야 할지 대단히 망설이다가, 말을 병사 숙소의 천장에서 찾았다.

"굉장하네요."

결국 간신히 나온 말이 그것 한 마디뿐이다.

그것은 틀림없는 진실이었다.

적어도 지금 그녀가 품고 있는 초조함도 없이, 고양밖에 없다니.

"흐흥."

여기사는 자신 있게, 여신관보다도 융기된 담요의 언덕을 쭉 폈다.

"그렇지만 뭐, 그것이 8할이다. 그리고, 어떤 싸움이든 8할이나 6할 정도라도 낼 수 있으면 좋은 편이지."

눈을 한 번 크게 깜박였다. 여신관은 담요로 입가까지 가리고, 살며시 여기사를 살폈다.

"……그런 건가요?"

"그럼. 언제나 전력전개로 싸울 수 있을 리가 없지."

"그건……."

분명히, 그렇다.

"……그렇, 네요."

"그렇지?"

여기사가 그렇게 말하며 웃더니, 「그렇군, 예를 들자면……」 하고 말을 거듭했다.

"내일 전투가 있다. 자신이 어느 정도 할 수 있을까? 그런 생각을 떠올리지 않나?"

끄덕. 여신관은 살며시 고개를 위아래로 움직였다. 어린 아이 같은 동작이라고 스스로도 생각하면서.

"서걱서걱. 지평선에 펼쳐지는 괴물 놈들을 상대로 종횡무진 쓸어버린다, 이렇게 상상을 하는 법이지."

"네, 네에."

"상상하지?"

"……뭐, 네. 그래요."

여신관은 애매하게 말을 흐렸다. 그렇지만 여기사는 그걸로 충분히 만족한 모양이다.

"그런데, 말이다. 실제로 대결을 하면, 글쎄. 한 번의 싸움으로 죽일 수 있는 건, 적에 따라 다르지만 한 50쯤 된다."

그런 식으로…… 마치 저녁 식사가 기대하는 요리가 아니었다고 어머니에게 말하는 것처럼 말이 이어졌다.

"그러나 처음에 일당백을 생각해서, 50이 아닌가? 그럼 처음에 50을 쓰러뜨릴 수 있다고 생각하면, 결국 죽일 수 있는 건 30이 되지."

그런 건가요?

그런 것이다.

가녀린 맞장구에 천연덕스런 대답이 돌아오고, 이어서 싹둑 잘라내는 것처럼 한 마디가 이어진다.

"오만해지는 게 무서운가?"

"아, 아뇨, 그게."

그것도 있다. 그것도 있지만, 여신관은 창피해서 더욱 담요를 입가로 끌어당겼다.

"……그것보다도, 여러분이 굉장하다고, 그렇게 생각하면 아직 한참……."

낮의 싸움, 그리고 저녁 때 식당에서 보여준 태도.

이 여기사 앞에서 어찌 자신이 잘난 말을 할 수 있을까?

아니, 애당초 비교하는 것도 어줍잖은 일이 아닐까? 부끄러워해야 할 태도가 아닐까?

그런 생각이 언제나 있다.

자신도 조금은 더 할 수 있을 거라고, 자신에게 말할 수 있게 된 것이 고작해야 최근 일이다.

"오만불손해서 뭐가 나쁘지?"

여기사가 문득, 그런 염려를 날려버리는 것처럼 가볍게 말하고 위를 향해 돌아누웠다.

삐걱, 침대가 내는 소리에 이끌려 여신관도 천장을 올려다보았다.

오래되고, 조잡하고, 예쁘다고는 할 수 없는 나무 천장. 전장의 천장일까? 그런 것을 생각했다.

"만약 뭐라고 하는 녀석이 있어도 말이다. 어차피 그런 녀석은 자기 사정에 맞춰서 사물을 안 본다."

"사물을, 안 봐요?"

"이쪽이 노력해온 것을 무시하고, 『강하니까 우쭐거린다』라고 말을 할 테니까."

흥. 여기사가 거칠게 콧김을 뿜으면서 내뱉듯이 말했다.

—어쩌면.

여신관은 문득, 생각했다. 어쩌면, 실제로 그녀가 들었던 말일지도 모른다.

아니, 비슷한 것을 그녀 자신도 생각하지 않았던가?

그저 그녀가 전장에서 보여주는 모습을 「굉장하다」라고만 생각하고 있었다.

거기에 이르기까지 쌓아올린 것이 있을 텐데.

“상관할 필요가 있나. 점점 더 우쭐해져서, 덤으로 놈들 머리 꼭대기에 올라타 줘야지.”

놈들이 꾸물거리는 사이에 이쪽은 더 위로 가는 거다.

그렇기에 여기사의 그 한 마디는, 여신관에게는 현기증이 날 정도로 높은 곳에 있는 것 같았다.

—당연한 것이다.

자신과 그녀는 모험가가 된 세월이 다르다. 걸어온 길, 쌓아올린 것이 다르다.

그것은 그녀뿐 아니라, 자신과, 등을 좇아가고 있는 그 모험가도 그럴 것이다.

다른 동료들도 그렇다. 지금까지 만난 수많은 사람들도 그렇다.

—그렇다면, 다시 말해서.

따라잡을 수…… 있을까?

“……뭐, 이건 『강한』 모험가가 되기 위한 생각이다. 그것이 『좋은』 모험가인지는 모르지.”

“모르는, 건가요?”

그런 생각을 하고 있는데, 이번에는 또 다른 말이 나와서, 여신관은 무심코 앵무새 같은 말을 던져 버렸다.

"모르는 건 모르는 거다."

그것에 여기사는 뭔가 토라진 것처럼 입술을 삐죽거리며 응답했다.

"나는 정결하고 올바르고 강한 모험가지만, 좋다 나쁘다는 타인이 정한다. 네가 어떻게 되든 나야 모르지."

"하지만 다른 애한테 가르치고 있잖아요."

우우. 입술을 삐죽거리며 여신관이 되물었다.

물론 딱히 진심으로 화를 내는 것도, 토라진 것도 아니다.

당사자는 분명히 부정을 하겠지만, 어리광을 부린다는 것이 가장 가까울지도 모른다.

"그야, 어떻게 되든 책임을 못 지고, 안 진다는 약속을 하고서 하는 거니까."

첫째로, 책임을 어떻게 지겠나? 여기사는 유쾌한 목소리를 흘렸다.

"죽으면 원수를 갚아 주나? 모험가를 그만 둔다? 자해? 그걸로 책임을 진 것이 되나?"

악한 쪽으로 기울면 때려 눕혀줄 수는 있겠군. 당연한 것처럼 말하고, 여기사는 흥 코웃음을 쳤다.

"지고신 님은 우리들에게 생각하라고 말씀하신다. 궁극적으로, 자신이 어떻게 되어도 타인 탓을 할 수는 없지."

그것은 여신관도 이해 못하지는 않았다. ―아니, 잘 아는 것이기는 했다.

아직까지 자주, 첫 모험을 돌이켜본다.

그 결말은 비참하고, 피할 수도 있었고, 그렇지만 분명히, 누구의 탓이 아니었다.

오히려 누군가가 그 모험의 실패를 그녀의 동료 중 한 명이 원인이라고 한다면, 거친 목소리로 부정한다.

적어도 — 자신의 힘이 부족했다고 해도 — 그 누구의 탓도 아니었을 것이다.

—다시 말해서, 어떻게 되는 걸까요?

여기사가 말하는 『강한』 모험가. 그것은 『좋은』 모험가가 아닌 걸까? 『좋은』 모험가란 것은 무엇일까?

여기사도, 엘프 궁수도, 마녀도, 고블린 슬레이어도, 『좋은』 모험가란 생각밖에 안 든다.

아니, 애당초 자신은 어떤 모험가가 되고 싶은 걸까—?

1분인지, 5분인지, 아니면 10초도 되지 않는 시간을 거쳐, 여신관은 포기한 것처럼 숨을 내쉬었다.

"걱정하는 것보다…… 이기는 걸 생각하는 편이, 좋을 것 같아요."

"만사 뭐든지 커다란 쪽이 좋다는 거다."

여기사는 웃었다. 웃고서, 힐끔 눈이 움직여, 다른 침대 쪽으로 시선을 돌리는 걸 알 수 있었다.

고민스런 숨결. 담요를 불쑥 밀어 올리는 언덕이 아름다운 능선을 그리고 있었다. 마녀의 침대다.

이해해요. 여신관은 중얼거렸다. 그리고 여기사와 함께 키득키득 소리죽여 웃었다.

그런 웃음소리도 곧 끊어지고, 여신관은 멍하니 천장에서 창밖으로 눈길을 돌렸다.

아직 달빛은 밤을 비추고 있으며, 희미하고 하얀 빛이 침대 위로 쏟아지고 있었다.

"저기."

한 마디를 자아내는 데는 용기가 필요했지만, 말해버리면 그 뒤는 빠르다.

"어째서……."

대답은, 잠시 동안, 없었다.

그녀가 잠들어 버린 걸까 생각했을 무렵, 조용히 중얼거리는 목소리가 돌아왔다.

"모험가가 됐는가, 말인가?"

네. 여신관은 말없이, 담요 속에서 고개를 끄덕였다.

"듣지 않아도, 대화는 할 수 있지만. 모르는 채 끝나버리는 건, 싫으니까요."

생각해보면— 이 여기사와 이 정도까지 대화한 것은 어쩌면 처음이 아닐까?

서로의 사정이나 과거 따윈 몰라도 동료는 될 수 있다. 친구가 될 수 있다. 나란히 서서 싸울 수도 있다.

그렇지만, 모르는 채 끝나버리는 일도 있다.

그건 너무하다, 미련이었다.

"흐흠. 그게 너의 동기로군. 아니, 언젠가 듣게 된다치고서. 나 말인가. 나는……."

여기사는 생각하는 기색으로 침대 안에서 꼬물꼬물 움직였다.

생각을 정리하고 있는 건지, 아니면 말을 망설이고 있는 건지. 이

윽고 포기한 것처럼 숨이 새어 나왔다.

"옛날에 말이다. 어느 나라에서 정쟁이 있었다. 왕자가 아버지와 형제자매를 해치고, 왕위를 찬탈했다고 하더군."

그건 그런, 옛날 이야기였다.

홀로 살아남은 공주님은 왕제의 사생아— 다시 말해서 사촌 오라비인 모험가에게 역습을 의뢰했다고 한다.

이야기를 들어보니, 의뢰라기보다는 그가 구하러 달려온 것이 아닐까 여신관은 생각했다.

그러나 여기사 말로는 어디까지나 의뢰였으며, 찬탈자와 싸우기 위해서 일어섰다고 한다.

어쨌거나 모험가와 공주님은 수많은 자객을 격퇴하고, 드디어 찬탈자를 토벌했다.

그리고 어디론가 자취를 감추었다——.

"……그 두 사람이?"

"부모님이나 조부모라고 하면 멋지겠지만, 아주 옛날 선조라고 하더군."

진위도 알 수 없다. 여기사는 눈웃음을 지으며, 어렸을 적 주운 강변의 돌을 쓰다듬는 것처럼 말했다.

"그러나, 나는 그걸 진실이라 생각하기로 했지."

그래서 집안에 전해지는 검기를 익혀 집을 나와 모험가가 됐다. 그것이 전부다.

이야기는 그걸로 끝인 모양이었다.

여신관은 조금 생각한 다음에 볼을 풀면서 흘렸다.

“……그러니까, 공주님이었네요.”

“하하하. 그렇군. 세상이 그랬다면 공주다. 공주. ……공주기사로군.”

응답한 여기사의 목소리는 참으로 부드러웠다.

“이제 자는 게 좋다. 내일은 큰 일이 기다리니까. 기대에 잠들지 못하는 것도 이해는 한다만.”

“……네.”

여신관은 그렇게 말하고, 다시 한 번 담요를 뒤집어썼다.

눈을 감기 직전, 마지막으로 힐끔 또 창밖을 보았다.

쌍둥이 달은 눈부실 정도로 빛나고 있지만, 이제 차가움은 느껴지지 않았다.

§

얼마 안 있으면 태양이 꼭대기에 이를 무렵이었다.

요새 주위에서는 검격음, 화살이 날아가는 소리, 열심히 읊고 있는 주문 등이 울려 퍼진다.

병사들은 모두 피폐해졌고, 때때로 하늘을 신경 쓰는 자가 있지만 아직 전의는 왕성하다.

사기의 붕괴는 멀고, 요새의 함락 따위 자체가 일어날 리가 없다. 그렇게 보였다.

여신관은 그런 가운데에서, 요새의 안뜰에 덩그러니 서 있었다.

석장을 손에 들고 긴장한 채, 유사시에 대비하고 있지만— 역시 아무것도 하지 않는 건 마음이 불편하다.

"……어째서 상대는, 일부러 이런 책략을 세운 걸까요?"
"그거야, 그냥 싸워서는 승산이 없으니까 그런 거 아냐?"
그래서 무심코 흘러나온 속삭임에 엘프 궁수가 응답해준 것이 기뻤다.
몸을 숨기고 거미줄 현을 건 채, 한쪽 무릎을 세우고 있는 그녀는 기다란 귀를 쫑긋 흔들었다.
"전쟁(워 게임)의 결말을 좌우하는 건, 개인(유닛)이 아니라 지휘관이니까."
나도 할아버님들한테 들은 건데, 엘프 궁수가 그런 식으로 말했다.
그녀도 전쟁의 경험은 없을 테지만, 그래도 신화시대의 싸움에 참가한 고로(古老)들이 가까이 있었던 것이다.
설령 대충 들은 것이라고 해도, 그 지식은 여신관하고는 천지 차이가 있으리라.
"그렇게 다른 걸까요?"
"그야 뭐든지 예외는 있을 거고, 어지간히 강한 영웅이 있어도……기본은 그렇지."
하지만, 모험은 다르다.
모험에서 중요한 것은 개인의 기량과 체력과 지혜와 용기다.
"그러니까, 이게 모험이 된다면― 모험가가 지게 되면, 모두 도망쳐버릴 거야."
"그러니까……."
여신관은 생각했다.
"그러니까 기사님과 기사님의 단기 승부, 같은 건가요?"
"그런 느낌이네."

엘프 궁수가 한쪽 눈을 감았다.

"책임이 중대해. 질 수가 없네, 평소처럼."

여신관이 고개를 끄덕이며, 힐끔 망루 위에서 지휘를 계속하는 병사들의 대장에게 시선을 돌렸다.

대화도 얼마 안 했고 인상이 대단히 흐렸지만, 그 지휘는 분명히 훌륭한 것이리라.

그렇지 않다면 이렇게까지 작은 요새가 버틸 수 있을 리도 없었다. 아마도.

—자비 깊은 지모신 님…….

살며시 가슴 속으로 성구를 읊어, 여신관은 그에 대한 축복을 기도했다. 저 기도하는(Prayer) 자에게 가호 있으라.

"……괜찮아?"

갑자기 입을 다문 탓에, 긴장을 했거나 불안을 느꼈다고 생각한 것일까?

거리를 두고서도 똑바로 시선을 보내주자, 여신관은 자리에 안 어울리게 웃어 버렸다.

누군가 무사하기를 기도해준다는 것은 정말로 마음이 따스해지는 것이니까.

"네, 해내겠어요."

그래. 엘프 궁수가 손을 흔들었다. 힘 내. 입술 움직임으로 알 수 있다. 기뻤다.

하이 엘프는 그 뒤로 입을 다물고, 마치 숲의 이끼 낀 돌처럼 움직임을 멈추고 기척을 죽였다.

여신관은 굳이 사방을 둘러보지 않았지만, 다른 사람들도 분명히 그러고 있을 것이다.

여기사도, 마녀도, 처음에 정한 위치에서 철저히 몸을 숨기고 있을 게 틀림없다.

—그러면, 저는 제 역할을 할 뿐. ……이겠죠.

그 기묘하고 별난 모험가는 자신을 걱정해주고 있을까? 안 할 것이다.

그렇다면, 그 생각에 걸맞은— 그런 모험가가 되어야 한다.

여신관은 새로운 결의와 함께 입술을 깨물고 하늘을 확 올려다보았다.

태양은 이미 한낮의 위치에 갈 무렵이다.

그리고—— 그것은 아무런 조짐도 없이 나타났다.

부웅 바람이 휘몰아치고, 질풍처럼 달리는 그림자에 닿은 병사 몇 명이 풀썩풀썩 쓰러졌다.

"호오, 도망치지 않고 남아 있었나, 계집."

괴물은 어제와 마찬가지로, 오싹할 정도로 창백한 차가움을 두르고 거기 있었다.

그것은 죽음의 차가움이라고, 여신관은 생각했다.

사슴과 새를 엉망으로 뒤섞어 놓은, 마치 악몽 속에서 기어 나온 것 같은 이형의 존재다.

공중을 표류하는 것처럼 떠오른 모습은 파란 하늘에 번진 최악의 오점이었다.

"……네."

여신관은 석장을 단단히 쥐고서, 발치를 확인하며 괴물과 마주보았다.

손은 떨리지 않는다. 목소리도 떨리지 않는다. 시야는 분명하고, 발치도 괜찮았다.

"그러면 그 목숨을 바치거라!"

그에 비해 괴물은 유열의 극치를 맛보는 포효를 울리고 있었다.

여신관을 어찌 해줄까, 이 가여운 계집의 존엄을 짓밟을 것을 생각하고 있는 것이리라.

"이제부터는—— 살육의 연회이니!"

그러나 그 괴물의 욕망을 부정하는 것처럼, 여신관의 목소리가 전장에 낭랑하게 울려퍼졌다.

"내 이름을 부를 때, 나는 사라진다. —나는 누구인가!"

§

"우……음?!"

페리톤이 숨을 삼켰다.

그렇다. 이미 싸움이 시작된 것을, 파란 그림자의 짐승은 깨닫지 못한 것이다.

이것이 정상적인 전투였다면, 페리톤은 개의치 않고 소녀의 두개골을 발굽으로 깨버렸으리라.

혹은 사지를 짓밟아 뭉갠 다음, 공포에 떠는 그 머리를 야금야금 호두처럼 깨주었을 것인가?

그러나, 이때는 그럴 수 없었다.

결투에 도전한 것은 페리톤이며, 그것에 응한 것은 이 계집이었다.

그런 상황에서— 이 소녀는 석장을 겨누며, 참으로 당당하게 괴물과의 싸움에 임한 것이다.

수수께끼는 단순한 어린 아이의 놀이가 아니다.

머나먼 태곳적부터 전해지는, 신들의 존귀하고 중요한 의식이며 결투인 것이다.

말을 가진 자, 지혜를 가진 자에게만 허락된 가장 높은 결투의 예법 중 하나이리라.

설령 신들이라고 해도, 마술사라 해도, 이 유희에서 거짓과 속임수는 용납되지 않는다.

이것을 이해하지 못하는 자라면, 어느 레아의 모험을 읽어보면 좋을 것이다.

혹은 다섯 용의 수수께끼 풀이, 혹은 2분의 길이에 걸친 용과의 싸움이라도 좋다.

어쨌든지, 이미 페리톤은 이 수수께끼에서 벗어날 술수가 없었다.

겨누고 있는 석장, 그 너머에 있는 맑은 눈동자, 혹은 그 너머에 있는 지모신의 기도.

——빌어먹을(아네스)!

타락한 혼돈의 괴물이라지만, 이것을 어기게 되면 파멸이 기다릴 뿐이다.

아무리 신을 저주한다고 해도, 이미 자리(모듈)는 정돈되어 버린 것이다.

내 이름을 부를 때
나는 사라진다
—나는 누구인가!

괴물의 신경을 거스르는 것처럼, 소녀가 낭랑하게 수수께끼를 반복했다.

"……그것은. 침묵이다. 침묵 말고는 있을 수 없지."

페리톤은 내심 짜증이 나는 것을, 희미한 목소리의 조롱만 빼고서 억누르며 말했다.

Life is Beautiful
"목숨이란 아름다운 것이구나, 계집아."

"네, 정말로. ……그렇게 생각해요."

"죽음의 문턱에서도 네년이 그렇게 재잘거릴 수 있는지, 시험해 보고 싶어지는군."

그러나 오한이 들 법한 괴물의 살의에 노출된 소녀는 전혀 공포에 떨 기색이 없었다.

"그쪽 차례입니다. ……하시죠?"

—좋다.

페리톤은 그 사슴의 얼굴을 사슴에게는 불가능한 추악함으로 비틀어 웃었다.

—이 세상에는 네년이 생각지도 못하는 것이 있는 법이다.

그것은 틀림없이 네년의 것이다.
그렇지만 네년이 쓰는 일은 없다.

타인이 쓰고 돌려쓰면서
마지막에는 돌처럼 버려진다.
그것은 무엇인가?

그 사소한 앙갚음이라고 할 수 있는 물음에 계집은 조금 당혹한 것 같았다.

그녀는 시선을 살짝 흔들면서, 입술을 몇 번인가 벌렸다. 흘러나온 것은 대답이 아니라, 숨결.

"뭘 하고 있지? 대답할 수 없다면, 일단 네년을 짓밟아 죽여주마."

그것을 겁먹은 것으로 본 페리톤이 감정을 부추기듯, 괜히 상냥한 목소리로 속삭였다.

사람이라는 것은 어째서인지, 그저 위압하는 것보다 이런 목소리에 공포를 품는 법이다.

그러나 소녀는 퍼뜩 고개를 들고, 한 마디씩 곱씹는 것처럼 대답을 말했다.

"이름, 이에요. 저의 이름. …………인, 거죠."

"……그래, 그래. 이제 곧 묘석에 새겨질 것이야."

페리톤은 이번에야말로 틀어진 기분을 숨기지 못하고, 마지못해 고개를 끄덕였다.

본래 이 정도로 약한 소리를 해서도 곤란하지만, 그렇다고 해서 답을 맞히는 것도 불쾌했다.

이글이글 내리쬐는 한낮의 햇살을 노려보며 괴물이 내뱉었다.

"네년 차례다, 계집."

그리고 그것만으로는 불복이었는지, 일부러 한 박자 뒤에 덧붙였다.
"열심히, 좋은 수수께끼를 생각해보도록 해라."

§

수수께끼의 응수는 둘째, 셋째까지 끊어지지 않고 이어졌다.

여신관은 지식신을 섬기지는 않았지만, 잘 버틴 편이리라.

만약 그녀를 그렇게 칭송하는 자가 있다면, 분명히 수줍게 웃으면서 스승의 가르침 덕분이라고 할 것이다.

적어도 여신관은 페리톤을 몰아붙이지는 못해도, 한 걸음도 물러서지 않았다.

짐승의 정체를 폭로하려면 이것밖에 없다고— 여기사와 대화를 나눈 끝에 이끌어낸 것이 수수께끼다.

이 싸움이라면 그녀 혼자서도 맞설 수 있고, 정체 모를 괴물하고도 호각으로 다툴 수 있다.

—하지만, 전투로 이쪽을 이길 수 없는 것이라면…….

지혜 겨루기라면, 자신에게도 충분히 승기가 있을 거라고 확신도 있었다.

태양이 이글이글 두 사람을 태우고 그림자가 뻗어가는 가운데, 이마와 뺨에서 뚝, 뚝 땀이 흘렀다.

긴 속눈썹이 흔들리며 깜박임 한 번. 여신관은 땀이 눈에 들어가지 않도록, 살며시 이마를 닦았다.

태양빛이 힘든 것은 괴물이라도 마찬가지일까?

파란 이형의 괴물은 날개를 퍼덕거리며, 몇 번이고 짜증스럽게 천상을 보았다.

——……?

여신관은, 문득 그 동작에서 위화감을 느끼고 고개를 갸웃거렸다.

괴물이라도, 더위는 힘든 것일까—?

"왜 그러나? 항복인가? 그렇다면, 항복한다고 한 마디 하고서 고개를 발굽 아래 내놓아야지."

"아, 아뇨."

문득 여신관은 승리를 뽐내는 식의 말에 황급히 고개를 들고서 붕붕 고개를 좌우로 저었다.

"그것은 먹고, 모두 핥을수록 자라는 것. 그렇지만 마시게 되면——."

"불꽃."

페리톤이 빠르게 중얼거렸다.

"불꽃은 물을 마시면 죽어버리니까."

—우으음.

지금 그 수수께끼는 별로 좋지 않았다. 여신관은 살며시 숨을 내쉬었다. 정신이 흐트러져 있었다.

이러면 안 되지. 다시 한 번 고개를 젓고서, 볼에 달라붙은 머리칼을 떨쳐냈다.

그 모습을 파란 그림자 같은 짐승이 짜증스럽게 노려보는 걸 잘 알 수 있었다.

주위의 병사들이 마른 침을 삼키며 — 그러나 싸우는 손을 멈추지 않고 — 지켜보고 있는 것도.

분명히 엘프 궁수나, 여기사, 그 아름다운 마녀도 보고 있을 것이다.

—긴장, 되네.

그렇기에 부끄럽지 않은 싸움을 해야 하리라. 이길 셈으로, 설령 지더라도.

여신관은 후우, 후우. 얕은 호흡을 반복해서 숨을 정돈하고, 그래도 웃으며 말했다.

"그러면, 다음 질문을 하세요."

"……좋다."

하늘을 노려보고 있던 페리톤은 유황의 냄새가 나는 거친 콧김을 뿜으며, 이를 갈고서 긴 목을 흔들었다.

"이제 그만 편하게 해줄까 생각하던 참이다. 각오는 되었나? 물론, 기다리지 않는다만—."

그리고 괴물은 무시무시한 수수께끼를 낭랑하게 노래했다.

아침에는 작고 네 발이며
점심에는 높고 두 발
그러나 저녁에는 중간에 세 발
이 목숨은 무엇인가?

"어떠냐? 이 수수께끼를, 네년이 풀 수 있느냐?"

승리를 뽐내는, 빠른 말. 여신관은 난처하고 애매한 웃음을 지었다.

그거라면 안다. 아주, 잘 안다. 혹시 봐주는 것일까?

—아니면, 단순히 나랑 마찬가지로 정신이 흐트러진 걸까요?

그도 아니면 함정 문제일까? 그렇다고 해도 다른 말은 떠오르지 않는다.

그러니까. 저기. 여신관은 진심으로 난처함에 망설이면서, 그리고 대단히 불안하게 대답했다.

"——**둔갑**, 이죠?"

§

"……뭐라고?"

"아뇨, 그러니까, 그게…… **둔갑**이요."

아니었나? 여신관은 갑자기 불안해져서, 황급히 덧붙일 말을 찾았다.

"그러니까, 다시 말해서, 미믹이요. 무엇으로든 둔갑할 수 있으니까요. 보물 상자나, 문이나, 재보나."

듣자니 도약해서 날아 차기를 한다는 얘기도 들리고, 네 다리로 따라온다는 얘기도 들었다.

틀림없다. 없을 것이다.

"……그렇죠? 저기, 아니면, 혹시."

—모르시나요?

"미믹 정도는 알고 있다, 멍청한 년!"

페리톤이 버럭, 송곳니를 드러내면서 울부짖었다.

그녀가 품은 사소한 의문은 이 괴물의 긍지를 대단히 상처 입힌 모양이다.

이형의 사슴은 그 두 눈에 활활 분노의 불꽃을 밝히면서, 으르렁대는 것처럼 대답을 내뱉었다.

"못 당하겠군. 인간이다. 대답은 말이다, 인간이다. 아침에는 그러니까 갓난아기고—."

"아."

여신관은 눈을 깜빡거리면서 아주 당연하게 말했다.

"지금, **당했다**고……."

"말 안 했다!!"

드디어 괴물이 역정을 부리면서, 그 무시무시한 발굽으로 짜증스럽게 땅바닥을 때렸다.

쿠웅. 몸속까지 울리는 충격에 여신관은 무심코「히윽」하고 비명을 질러버렸다.

놀랐을 뿐이지만, 겁먹었다고 생각한 것이 아닌가 불안해져서 주위를 둘러보았다.

그렇게 말을 해도, 인간의 키는 아침점심저녁으로 늘어나거나 줄거나 하지 않지 않는가?

아침과 밤에 키가 늘었다 줄었다 하는 생물 따위 어디 있단 말인가?

떠오르는 것은 고작해야 촛대 정도, 그리고 그밖에는——.

"————!"

그것은 순간, 뇌리에 떠오른 벼락이었다. 여신관은 망설임 없이 그것을 붙잡았다.

석장을 움켜쥔다. 찰랑 울리는 소리. 망설임은 없고, 말은 흐트러짐 없고, 두려움도 없었다.

그녀는 손에 든 석장을 들어, 분노에 날뛰는 괴물에게 겨누고 말을 뿜어냈다.

그것은 언제 어느 때라도,
반드시 네 곁에 나타난다!
절대로 너를 놓치지 않는다!
너는 그것과 이야기할 수도 없다!
자, 봐라, 네 옆에 있다!
유감이구나! 포기하거라!

"뭣——이?!"

페리톤이, 두 번, 숨을 삼켰다. 눈동자에 타오르는 불꽃이 흔들렸다. 여신관은 망설이지 않는다.

"당신은, 그림자야! **사람의 그림자**!!"

석장을 쥔 손가락에 힘을 주고, 영혼을 고양시킨다. 하늘 높이, 신들의 곁에 닿도록, 드높이.

"《자비 깊은 지모신이여, 어둠 속 길 잃은 우리들에게 성스러운 빛을 베푸소서》!!"

하얀 빛이 해방되었다.

태양빛, 여신관이 뿜어낸 《홀리 라이트》, 그 양쪽에 노출된 괴물의 육체가 후두두둑 무너지기 시작했다.

그것은 그야말로 바람에 노출된 잿더미가 날아가 버리는 것 같았다.

이형의 짐승, 그 몸을 만들고 있는 그림자가 순식간에 뜯겨져나가고 있는 것이다.

"이, 녀어언……!!"

"《클라비스(자물쇠)…… 칼리부루누스(강철)…… 노두스(결속)》."

땅을 박차고 하늘로 도망치려는 괴물의 아우성과, 노래하는 것 같은 진정한 말을 읊조리는 것이, 동시.

어둠 속에서 걸어 나온 마녀가 그 맺음말로 괴물의 날개를 봉한 것이다.

그림자를 둘러 강대하게 보인 그 날개도, 정체가 드러나면 그저 깃털.

과거의 대현인이 용마저도 떨어뜨렸다는 그 술법을 고작해야 괴마(怪魔)가 깰 도리가 없음이니.

"잡, 았다아아!!"

그리고 원흉이 된 소녀에게 죽음의 저주를 내뱉기 전에, 나무 눈 화살촉의 화살이 그 턱을 꿰뚫었다.

혀가 구개에 고정되어 버리면, 어떤 소리라도 말은 되지 못하리라.

비틀 기울어 낙하하는 마신의 시야에는 어느샌가 망루에 올라선 하이 엘프의 모습이 보였다.

"DDDDAAAAAEEEEMOOOOOOONN!!!!!"

그렇지만, 그 정도로 증오를 버려서는 마신이라 할 수 없으니.

낙하하며, 땅바닥에 부딪힌 그 마계의 짐승은 강인한 사지로 달렸다.

이렇게 되면, 하다못해 저 역겨운 계집의 목을 물어 뜯어서――.

"아――."

여신관은 그때, 무슨 일이 일어났는지 전혀 알 수 없었다.

그저, 어디선가 맹렬한 속도로 달려온 여기사가 눈앞에 서서 살짝 비틀거린 것처럼 보였다.

아니, 보다 정확하게 말하면…… 희미하게 몸을 살짝 돌렸다, 라고 보였다.

그리고 맹렬한 속도로 마신과 스쳐지나갔다. 그 생각밖에 안 들었다.

그러나 결과는 다르다.

"흠."

지나가는 바람에 아름다운 금발을 드러낸 여기사가 대단히 시시하다는 목소리를 흘렸다.

그 손에 쥔 백은의 검은 역겨운 마족의 피에 더럽혀지고서도 빛을 잃지 않았다.

뒤늦게, 여기사의— 그리고 여신관 뒤에서 멀리, 고기가 떨어져 뭉개지는 것 같은 소리가 울렸다.

퍼뜩 돌아본 여신관의 눈에 몸만 남은 마신이 벽에 격돌한 것이 보였다.

그리고 둔탁한 소리와 함께, 베어서 날아가 공중에서 춤추던 머리가 안뜰에 떨어져 석류처럼 터졌다.

"시시한 것을 베어 버렸군. ……정말이지, 처녀의 순정을 농락하다니."

고작해야 야귀(夜鬼)(나이트 스토커)였다니. 여기사는 검을 휘둘러 피를 떨쳐내고, 칼집에 넣었다.

여신관은 지금 그것이 이미 이야기도 전해지지 않는 잊혀진 고대의 검기라는 걸 알 수 있었다.

그녀가 논하는 그 이야기에 거짓이나 속임수는 무엇 하나 없었던 것이다.

"……강하, 네요."

"그렇지?"

흐흥. 자신만만하게 말하며 판금갑옷이 감싼 가슴을 펴는 여기사에게 여신관이 볼을 풀면서 말했다.

"네, 굉장히요!"

자신이 과연 좋은 모험가인지, 강한 모험가인지, 그렇지 않은 모험가가 되고 싶은지.

여신관은 알 수 없었다.

그러나 승리의 함성을 지르는 여기사를 보고— 그것에 응답하여 적진에 뛰어드는 병사들을 보고.

이쪽으로 따스한 눈길을 보내는 마녀와 「해냈구나!」 하고 말을 걸어주는 친구와.

그런 모두에게, 부끄럽지 않은 모험가가 되고 싶다고——.

"……해냈어요!"

그렇게 생각하며, 여신관은 작게 주먹을 쥐고 쾌재를 올렸다.

막간 「여동생이 맡긴 물건의 이야기」

Goblin Slayer
He does not let anyone roll the dice.

"뭐야. 모험이라고 했는데 결국은 심부름이잖아."

"야."

투덜거리는 소년 척후의 옆구리를, 소녀 무술사(드루이드)의 팔꿈치가 가볍게 찔렀다.

그림 물감을 칠한 것처럼 파릇파릇한, 터무니없이 넓은 겨울의 파란 하늘 아래였다.

가도를 덜컹덜컹 나아가는 마차에는 천막이 없고, 추위마저도 신경 쓰지 않는다면 드러눕고 싶어지리라.

길을 가는 사람들이 힐끔거리며 시선을 보내는 것은, 마부석에 앉은 리자드맨의 거구 탓이 아닐까?

아니면 소년소녀들 말고 마차에 탄, 드워프와 하프 엘프도 아울러서 보는 것일지도 모른다.

노예상이나 납치범인가 싶기도 한 일행이지만, 태평스런 아이들의 모습을 보면 오해도 풀리리라.

무엇보다도, 리자드맨의 목에 걸린 은의 인식표는 그가 흠의 우방이라는 증거다.

백자나 흑요라면 모를까, 은 등급쯤 되면 겉모습이나 종족은 그다지 신경 쓸 게 못 되는 법이다.

무슨 일이든 예외가 존재한다고 해도—.

"하하하. 뭐냐, 아가. 심부름은 싫더냐?"

겨울 하늘의 파란색을 안주 삼아 술을 들이켜고 있던 드워프 도사가 껄껄 웃었다.

더위 추위라는 것은 지하에 사는 드워프들에게 전혀 문제가 안 되는 것일까?

어쩌면 들이켜고 있는 술 덕분에 신경이 안 쓰이는 것인지, 소년 척후는 알 수 없었다.

"그거야, 그으~ 있잖아. 기껏 도시에서 벗어나 국경의 요새로 간다고 들었는데."

결국 두루마리 하나를 건네주고서 전달해다오 했잖아. 맥이 빠진 기색으로 소년은 불평을 흘렸다.

"하지만, 요새 같은 곳은 어지간해서 안에 들어가기 어려우니까요."

그에 비해 소녀 무술사는 유익했다는 기색으로, 마차 끝에서 맨발을 휘휘 흔들고 있었다.

국경의 요새쯤 되면 국방의 요체다. 보통 사람들이 쉽사리 발을 들일 수 있는 장소가 아니다.

안내를 받은 곳도, 외부 인물에게 보여줘도 되는 곳으로 한정되어 있었겠지만—.

"무척 흥미로웠어요."

그러면서 또박또박 말하는 그녀의 옆구리를 이번에는 소년 척후가 가볍게 찔렀다.

"동쪽 변경에서 이것저것 맛있는 거 먹은 게 즐거웠던 거뿐이잖아."

"무, 따, 딱히 문제없잖아요!"

소녀 무술사의 얼굴이 삭 빨갛게 물들고, 그녀는 파트너 소년에게 날카롭게 반론을 시도했다.

"흥미로웠던 건, 흥미로웠던 거니까요!"

"정말로 레아는 대식가라니까아."

"대……?!"

목소리 톤이 높았다.

"대식가 아니에요!"

레아가 하루에 네 번, 다섯 번이나 식사를 하는 습관이 있는 것은 유명한 이야기다.

그것을 그녀 본인이 식탐이 많다고 하는 것은 한창 나이의 아가씨로서는 다소 바라는 바가 아니리라.

"뭐, 얼굴 도장이라는 것일세."

두 소년소녀가 시끌시끌 떠드는 것을 등으로 들으며, 리자드맨 승려가 허허 웃었다.

"이런 것을 싫어하는 위인들도 있네만, 능력과 실력을 재는 척도는 집안과 교우라네."

"그런 거야?"

"한 눈에 상대의 기량이나 기능 따위를 알 수 있는 도리도 없지 않는가?"

고개를 갸웃거리며 말한 소년에게, 리자드맨 승려가 깊은 의미를 담아 기다란 목을 돌리고 고개를 끄덕였다.

"그러나 유서 깊은 집안이라면 교육도 받았을 것이며, 그의 지인이라고 하면—."

"—신용할 수 있다. 라고 생각해주는 거군요."

그 말을 이은 것은 마부석에서 태평하게 하늘을 보고 있던 하프 엘프 검사였다.

어디서 실례했는지 파릇파릇한 잎을 한 장 입가에 대고서 풀피리를 불고 있었는데, 훌쩍 몸을 일으켜 돌아서더니 우아하게, 과연 엘프의 피가 흐르는구나 싶은 동작으로 고개를 숙였다.

"이번 일로 저희를 소개해주셔서, 정말로 감사합니다."

"뭘 그러시나."

"신경 쓰지 말거라. 마침 손이 비어 있어서 그런 것이니."

숙달된 모험가인 리자드맨 승려와 드워프 도사는 대단한 일이 아니라며 손을 내저었다.

그러나, 하프 엘프 검사에게는「대단한 일」이었다.

본래는 자신의 파티가 이 소년소녀들을 유력자에게 소개해야 하는 것이다.

변덕인지, 그냥 친절한 마음인지. 어느 쪽이든 은혜를 입은 것은 변함이 없으리라.

"……응~ 아니, 고맙다고 하는 거야 이해는 하는데 말야."

소년 척후는 아무래도 감이 안 잡힌다는 기색으로 마차에서 떨어질까 싶을 만큼 몸을 젖혔다.

"위험하잖아요."

옆에서 소녀 무술사가 뾰족한 목소리로 말했지만 신경 쓰지 않고, 하늘을 올려다보았다.

눈이 아플 정도로 파랗다. 그는 무심코 눈을 가늘게 떴다.

"그렇게 굉장한 일이야?"

"언젠가, 당신들이 혼돈의 음모를 알아내서, 그 여걸 곁으로 가져간다고 해보죠—."

그 무렵에는 분명히. 하프 엘프 경장 검사는 소리는 내지 않고 생각했다.

이 젊은이들은 죽지만 않는다면 순조롭게 등급을 올라갔겠지만.

"하급 모험가의 부정확한 망언으로 치부하지 않고, 이야기를 들어준다. 그런 거지요."

"……『아랫것들』의 의견이라도 『상관없다, 말해라』 하고 물어보는 게 훌륭한 높은 사람 아냐?"

"아뇨. 세상은 태반이, 저도 포함해서…… 그저 자기 고집만으로 수상쩍은 말을 하는 자가 많은 법이니까요."

어쨌든지 정보를 끌어 모으는 것은 중요하지만, 그것을 자세히 조사하는 것은 수고가 들어간다는 것을 잊기 십상이다.

중요한 소식을 위로 올렸는데도, 책상 위의 산더미에 묻혀서 사태가 일어난 다음에야 발견된다.

그것은 세상의 일상이며, 그것을 담당자의 태만이라고 정리해 버리는 것은 지나치게 난폭한 일이다.

"중요한 정보를, 이것은 중요하다고 드러내어 전달하는 수단은, 가지고 있어야 해요."

"흐응……."

역시 좀처럼, 소년 척후의 마음에는 자리 잡지 못한 모양이다.

그것에 쓴웃음을 짓고서, 하프 엘프 검사는 한 마디만 더 덧붙였다.

"그리고 그 분의 여동생은 이름 있는 마술사라고 합니다. 술사를 이해해주는 사람은 귀중한 법이에요."

하프 엘프 검사는 그 이상 설명을 하는 것은 도움이 안 된다고 생각했는지, 또 다시 풀피리를 불기 시작했다.

그것을 힐끔 곁눈질로 — 그렇다지만 그는 시야가 넓다 — 본 리자드맨 승려가 턱을 벌렸다.

"뭐, 알 수 없는 일이 많은 것은 당연한 도리. 한 걸음씩 배워가면, 높은 가지까지 목이 뻗는 법일세."

"저는 레아인데요……."

"그렇게 따지면 나도 드워프니라."

조심조심 중얼거린 소녀 무술사에게 드워프 도사가 굵직한 소리로 답하며 웃었다.

—우응…….

본래 레아란 고향에서 바깥으로 나서는 일 자체가 드문 종족이다.

오랜 옛날에 보물을 가지고 돌아왔다는 신비로운 노야의 이야기만 유명하지만, 보통은 외출을 꺼리는 것이다.

하루 종일 느긋하게, 햇살이 닿는 집에서 느긋하게 지내면 최고라고 생각한다.

그렇기 때문은 아니지만, 넓고 넓은 세계의 이치 같은 것은 생각지도 못한다.

그 상처투성이의, 그렇지만 늠름한, 매우 아름다운 여장군과 알게 되어 어떻게 될 것인가.

—다시 말해서, 보다 커다란 모험의 계기, 라는 거겠지?

결국, 레아 소녀가 알 수 있는 것은 그 정도였다.

어려운 것은 모르겠다. 그러니까 한 걸음 한 걸음 배워가면 된다.

일단 당장은 그 여걸이「여동생이 맡긴 것」이라며 건넨 이 두루마리.

나중에 써 붙인 걸로 보이는 라벨에는 뭔가를 휘갈겨서 적어놓았다.

소녀 무술사는 읽고 쓰기를 할 줄 아니까,『와이번이 머무르는 바위』라는 것은 읽을 수 있었지만.

뭐, 이것이 단순한 심부름이라고 해도, 지금은 이것을 무사히 전달하는 것에 주력하자.

그렇게 하면 분명히, 이것 또한 누군가에게 모험의 계기가 될 것이 틀림없었다.

"……그러면, 되는 거겠죠."

"——?"

"아무것도 아냐."

옆에 있는 소년이 고개를 갸웃거리는 것에 고개를 옆으로 저으며 대답하고, 그녀 또한 하늘을 보았다.

정말로 사방세계의 테두리까지 닿을 법한, 어디까지나 커다란 뚜껑 같은 파란 하늘이었다.

제 3 장 『해결사, 달리다(히트 앤드 런)』

Goblin Slayer

He does not let anyone roll the dice.

암살자가 암살자다운 차림을 하고서 걸어 다니는 것을 그는 본 적이 없었다.

아니 정확하게는 본 적이 있긴 한데, 순식간에 위병이 말을 걸더니 잡아가 버렸다.

그러니까 올바르게는 숙련된 암살자가, 라고 해야 하리라.

암살자다운 차림을 하는 암살자 따위는 바보나 멍청이나 초보자 중 하나이거나 전부다.

말할 것도 없이 그는 숙련자, 프로였다.

§

—물론, 살해의 프로라고 생각하지는 않지만.

그런 생각을 하면서 천천히 침대 위에서 몸을 일으켰다.

창밖에 보이는 햇살은 이미 상당한 각도가 되어 있어서 명백하게 낮을 지나 있었다.

새벽 가까운 시간에 잠들어 낮에 일어나는 것이 건강하지 못하다는 것을 알고는 있지만—.

"완전히 야행성이 되어버렸군."

그리고 혼잣말도 늘었다.

침대와 옷장 정도밖에 가구가 없는, 싸구려에다 휑한 방이다.

바닥도 상했고, 작은 움직임에도 삐걱삐걱 소리가 난다.

움직임이 가벼운 것에 비해 중량이 있는 육체를 신중하게 침대에서 내리고, 바닥 위에 한쪽 손을 짚었다.

손가락으로 짚고, 척추를 고정하여, 훅 내린 자가중량을 한 팔로만 밀어 올린다.

정해진 횟수를 마치면 다음은 반대쪽 팔. 횟수나 속도가 아니라, 언제나 정확성을 의식해서 한다.

그런 의미에서 바닥의 소리가 나지 않도록 단련하는 것은 시도해볼 의의가 있는 과제였다.

양팔이 끝나면 다음은 한쪽 다리로 서서, 다리의 힘으로만 마찬가지 일을 반복한다.

오른팔, 왼팔, 오른다리, 왼다리. 한 차례 사지의 동작 확인과 단련, 몸을 풀고 나서 일단은 좋다 친다.

사실은 대들보나 기둥을 붙잡고서 턱걸이도 하고 싶지만, 잘못해서 부서지면 뒷일이 두렵다.

이 자가중량 단련에 어느 정도 효과가 있는지는 불명료하지만, 하지 않는 것보다는 하는 편이 좋다.

적어도 기술이나 장비나 마술이나 무엇보다도, 어지간히 확실하게 신뢰할 수 있는 것이다— 라고 그는 생각했다.

다만 실제로 그렇게 말하면, 파트너에게 마술에 대한 강의를 들어버리게 될 거다.

자신의 팔다리는 새겨진 주술이 없으면 꼼짝도 하지 않는다는 것 정도는 이해하고 있긴 하지만.

"……어이쿠."

적당히 붙잡은 물병은 비어 있었고, 식량이라고 할 만한 것도 아무것도 없다.

늘 있는 일이지만, 어제의 자신이 부주의한 것을 저주하며 그는 바깥에 나가서 먹기로 정했다.

어차피 오늘은 나갈 셈이었다. 그걸 생각하면 나쁜 일은 아니리라.

그도 그럴 것이 어제는 마구(위즈볼)에서 응원하는 전단(팀)이 진 것이다.

이런 날은 구시렁거리고 있는 것보다 뭔가 일이 없는지 확인하러 가는 편이 좋다.

그는 천 조각으로 몸을 닦으며 옷장으로 가서, 양쪽으로 열리는 문을 열었다.

그곳에는 몇 벌의 옷이 걸려 있지만, 그것을 헤치고서 구석에 있는 숨겨진 자물쇠를 찾았다.

철커덕 소리가 나고 뒤판이 열리더니, 2중으로 숨겨져 있던 옷걸이가 나타났다.

"……흐흥."

벌써 몇 번이나 열고 닫아서 뭐가 있는지 알고 있지만, 이때는 웃어버린다.

제대로 된 가구도 없는 이 방에서, 유일하게 고집하여 — 동료들은 기가 막힌 기색이지만 — 구한 가구다.

숨겨진 선반에는 딱히 가죽 외투나 군모만 있는 게 아니다.

핸드 캐논이나 연노, 그 밖에도 갖가지 드러낼 수가 없는 금지품 목들뿐이다.

옛날에 본 연극에서 왕가의 밀정을 맡고 있던 남자가 이런 식으로 자기 장비를 숨기고 있었다.

그 이후 그것을 동경해왔다. —결국 그 밀정은 연극 서두에서 살해당하니까 재수가 없긴 했지만.

"……어디. 좋아. 문제는 없군."

핸드 캐논을 꺼내고, 연노를 동작시켜보고, 문제가 없는 것을 점검하고서 다시 선반에 돌려둔다.

이 점검도 얼마나 효과가 있는 것인지 모르겠지만, 하지 않는 것보다야 낫다.

그렇게 한 차례 일과를 마친 다음, 그는 셔츠를 입고서 겉옷을 입었다.

물론 군모나 가죽 외투는 안 입고, 핸드 캐논이나 연노도 가지고 다니지 않는다.

암살자다운 차림으로 거리를 걷는 암살자 따위, 틀림없이 초보자니까.

§

저녁이 한 걸음 앞으로 다가온 물의 도시는 축축한 냇물의 냄새를 두른 바람이 분다.

노란 햇살에 물든 거리의 풍경에는 지독하게 나른하며 이완된 공기가 흐르고 있었다.

수로를 가는 곤돌라를 드워프 사공이 긴 장대를 짚어서 교묘하게 몰아간다.

그것을 느긋하게 바라보면서, 그는 냇물의 흐름과는 반대쪽을 향해 걷기 시작했다.

꼬리 달린 아이들이 레아를 선두로 와아아 하면서 곁을 달려 지나갔다.

저 레아는 얼추 서른 즈음이고, 악동들을 길들여서 날치기 같은 거라도 하려는 거겠지.

나이 이야기를 하자니, 대단히 귀찮은 기색으로 빨래판에 천을 비비고 있는 저 엘프 여자는 몇 살일지 궁금하다.

엘프는 몇 살이든 아름다운 그대로인 데다가, 밤의 꽃에게 나이를 묻는 것은 흄 상대로도 못나기 짝이 없는 짓이다.

그 여자에게 찌릿 눈길을 받은 그는 부끄러운 기색으로 미소를 지으며 가볍게 인사를 했다.

—어쨌든지—.

멀쩡해 보이는 젊은이가 조합에 소속되지도 않고서 어슬렁거리고 있어도 되는 시간대는 아니리라.

—이제 슬슬 직업소개소에서 밤 순찰이나 경호원, 그런 일이라도 해둬야 하나…….

아무래도 모험에 나서거나, 도시에서 빈둥거리는 것이 용납되는 모험가하고는 다른 것이다.

위조 인식표는 편리하지만, 장기간이 되면 모험에 가지 않으면 오히려 의심을 받게 된다.

그리고 직업도 수입도 불분명한 남자가 살고 있으면, 유사시에 의심을 받는 것도 틀림없다.

자기 탓이라면 모를까, 근처에서 사고를 친 바보 때문에 불똥이 튀어서 의심을 사는 건 사양하고 싶었다.

그때그때, 그러한 변명을 준비하는 것도 예법이다.

사람이 드문드문한 거리를 눈에 띄지 않도록 — 다시 말해서 당당하게 똑바로, 서두르지 않고 — 걸어가기를 잠시.

문득 떠올린 것처럼 옆길로 빠져서 두셋, 복잡한 골목을 꺾었다.

번화가의 뒤편이라는 것은 맥이 빠질 정도로 조용하고 오밀조밀한 법이다.

그런 가운데 요리점 뒷문 같은, 별로 특별한 점도 없는 건물 지하로 통하는 계단이 있다.

거기에는 은의 달(실버 문)이나 사신의 낫(그림 리퍼)이 연상되는 간판이 걸려 있었다.

그는 힐끔 그 간판에 눈길을 주고서, 경쾌한 발걸음으로 한 단씩 뛰어넘어 계단을 내려갔다.

초고대부터 거기 그려져 있는 게 아닐까 싶을 정도의, 벽 한 면의 낙서들.

흄이 웅크려야 하는 장소에는 엘프 험담.

흄이 발돋움을 해야 하는 장소에는 드워프 험담.

그리고 흄의 눈높이에는 흄의 험담이 듬뿍 두 줄.

언제나 그러는 것처럼, 그는 씨익 웃고서 「키다리(롱 샹크스)」와 「꺽다리(스트라이더)」의 문자를 가볍게 손바닥으로 더듬었다.

그리고 가장 아래쪽에 있는 문을 열면— 그 앞에는 무허가 주점이다.

"땅콩. ……셋."

"둘이면 충분해요."

"아니, 셋이다. 둘에 하나로 셋이다."

"가끔은 뭐라도 좀 마시는 게 어때요?"

"그런 개 오줌을?"

"좀 이해해주세요."

카운터의 단골손님과 바텐더가 둘이네 셋이네, 은어로 아편에 대한 대화를 하는 옆을 지나쳤다.

언뜻 허름한 장소에 자리 잡은 가게지만, 안으로 들어가면 어쩐지 고상함이 떠도는 법이다.

융단은 부드럽고, 카운터나 테이블, 술병이나 잔 같은 것은 언제나 반짝반짝하게 빛나고 있다.

당구대에서 놀고 있는 녀석들이나, 술을 한 손에 들고서 결투(엔 가르데) 유희로 노는 자들.

엘프, 레아, 드워프, 수인. 아마 구석 자리에서 리자드맨과 시시덕거리는 여자는 다크 엘프일 것이다.

길거리에서 웅크리고 있으면 날건달이나 다름없는 녀석들도, 이 가게에 있는 녀석은 뭔가가 다르다.

적어도, 이곳은 싸구려 술집하고는 결정적으로 다른 것이 있다.

그것은 아마도—.

——아마도, **풍취**라는 것이겠지.

그것이 없는 녀석은 진작에 내쫓긴다. 특히, 이 가게의 가장 안쪽에는 못 들어간다.

주점의 자리들 사이를 스르륵 빠져 나가면 목적한 문이 보인다.

두꺼운, 금속문 한 장.

그렇다. 여기까지는 아직 보통 주점이다. 그러나 밀어서 연 그 문 너머는 다르다.

동굴이다. 그렇게 생각하는 자도 있다. 그러나 그는 언제나 이렇게 생각한다.

—바다다.

불빛을 대단히 낮춘, 어슴푸레한 어둠에 한없이 가까운 파랗고 흐린 어둠의 공간.

그 안을 헤엄치듯, 조끼를 껴입은 바텐더와 바메이드가 급사를 한다.

고용된 악단이 연주하는 죽금(jegog)의 선율이 몇 겹으로 겹치고, 밀물처럼 귀로 밀려들어온다.

어떻게 저렇게 퉁퉁쨍쨍하는 소리밖에 안 들리는 악기로, 이런 음색을 낼 수 있는 걸까?

웨이터와 바텐더와 가르송의 구별과 마찬가지로, 그는 도무지 알 수 없는 일이었다.

—그러나, 뭐 괜찮지 않을까?

여기는 바다다. 바닷속을 헤엄친다면, 인어(머메이드)에 통하는 바메이드가 있어야 한다.

그는 가볍게 결론을 내리고 평소의 좌석으로 눈길을 돌렸다.

"아, 왔구나."

거기서 훌쩍 고개를 든 붉은 머리칼의 아가씨가 웃음을 짓는 것이—조금이지만 기뻤다.

그의 눈이라면 이 심해 속이라도 내다볼 수 있다. 희미하게 볼이 풀어졌다.

"그래. 이제 슬슬 일 이야기도 있을 법 하니까. 그쪽도 그런 느낌 아냐?"

"그거랑, 반은 불평을 들어주러 왔어."

난처한 표정으로, 붉은 머리 엘프가 탁상으로 눈길을 돌렸다.

자연스런 동작으로 그녀 옆에 앉으며 그 또한 시선을 움직이자, 엎드려 있는 아가씨의 모습이 보였다.

"아…… 우……."

의미가 불명료한 신음 소리는, 도저히 지식신을 섬기는 신관이 내는 것 같지 않았다.

"무슨 일인데?"

"신경 쓸 것 없다."

무심코 껄끄러운 목소리를 흘린 그에게, 이미 자리에 있던 굳건한 마부의 낮은 목소리가 응답했다.

마부는 잔에 따른 과실수를 맛있는 기색으로 마시고 있었다. 고삐를 쥐기 위해 대비하는 것이리라.

"돈이 궁하다더군."

"사막에서 그렇게 벌었으면서?"

무심코 기가 막힌 표정으로 대답했다.

일이 진정될 필요도 있어서 조금 얌전히 지내고 있었지만, 지갑이 허전해지기에는 너무 일렀다.

"책이 비싼 게 나쁜 거야. 책이……."

흐느껴 우는 건지 저주의 목소리인지 알 수 없는 속삭임을 흘리면서, 지식신의 신관이 징징 떼를 썼다.

"책은 비싸니까."

붉은 머리 소녀도 쓴웃음을 지었다.

"나도 마술 관련으로 이래저래 돈이 필요하거든."

"진리의 탐구를 위해서는 **못된 일**에 손을 대야 하는 거야."

그렇게 머리를 굴린 신관은 또래의 아가씨처럼 키득키득 소리를 내어 웃었다.

되는대로 불평을 내뱉은 다음이라 상쾌해진 걸지도 모른다.

적어도 술 탓은 아닐 것이다. —일하기 전에 술을 마시는 건 바보나 하는 짓이다.

—음.

그런 생각을 한 탓인지, 그는 자신이 공복이라는 것을 떠올렸다.

"자, 좀 비켜줘. 나는 아직 밥을 안 먹었다."

"그래그래."

영차. 그런 식으로 신관 소녀가 상체를 일으키자 테이블이 비었다.

그는 메뉴를 보지도 않고 바메이드 — 진짜 어인인가 보다 — 를 불렀다.

"버거 셋. 빵은 빼고. 그리고 탄산수."

금화 1닢을 던지며 부탁하자, 바메이드가 생긋 웃으며 물러갔다.

"너는 돈에 여유가 있어 보이네."

붉은 머리 엘프가 못 말리겠다고 말하듯 눈을 가늘게 뜨고서 키득키득 웃음을 굴렸다.

"총잡이(건슬링거) 행세야?"

"아니, 늦잠을 잤다."

그는 단적으로 말했다. 그런 별명(핸들)으로 불리는 것은 아무래도 진정되질 않는다.

"어제는 졌거든."

"마구."

붉은 머리 소녀가 중얼거리듯 맞장구를 쳤다.

"……그렇게 풀이 죽을 정도야?"

"전단의 주장이 요전에 위병대에 끌려간 탓이란 말이다."

그렇게 말하는 것과 동시에, 일처리가 빠른 바메이드가 요리를 완성해서 말도 없이 테이블에 놓았다.

치이이이 기름이 튀는 소리를 내는 철판에, 아직 붉은색이 남은 고기 덩어리가 셋 올라가 있다.

그는 단지에서 소금을 살짝, 겨자를 듬뿍 뿌린 다음 나이프로 자르기 시작했다.

다음은 그것을 입에 넣는다. 맛보다도 양, 영양보다도 열량이 필요하다. 그런 기분이었다.

물론, 이 가게에서 나오는 요리다. 맛도 분명히 좋을 게 틀림없겠지만.

"드워프가 시합 뒤에 약을 하고, 술 마시고, 주점에서 날뛰는 거야 흔히 있는 일이잖아."

그리고 한숨 돌리고, 입 안을 탄산수로 헹군 다음에야 그는 짧게 덧붙였다.

“요즘에는 어디든지 묘하게 까탈스럽단 말이지.”

그걸 듣고서, 라는 것도 아니겠지만 마부가 어쩔 수 없다는 식으로 중얼거렸다.

“사각경기(쿼드리가)에서도, 말 수인(센토르) 주자(아우리가)가 위병한테 잡혔지.”

“죄목은?”

“약.”

마부는 재미없다는 기색으로 말했다. 경기장의 경쟁 경기는 마부가 즐기는 것이었다.

“천식 치료약이라고 했었는데, 그게 위법이라더구만.”

“시시하군, 아무래도.”

마부의 이야기를 들은 그의 감상은 한 마디였다.

마지막으로 남은 고기 한 조각을 부모의 원수처럼 찔러 입으로 넣었다.

그 모습을 흐뭇한 것을 보는 것처럼 보고 있던 붉은 머리 엘프가 잡담의 일환으로 의문을 던졌다.

“하지만, 귀신 위병대장이 그렇게 엄격해?”

“옛날에는 도시 건달이었으니까, 어느 정도는 눈감아주는 타입이라고 듣기는 했어.”

나도 뭔가 부탁해야지. 고기 냄새에 꺾여버린 지식신의 신관이 지나가는 점원에게 말을 걸었다.

“레몬수 부탁해. 그리고 뭔가 제일 싼 음식을, 제일 싼 양으로. 할

인은 얼마든지 해줘도 좋아."

"나는 말린 고기 샌드위치 부탁해."

친구가 너무 안쓰러웠는지, 붉은 머리 엘프가 쓴웃음을 지으며 말했다.

"그거 반반씩 먹자."

"엘프가 고기를 먹네. 무슨 일이 일어나도 신기하질 않아."

"이 세상에서 신기한 일은 아무것도 없는 법이에요."

나이 찬 아가씨 두 사람이 농담을 나누면서 키득키득 웃는 것을 보고 있으면 기분이 좋다.

적어도 어젯밤보다는 몸도 마음도 상당히 나아졌다. 그는 그것만으로도 충분했다.

그래서 안 보이는 곳에서 살금살금, 하얗고 정체 모를 작은 동물이 와도 씨익 웃을 수 있다.

"흐흠. 동료 취급으로 이건 심한 거 아니야? 나는 항의하겠어."

사역마가 통통 이쪽 손을 두드리는 것도 신경 쓰지 않고, 비어 있는 좌석으로 홀쩍 던졌다.

"아, 벌써 왔네."

붉은 머리 소녀가 손을 뻗었다.

"일, 일이 필요해."

신관이 매달린다.

"다들 봤지? 지금 내 취급. 너무하지 않아? 목덜미를 콱 붙잡았다니까!"

정말이지. 불평을 섞으며 털을 핥는 동료 — 본체가 어디에 있든 —

에게 그는 어깨를 으쓱거렸다.

"그렇게 다 보이는 장소에서 몰래 다가온 게 잘못이지."

"그러고 보니 네 눈은『박쥐의 눈』이었지. 그러면 어쩔 수 없네."

본래 그냥 농담 따먹기다. 그는 하얀 짐승이 멋대로 남의 고기를 한 조각 가져가는 것을 용서해줬다.

잠시 지나 붉은 머리 엘프가 부탁한 샌드위치도 오고, 친구들끼리 시시한 대화가 이어졌다.

주로 지식욕에 져서 신관 아가씨가 구입한 책에 대해서나, 작금 도시에서 일어나는 사소한 일의 부류.

그리고 음식도 음료수도 대강 정리될 무렵—.

"안~녕. 다들 모여 있나?"

경박한 소리를 내면서 가벼운 파락호풍의 친구가 그들의 자리로 찾아왔다.

아마도 온 것은 분명히 조금 전일 것이다.

이 사역마 너머로만 나타나는 마술사와 함께 가게에 와서, 멀리서 대기하고 있었음이 틀림없다.

안 그러면 이렇게 딱 좋게, 한식구들의 친목이 일단락된 참에 나타날 수 없으리라.

그 정도쯤은 짧지 않은 시간 사귀어 보면 알 수 있는 일이다.

경박해 보이는 표정에 웃음을 지은 넝쿨(픽서)의 등장에 다들 표정을 긴장시키고, 그 또한 표정을 바꾸었다.

여기서부터는 외투와 단검(클록 앤 대거)을 거느리고 대도회지의 그림자를 달리는, 밀정의 차례다.

다시 말해서── 해결(런)의 시간이다.

§

“신뢰할 수 있는 쪽에서 온 일인데, 배경 조사는 못했어.”

“그거, 가능하면 반대로 말해줄 수 없어?”

간단히 말해 버리는 넝쿨에게 밀정은 비아냥을 섞어서 중얼거렸다.

“그쪽이 조금은 안심되는데.”

“배경 조사는 못했지만, 신뢰할 수 있는 쪽에서 온 일이라네이!”

“둘 다 마찬가지잖아.”

마부가 자리에 앉아서 시시하다는 식으로 내뱉었다.

“뭐든지 할게요. 돈을 준다면.”

“그렇게 말하는 건 그만 두자?”

담담한 표정으로 말하는 신관에게 붉은 머리 엘프가 쓴웃음을 섞으며 맞장구를 쳐줬다.

“뭐, 간단한(밀크 런) 일이니까, 그렇게 힘줄 것 없어.”

그리고 하얀 짐승이 정리하는 형식으로, 그들의 상황설명(브리핑)이 시작됐다.

딱히 어려운 일이 아니야. 넝쿨이 반복했다. 하룻밤(원나잇 비즈) 일이라고.

─그거 어렵다는 거랑 같은 뜻이잖아.

밀정은 그렇게 생각했다. 뒷골목의 경고 문구에 하나 더 추가해야 하지 않을까?

“그도 그럴 것이 이번 표적은, 뭔가 단단히 착각하는 어느 계집애야.”

이른바— 말하기를.

어디에나 있을 법한, 거적때기 출신에 창부 같은 짓을 하는 파락호였다고 한다.

그러나 단검을 품에 숨기고 분노로 어깨를 들썩이며 걸어가면, 무법자들의 말석에 둘 정도는 된다.

노상 강도단의 심부름꾼으로, 보잘것없는 한 사람이었는데…….

"멋대로 약을 팔아 치우고, 구역을 휘젓고, 여기저기 간판을 더럽혀버렸단 말이지."

흔히 있는 얘기다. 밀정은 생각했다. 그리고 꽤 요령 있게 잘 해냈다, 라고 덧붙였다.

돈이 없으면 언제나 움찔거리고 다닌다. 돈이 있으면 마음도 편안해진다. 여유는 중요하다.

그러나 마부는 다른 견해가 있는지, 그는 진심으로 기겁한 기색으로 내뱉었다.

"그건 바보 아니냐?"

"살찐 고양이는 쥐가 깨문다는 것도 잊어버리는 법이라네이."

"이 경우, 어느 쪽인가 따지자면 고양이를 깨물면 이길 수 있다고 생각하는 쥐려나……."

붉은 머리 엘프가 난처한 기색으로, 기가 막힌 기색으로, 애매한 표정으로 중얼거렸다.

"그래서, 그 사람을 협박하는 거야? 납치해서 옮기는 거야?"

"아아니, 처리한다."

붉은 머리 소녀가 입을 다물었다. 그리고 잠시 지나 「그렇구나」

중얼거렸다.

이 정도 일은 대도회지에서는 일상다반사.

노상강도는 체면으로 먹고 산다. 깔보이면 내일은 죽는다. 약팔이의 수명도 길지 않으리라.

그래서, 해결사가 나설 일도 아니다. —라고 생각하리라.

그 **반대**다. 소동은 사업. 나서게 되면 돈이 되는 것이다.

다툼을 발견하면, 그것을 돈 되는 나무로 바꾸는 것이 넝쿨이 하는 일.

그리고 눈앞에서 살인 계획을 싱글대면서 이야기하는 남자는 실력 있는 넝쿨이었다.

"그래서, 어떡할 거야? 할 거야, 말 거야……."

다른 모두가 입을 다물고, 생각하고, 혹은 상담하는 것처럼 시선을 나눈다.

망설임 없이 입을 연 것은 밀정 한 사람뿐이다.

"가장 중요한 걸 빼먹었잖아."

"오, 뭐였지?"

"보수."

시치미 떼는 것을 탓하는 것처럼 날카롭게 말했다.

"화살이든 주문이든 공짜가 아니니까. 착수금을 받는 게 정공법이잖아."

"실례! 물론 있지. 자."

절그럭. 방금 전까지 철판이 올라가 있던 탁상에 돈 주머니가 넷 올라왔다.

의뢰인— 발단(존슨)이 제시한 금액의 절반은 넝쿨의 품에 들어간다.

나머지의 절반이 선수금과 성공보수로 해결사에게 넘어가는 것이 이럴 때의 법도였다.

아마도, 사역마의 주인인 마술사에게도 이미 돈이 넘어갔을 것이다.

그것을 가미하여, 선수금의 무게를 재어 보면——.

—하!

상당한 금액이었다. 이런 하룻밤 일치고는 말이다.

밀정은 사람이 아닌 것의 그 눈으로 넝쿨의 얼굴을 찌릿 보았다. 표정에 변화가 없다.

—이 녀석이 하는 일이니, 분명히 몇몇 강도단이나 다른 곳에서도 동시에 의뢰를 받은 게 틀림없겠지.

그러나, 밀정은 불만이 없었다.

돈이 손에 들어온다. 도시의 미화에도 공헌할 수 있다. 그러면 덕(카르마)도 쌓을 수 있다. 조금이긴 해도.

할 말은 있다. 단 한 마디면 된다.

"하지."

"나도."

"돈은 필요하니까."

"나도, 할래."

"그럼."

모두 손을 든 것을 보고, 하얀 짐승이 기쁜 기색으로 말했다.

"결정됐네."

훌쩍. 어느샌가 올라가 있던 넝쿨의 무릎에서 내려가, 이번에는 탁상으로 향한다.

"표적의 위치 같은 건 전부 조사해놨어. 그러니까 이제는 실제로 현지에 가서 확인하고—."

일을 가지고 오는 것이 넝쿨의 역할이라면, 사전 조사는 그녀의 역할이다.

그녀— 사역마를 사역하는 술자를, 밀정은 그렇게 생각했다. 아마도 틀림없으리라.

붉은 머리 소녀와 신관, 두 사람과 사이가 좋은 것이다. 감이 좋고 민감한 아가씨들이다. 속아넘어가진 않으리라.

그러니까 그녀 — 적어도 정신적으로는 — 가 이야기하는 내용도, 밀정은 믿음을 주고 있었다.

이력서가 없으면 동료가 될 수 없다는 물렁한 말을 하는 녀석은 없는 법이다.

"그리 멀지는 않군."

주소를 들은 마부가 당연한 기색으로 머릿속에서 이미 위치 관계를 알아낸 모양이다.

"그러나, 다리가 필요하겠지. 마차 몰아올게."

"응, 그럼 좋지. 고마워."

붉은 머리 소녀가 생긋 웃으며 일어섰다. 외투를 걸치고, 지팡이를 손에 들면 그걸로 준비 끝.

신관이 그녀를 따랐다. 그녀도 그 가녀린 몸을 신관복으로 감싸고, 성인을 쥐면 준비 만전.

마부는 마차가 있으면 되고, 도시라고 해도 정령은 어디든지 있는 법이다.

세 사람이 재빨리 일을 시작할 생각인 것을 보고, 밀정 또한 일어섰다.

그리고 성대하게 표정을 찌푸렸다.

"그 전에 우리 집에 좀 들러줘."

"왜 그래?"

붉은 머리 소녀가 갸우뚱, 걱정스럽게 고개를 갸웃거렸다. 머리칼에 가려진 기다란 귀가 보였다.

"장비, 챙겨와야 되거든."

어쩔 수 없다지만, 참으로 어색한 순간이었다.

§

실제로 좀 돌아가도 그리 먼 거리는 아니었다.

물의 도시 교외, 무질서하고 광대한 거주구(스프롤) 한 구역에 약팔이의 잠자리가 있다.

빈 집, 폐옥, 판잣집, 쓰레기장, 그 틈에 웅크려서 불을 쬐는 거적때기(스쿼터).

이 근처에 지도다운 지도는 없다. 애당초 도시의 지도 자체가 손에 넣기에는 조금 수고가 든다.

훌륭한 벽이 있는 도시라면 더욱 그렇다. —대부분의 도시에는 그런 돈이 드는 것은 없지만 말이다.

그렇지만 이런 스프롤에 대해서는, 기밀이라거나 그런 이유는 존재하지 않는다.

그저 무질서하게 퍼져서, 멋대로 정착한 놈들이 멋대로 증축과 개축을 반복한 구역.

어제와 오늘의 주민이 다르고, 풍경이 달라지는 일도 흔하다.

애당초 엄밀하게 말하면 이곳은 물의 도시 바깥쪽, 법과 질서의 가장자리에 지나지 않는다.

그렇기에 이런 부분의 길 안내로 의지할 수 있는 것은 그곳에 사는 거적때기들이나, 혹은―.

"응. 대강은 받은 정보랑 다를 거 없어."

――지식신의 은총을 다루는, 그 사랑스런 딸이 되는 것이다.

흔들리는 마차 안에서 명상하고 있던 소녀가 눈을 반짝 뜨고서 조용히 중얼거렸다.

지식신은 지식을 내려주지 않지만, 그것을 조사하기 위한 도움은 준다.

신심이 없는 녀석들은 사신과 구별을 못한다고 하더라. 신관 소녀가 자주 투덜거렸다.

"적어도 위치는 틀림없어. 살고 있는 것 같아. 내일은 도망치고 없을지도 모르지만."

"그러면, 다음은 지금 상황이군."

밀정은 그것에 대해 작게 고개를 끄덕이고, 손에 쥔 무기를 매만지고 있었다.

핸드 캐논은 복잡한 무기고, 연노는 그것보다 한 단계 더 복잡한 무기다. 불발은 곤란하다. 죽을 정도로.

그런 생각을 하면서, 밀정은 개머리로 마차 벽을 탕탕 두드렸다.

"두드리지 마, 흠집 나잖아."

곧장 거친 목소리가 마부석에서 돌아왔다. 늘 있는 일이다. 그를 부르려면 이게 제일 빠르다.

"정찰을 할 거니까, 일단 정차해줘."

"말로 해라, 말로."

마부가 투덜거리며 고삐를 끌어, 말의 ― 물론 비의(켈피) 말이다 ― 걸음을 멈추었다.

정령마의 좋은 점은 발굽 소리가 울리지 않는다는 것. 젖은 발자국도 금방 마른다는 것이다.

그런 생각을 하면서, 밀정은 핸드 캐논을 품에 넣고 화약을 주머니에 넣었다.

"부탁한다."

"응. 신발(슈즈), 부탁해."

해야 할 말은 언제나 한 마디면 되고, 그녀의 대답도 한 마디. 주저도 의심도 없었다.

붉은 머리 마술사는 스윽 눈을 감고서, 마치 끈이 끊어진 것처럼 밀정의 어깨로 쓰러졌다.

유체이탈― 유세(幽世)(아스트랄)로 영혼을 날려보내는 것이다. 그녀가 가르쳐 주었다.

정신만 남은 그녀는 한순간에 백리를 달려 저 너머의 경치를 볼 수 있다.

물론 그것은 물질계가 아니라, 역시 유세를 통한 것이기에 실제 광경하고는 다르다.

그러나 그래도 불온한 기척이라거나, 사람 수라거나 그런 것을 알 수 있다는 이점이 크다.

물론, 밀정은 그녀가 보는 것이 어떤 세계인지 전혀 모른다.

신관이 보고 있는 세계도, 마부가 보고 있는 세계도, 하얀 짐승이나 넝쿨의 세계도 그는 모른다.

이 파티 안에서, 얼치기(먼데인)— 비마술사는 밀정 한 사람뿐이니까.

—그러나, 그게 어쨌다는 거지?

그것은 결국 역할 분담이다. 자신의 역할은 알고 있었다.

밀정은 기대어 온 소녀의 몸을 지탱하고, 담요를 베개 대신 삼아서 살며시 눕혔다.

그리고 지금 막 마지막 점검을 마친 연노를 겨누고, 방심하지 않고 마차 바깥을 노려보았다.

고기 방패가 자신이 할 일이라는 것에, 일절 의문은 없었다.

누더기(패치워크) 자식과 마술사(위저드), 어느 쪽 고기 1파운드의 가치가 높은가?

그 정도는 밀정도 알고 있었다. 이미 다 아는 일이다.

이미 밤의 어둠이 이 쓰레기장 같은 거리를 뒤덮고 있지만, 그의 시야라면 문제없다.

금지품인 사안(邪眼)은 그 유명한 《죽음》의 미궁처럼 세계를 철골(와이어 프레임)로 보여준다.

"……그러고 보니 말야."

문득 마차의 짐칸 틈에서 목소리가 들렸다.

물론 꾸물꾸물 기어 나온 하얀 짐승은 어딘가에 있는 마술사의 사역마이며 연락책이다.

뭔데? 밀정이 눈길도 안 주고 — 당연하다 — 묻자, 그녀는 흥미롭다는 기색으로 꼬리를 흔들었다.

"아까도 말했는데, 네 눈은 투시에 가깝다고 하잖아. 나도 사안 같은 건 전문이 아닌데."

"뭐, 얇은 벽 정도라면 건너편도 보지 못할 건 없지."

썩은 통 안에 우글거리는 그림자. 연노를 조준. 커다란 쥐. 문제없다. 잔반 정도야 마음껏 먹어라.

"원리는 잘 모르고, 까놓고 암시(暗視) 대신이지만."

"그렇다면 말야!"

괜히, 사역마의 목소리가 튀어올랐다. 건반 위에서 춤추는 것 같았다.

"몰래몰래 망측한 엘프의 가녀린 몸 같은 걸 탐닉하는 거구나. 남자애니까!"

밀정은 즉답하지 않았다. 깊숙하게, 듬뿍 2초 들여서 한숨을 쉬었기 때문이다.

"……아니, 할 수는 있지만, 안 하는데?"

"어머, 꽤나 간단히 인정했네."

갸웃거리는 기색으로, 이 사역마는 사역마답지 않은 동물 같은 동작으로 고개를 기울였다.

"요전의 상인도, 늘씬하고 예뻤단 말이지~. 다리라든가. 멋지지 않았어?"

"허리에는 돌격검이랑 단검."

신관 소녀가 조용히 덧붙였다.

"단련해서, 몸도 탄탄했지."

밀정은 의문스런 시선을 한순간 그녀들 쪽으로 보낸 다음, 지극히 의무적인 어조로 대답했다.

"이것저것 물어보기에 대답했을 뿐이야. 일이잖아?"

"그러니까, 나는 분명히 엘프가 취향일 거라고 생각했는데. 지금 눕히는 것도 신사적이었고. 그렇지?"

"응."

—이 녀석들, 내 말을 안 듣는군.

밀정은 혀를 차려고 하다가 관뒀다. 짜증내는 걸 들키는 건 좋은 방법이 아니다.

그러나, 그런 태도마저도 이 짐승— 그 너머에 있는 마술사에게는 유쾌한 모양이다.

아니, 이 짐승만 그런 게 아니다. 신관 소녀도 싱글싱글 웃는 것을, 보지 않아도 알 수 있었다.

"그녀한테 흥미가 없는 거야?"

포기하고서, 역시 다시 한 번 듬뿍 숨을 내쉰 다음 밀정이 대답했다.

"그렇게 말은 안 하겠지만."

"안 하는 거구나!!!!"

"그렇다고, 신뢰하고 있는데 배신하면 안 되지."

음계가 올라간 하얀 짐승의 입을 막기 위해, 밀정은 한 손을 뻗어 그 머리를 마구 쓰다듬었다.

꺄야앙인지 뭔지 비명을 지르는 걸 보니 정말로 여자일 거라고 생각하지만, 말은 안 한다.

신뢰를 해주고 있지 않은가? 그것을 배신하면 안 된다.

"이상한 식으로 캐는 건 관둬라."

그 말만 하고서, 그는 일어섰다.

주술로 이어놓은 근육이, 사냥하러 가는 검은 표범처럼 그 사지를 움직여준다.

"바깥에서 경계하지."

그는 말하고 붉은 머리 소녀를 힐끔 보았다.

"돌아오면 알려줘."

"그래그래. 좋고말고. 아주 참고가 됐으니까!"

만족스럽게 말하는 짐승이 기뻐한다는 이유만으로, 밀정은 혀 차는 소리를 남기고 마차 밖으로 뛰어내렸다.

"요즘은 어때?"

마차에서 내려 밤공기에 몸을 드러내자마자, 이번에는 마부석에서 조용한 목소리가 들렸다.

"꽤 좋아."

이 거한은 거칠게 보이지만, 배려를 할 줄 안다. 밀정은 입술 끝을 끌어올렸다.

"추우면 관절이 조금 저릿하면서 아프지만."

"돈은 안 모이나?"

"맨몸의 팔다리는 멀어."

밀정은 가볍게 어깨를 으쓱거렸다.

"합법적 마구는 언제나 하게 될지. 그쪽은?"

"순조롭다."

마부의 말은 단적이었다.

"마차의 대여금도, 여자의 변제도."

"능력 있는 녀석이군."

"딱히, 내 여자인 것은 아냐."

흥. 마부는 코웃음을 치고서, 그 뒤로 입을 다물었다.

밀정은 고개를 옆으로 젓고서, 마차 옆에 섰다. 한손에 연노를 들고 있었다.

경계는 해야 한다. 그러나 신경을 깎아내는 것에는 마땅한 때라는 것이 있다. 지금이 아니다.

일을 하는 와중의 괜한 말을 하는 것은 좋은 경향이었다. 적어도 이 파티에게는.

농담 따먹기를 못할 때는 어지간히 위험하다—.

그렇게 밀정이 물러간 다음의 마차는 휑하니 조용해졌다.

하얀 짐승과 지식신의 신관, 두 소녀는 오랜 벗처럼 얼굴을 맞대고 키득키득 웃었다.

"그렇다는데?"

"흥미가 없지는 않다고 하는걸?"

"…………."

붉은 머리 사이로 슬쩍 보이는 기다란 귀가 새빨개져서 떨리는 것을 깨닫지 못할 두 사람이 아니었다.

그러나 그녀가 돌아오기 전까지는 묵묵히 기다려주는 것이 친구라는 것이었다.

§

"……기다렸지."

그리 말하며 붉은 머리 마술사가 마차에서 내린 것은, 그 뒤로 딱 5분 뒤였다.

2분만에 해라 2초만에 해라 같은 유명한 경구가 있지만, 빠르기보다도 정확한 일이 필요하다.

그 점에서 밀정은 그녀에게 일절 불만이 없었다. 있을 리도 없었다.

밀정은 연노를 어깨에 띠로 걸고, 힐끔 주위를 돌아보면서 말했다.

"어땠어? ……왜 그러지?"

"아무것도 아냐."

그녀는 딱 잘라 대답했다.

"어째서 곧장 이쪽에 물어보는 건지."

뭔가 토라진 기색으로 말하는 걸 보면, 기분이 틀어진 모양인데.

원인은 아마도 십중팔구, 여자 셋이 모이면 접시가 깨진다 하는 것이리라. 나머지 1할은 마부, 1할이 자신.

"그야, 정보가 빨라서 나쁠 것이 없으니까."

"그렇긴 하지만……."

붉은 머리 소녀가 말하고서, 깊게 숨을 들이쉬고 천천히 숨을 내쉬었다.

"보고 왔어. 있어."

그렇군. 밀정이 고개를 끄덕였다. 약팔이도 오늘밤은 운이 없는 모양이다. 없었다면 살아남을 수 있었을까?

—글쎄.

언제까지 살아남았을까? 벼랑 끝을 향해 달리는 것은 머리 좋은 행동이 아니다.

"경계의 냄새가 강하고, 약 냄새도 났어. 사람은 그밖에도 몇 명 더. 그렇게 빛나 보이지는 않았지만."

"공동주택(인슬라)에 사는 거적때기 놈들인가?"

"모르겠어."

붉은 머리 마술사는 고개를 젓고, 외투의 두건을 썼다.

"미안."

"괜찮아."

그렇게 중얼거리고, 밀정은 품에서 뽑은 핸드 캐논을 손 안에서 빙글 돌리며 만지작거렸다.

총으로 놀면 재수가 없다. 라고 한다. 누가 한 말일까?

어쨌든지 주머니에서 꺼낸 화약 포장을 입으로 깨물어 찢고 총구 안으로 쏟는다.

그리고 캉. 개머리를 두드려 탄을 떨어뜨리고, 빈 화약 포장을 뭉쳐서 넣으면, 이걸로 됐다.

"최고라도 동업자(러너), 최악이라도 동업자(러너)."

§

마부 일행은 계획한 대로, 밀정 일행이 걸음을 나아가자 천천히 마차를 몰아서 물러갔다.

낯선 마차가 긴 시간 머물러 있으면, 괜한 주목을 모으고 기억에 남는 법이다.

그리고 이런 구역에 멀쩡한 마차가 오래 머물러 있다니, 시비를 걸어달라고 초대하는 거나 마찬가지.

어설프게 시비가 걸리지 않도록, 사전에 정해둔 길을 빙글빙글 도는 것이 그들의 순서였다.

"……."

"……."

밀정과 붉은 머리 소녀는 바짝 붙어 서서, 살며시 공동주택으로 갔다.

서로 저 멀리를 보는 눈빛인 것은, 소리와 마력, 각자 다른 세계를 보고 있기 때문이다.

따라서 공유하는 것은 시야, 사각.

서로를 보강하는 움직임은 2인 1조(투맨셀)를 하는 사이에 자연스럽게 익힌 것이다.

생각해보면, 짧지 않은 사이다. 홀로 그림자를 달리는 일도 이제 꽤 적어졌다.

"……1층은 빈집이군."

"그런가봐."

붉은 머리 소녀가 속삭이듯 응답했다. 목숨의 불빛은 전혀 안 보인다. 분명히, 휑하니 조용하다.

벽이나 바닥은, 유감이지만 돌이라서 소리가 사라져있었다. 결국 박쥐의 눈에 투시는 기대하면 안 된다.

—오랜 옛날에 음식점 같은 것이 있었던 건가?

청소부(스케빈저)들에게도 잊혀지고, 썩어 떨어진 원탁과 의자가 굴러다니고 있었다.

덤으로 손님을 많이 들이기 위해서 창도 문도 넓게 터놔서, 바람이 들이닥쳐서 안 좋다.

들어와 살 거면 2층일 거고, 실제로 사전에 들은 정보에서도, 정찰로 얻은 정보도 그랬었다.

"앞장선다."

"뒤는 보고 있을게."

짧게 말을 나누고, 빙글빙글 춤추는 것처럼 다리를 움직여 계단을 디뎠다.

괜히 묵직한 자신의 발소리. 대단히 가벼운 그녀의 발소리. 둘을 합쳐서 딱 2인분이군.

한 손에 들고 있는 연노의 사선을, 언제나 자신의 시선과 일치시키면서 밀정은 생각했다.

문득 아까, 가게에서 동료가 말했던 시시한 잡담이 뇌리를 스쳤다.

—약, 약, 약. 세 번(쓰리아웃)이다.

우연인가? 숙명인가? 어느 쪽이든 변하는 건 없다. 할 일은, 죽이는 것(히트).

그렇기에 2층까지 올라갔을 때, 그는 그 복도에 떠도는 뒤숭숭한 공기를 깨달았다.

"……이상하군."

그것은 유세를 응시하고 있는 붉은 머리 소녀도 마찬가지인지, 밀정이 뭔가 말하기 전에 작은 소리를 흘렸다.

"아까보다, 긴장의 색이 짙어. 목숨의 불빛도 없을, 지도."

"위험한가?"

"아마."

"그걸로 돌아가서 보수를 받을 수 있다면, 망설임 없이 돌아가겠지만……."

"글쎄."

밀정이 투덜거리자, 그녀가 웃고서 외투를 깊숙하게 고쳐 썼다. 복도를 나아갔다.

표적의 방은 2층의 가장 안쪽. 바깥에서 보기에 창은 없었다. 그러나 유비무환이라지 않나?

도주 수단 하나 둘 정도는, 준비를 해뒀어도 이상할 것 없겠지—.

그런 생각을 하면서, 문 앞에 섰다. 함정이 있다고 해도 새삼스럽다. 열쇠는 확인할 것도 없다.

어딘가의 큰 가게나 상회에 숨어드는 것도 아니다. 이번엔 경계보다 속도를 우선.

파트너와 시선을 나누어 의사소통. 타이밍을 확인. 하나, 둘, 셋.

"…………큭!"

주술로 강화된 다리의 일격이, 반쯤 부수면서 문을 걷어차 열었다.

소리도 없이 실내로 미끄러져 들어간 밀정은 재빨리 연노를 움직이면서 상황을 확인했다.

여자, 였다.

일단 느낀 것은 확 풍겨오는 열 받을 정도로 달콤한 아편의 향기다.

들러붙는 그 냄새 가운데, 침대 위에 단정치 못하게 몸을 드러낸 여자가 한 명 있다.

목욕이라도 한 다음인지, 촉촉하게 젖은 밤색 머리칼이 크게 굽이치고 기다란 귀가 슬쩍 보인다.

일단 속옷이나마 입은 그 몸은 기이할 정도로 가녀리고, 가늘고, 가볍다.

그렇지만 부드러운 살을 분명히 두르고 있다는 것을, 그는 파트너를 안아 올렸던 것으로 알고 있었다.

그렇군. 엘프 취향이라는 것도 딱히 부정할 수 없을 것 같은데—.

—눈을 부릅뜨고, 입에서 혀를 내밀어 축 늘어뜨리고, 가슴에 단도 자루가 돋아나 있지 않다면, 이지만.

"주, 죽었어……?!"

"……그야, 살아 있지는 않네."

당혹하여 가는 비명과 비슷한 목소리를 흘리는 붉은 머리 아가씨에게 응답하면서, 밀정은 침대로 다가갔다.

죽은 척하고 있는 거라면 도무지 웃을 수 없다. 그러나, 볼 것도 없이 심장 소리가 멎어 있었다.

"아직 따뜻해."

바로 옆에서 여자를 건드린 마술사가 중얼거렸다. 그녀는 손을 뻗어, 부릅뜬 눈과 입을 닫아주고 있었다.

—이걸로 「가슴에서 단도 자루가 돋아나지 않았으면 미녀」다.

바보 같은 생각과 병행하여, 밀정은 혼란에 빠진 머리를 억지로 움직여 생각했다.

"그러니까, 지금 막 살해당했다?"

"왜냐면, 아까 밖에서 투사했을 때는 살아있었는걸."

—상황을 정리하자.

언제. 방금 전에.

어디서. 여기서.

누가. 우리들이 아닌 누군가가.

어떻게. 단도로 가슴을 찔러서.

무엇을 위해. 모른다.

창은 없다. 지켜보고 있을 때 나온 자는 없다. 들어온 다음에도 지나친 자는 없다.

다시 말해서—.

"……범인은 이 안에 있어?"

"웃을 수 없는걸, 그거—."

붉은 머리 마술사가 억눌린 소리를 흘렸다.

그렇다. 웃을 수 없다. 뭔가 잘 모르겠지만, 위험하다.

어쨌든 무엇보다도 빨리 이 건물에서 철수해야 하리라.

밀정은 여자의 시체에서 붉은 머리 소녀를 감싸는 것 같은 움직임으로, 슬금, 슬금, 뒤로 물러났다.

서둘러라. 뭔가 빼먹은 건 없나? 두 번은 조사 못한다. 이래서는 돈을 받을 수 있나?

"간다. 일단 합류하자. 상황 확인을 해야—."

"……윽!"

파트너가 히익 숨을 삼키는 소리가 들렸다. 그걸로 충분. 밀정은 연노를 겨누고 돌아보았다.

"꼼짝 마라아아아아아아아아아아아(STOOOOOOOOOOOOOOP)!!"

그리고— 지금 이 세상에서 가장 듣고 싶지 않은 말이, 방 입구에서 울려 퍼졌다.

"위병(가드)……!"

신을 모독하는 말을 외칠 뻔했던 밀정은 그 이상 시간을 낭비하지 않았다.

방의 입구에 선 것이, 천칭검의 각인이 들어간 가죽 투구를 쓴 도시의 위병이라는 것을 보고 알았으니까.

그는 어금니를 꾹 악물고서, 왼손으로 붉은 머리 소녀를 끌어안고 똑바로 정면으로 달렸다.

"하아?!"

그 소리는 가속된 그의 의식에는 들어오지 않는다. 위병이 뽑아 든 돌격검을 봐라.

"으라, 앗!!"

그 칼날에 밀정은 자신의 오른팔을 있는 힘껏 때리는 것처럼 맞추었다.

"—뭐?!"

예상 이상의 충격에 위병이 날아가는 것처럼 발을 굴렀다. 목소리가 높다. 여자인가?

충격으로 벗겨진 투구 안에서, 높게 묶어놓은 다갈색 머리칼이 흘러 떨어진다. 집착할 틈이 없다.

빙글 왼쪽으로— 다시 말해서 둘러멘 파트너를 위병에게서 지키며, 더욱이 오른팔로 한 번 공격.

새된 금속음을 동반하며, 돌격검의 칼끝이 튕겨나간다.

크게 휘어진 검신이 눈앞으로 다가온다. 밀정은 앞으로 숙이는 자세로 빠져나가, 방 밖으로.

울부짖는 양다리는 복도를 불과 3초만에 달려서, 밀정은 즉시 계단의 난간에 오른손을 짚었다.

"부탁한다!"

"응!"

의논은 딱히 필요 없다. 하늘로 뛴다. 중력이 몸을 포착한다. 낙하한다.

"《팔사(거짓)…… 움브라(암영)…… 오리엔스(발생)》……!"

그가 둘러멘 어깨 위에서, 그녀가 지팡이를 휘두르며 진정으로 힘 있는 말을 읊는다.

쿠웅 양다리에 충격이 흐르는 것과 동시에, 바로 아래쪽 그림자가 땅바닥에서 거품을 내더니 계단 위로 부풀어 올랐다.

"아아아아아……?!"

혼란에 빠진 여자의 비명. 역시 여자다. 그 시야가 지금쯤 《비젼(환영)》으로 엉망이 되었으리라.

그러나, 그 정도로 포기한다면 위병을 두려워할 것 없다.

"개 놈들(로우풀 굿)……!"

밀정이 외친 것은 새된 호각— 여자 위병이 부는 그것을 들었기 때문이다.

따라서 눈길 한 번도 안 주고서, 그는 소리보다도 빠르고 싶다고 생각하며 폐허로 변한 점포를 달렸다.

다소의 고철 따위, 초과구동(오버드라이브)되는 의사사지 앞에서는 탁 트인 들판을 가는 것과 다름없다.

"《트랜스페런트(투과)》도 걸까?!"

"아니, 괜찮아!"

어깨 위에서 들리는 소리에, 대답하는 말은 짧게 한 번. 그녀의 판단은 적절하다. 정말로

《슬립(수면)》이 필두가 되는 의식상실(스턴) 계통은 편리하지만, 유실주문(실패)이 되면 턴을 낭비하게 된다.

그렇다면 환영으로 교란하는 것은 당연하며, 그 다음은 자기 역할이라는 것을 밀정은 이해하고 있었다.

위병에게 공격 주문을 먹인다. 그런 목숨 아까운 줄 모르는 왕바보가 아닌 것은 정말로 고마운 일이다.

만에 하나라도 검은 지팡이를 들고 궁정 마술사가 출장이라도 나오면, 못 볼 꼴을 보게 된다.

뭐가 어쨌든—.

—위병 살해는, 위험해!

……인 것이다.

위병은 사과를 감춘 것 정도는 눈감아줘도, 위병 살해는 절대 용서 안 한다.

앞으로도 이 도시에서 살아갈 생각이라면, 되도록 피하고 싶은 행동이다.

아무리 소리를 내다볼 수 있다고 해도, 목숨 아까운 줄 모르는 것(데어 데블)

은 안 된다.

다시 말해 이 자리에서 택할 수 있는 선택은 오로지 하나 도주이며, 그 수단은 그의 두 다리밖에 없었다.

호각이 울린다고 해도, 즉시 위병이 덮치는 것은 아니다.

시간이 있다. 모이는 장소는 일단 호각이 울리는 곳. 추적자가 오는 것은 그 다음이다.

그렇다면 상대가 합류해서 움직이기 시작하는 것보다 빠르게, 포위 바깥으로 나가면 된다.

중요한 것은 무엇보다도 시간이다. 그리고 속도. 앞으로 기울인 자세를 취하며, 달린다, 달린다. 호랑이처럼.

"그런데, 함정이었을까?"

"속은 걸지도."

그녀의 손이 뻗어서, 바람에 날아가지 않도록 밀정의 모자를 꾹 눌러주었다.

"그런 부분에서, 그는 허술하지 않다고 생각하는데—. 있지, 잠깐, 왜 웃는 거야?"

—그거야 뭐, 둘 다 넝쿨이 배신했다는 생각을 일절 안 했기 때문이지.

밀정은 더욱이 달리는 속도를 올려서 빈민가의 골목과 골목, 모퉁이와 모퉁이를 돌았다.

물론 마부와 사전에 정한 길 순서는 머리에 박아두었다. 그러나 일직선으로 가는 것은 어리석은 일이다.

거적때기 놈들은 딱히 아군이 아니다. 돈을 바라고 정보를 파는 일도 있으리라.

그렇게 엉망진창으로 달려 다니며 시간을 재서, 큰 길로 뛰어나가면—.

"타라……!!"

비의 말이 푸레질할 틈도 안 주고, 맹렬한 기세로 돌진하는 마차의 모습이 보인다.

마부의 외침에 응답하고, 스치면서 일단은 문으로 붉은 머리 마술사를 안으로 던진다.

"와……아?!"

비명은 역시 무시. 미안하다고 생각하지만 긴급 피난이다.

이어서 계속 달리는 차체의 뒷부분을 붙잡아, 완력만으로 몸을 끌어올렸다.

때리는 것 같은 풍압으로 떠오르는 모자를 한손으로 누르고, 마차의 지붕으로 올라갔다.

마부가 준비한 이 마차에는 천창이 마련되어 있었다.

그곳으로 하반신을 밀어 넣고, 간신히 밀정은 연노를 겨누며 등 뒤로 몸을 틀었다.

——오지 않, 나?

빈민가가 멀어진다. 적의 기척은 없다. 표적은 죽었다. 자신은 쫓기고 있다.

—이걸로 끝, 은 아니겠지.

한숨을 내쉬고서, 밀정은 스르륵 마차 안으로 미끄러졌다.

§

“표적은?”

“이제 살아있지 않아.”

바퀴 돌아가는 소리가 울리는 가운데, 신관 소녀에게 밀정이 짧게 말했다.

그 너무나도 흐릿한 어조에 쓴웃음을 짓고, 붉은 머리 소녀가 덧붙였다.

“이미 살해당해 있었다, 란 얘기야.”

덜컹. 마차가 한 번 크게 튀었다. 무슨 잔해를 넘어서, 스프링으로도 미처 흡수할 수 없는 흔들림이 일어난 것이다.

지식신의 신관의 눈이 호기심으로 확 빛났다. 그녀는 불쑥 그 가녀린 몸을 내밀었다.

“그 방, 창문 없었지. 문에 열쇠는?”

“차서 부쉈지(마스터 키).”

역시 밀정의 대답은 짧았다. 멍하니 열이 나는 것 같은 말이 되지 않을 수가 없다.

냉각(쿨 다운) 시간이 필요하다. 밀정은 그렇게 너스레를 떨고서 시가를 물었다.

초과구동을 한 다음에는 언제나 이렇다. 타오르는 것 같은 뇌의 열을 식히지 않으면 움직이지 못하게 된다.

“어설프게 조사할 시간도, 《자물쇠 열기》를 쓸 필요도 없었으니까.”

주머니에 손을 넣어 불씨를 찾고 있는데, 붉은 머리 소녀가 어쩔 수 없다는 기색으로 가방에 손을 넣었다.

그녀가 꺼낸 것은 손바닥에 쏙 들어오는 크기의 가는 통과 관이었다. 둘 다 물소 뿔로 만들었다.

그것을 익숙한 동작으로 조합하더니, 양손을 써서 관을 있는 힘껏 통 안으로 밀어 넣었다.

슈욱 공기가 뭉개지는 소리가 한 번. 관을 뽑아내자, 끝 부분에 불씨가 타오르고 있었다.

"자."

그녀가 내민 그것에 입을 맞추는 것처럼, 밀정은 「고마워」 하고 해열제에 불을 붙였다.

건조된 구기자나무 열매와 껍질이 타오르며, 달콤한 연기가 피어올라 차 안에 흘렀다.

그러고 보니, 그녀가 이런 착화구를 가지고 다니게 된 것이 언제부터였을까?

처음 만났을 무렵에는, 아직 가지고 다니지 않았던 것 같은데—.

"……그러면 밀실살인인지 아닌지 모르잖아."

푸우 토라진 것처럼 중얼거리고, 신관이 본래 위치로 돌아가 앉았다.

또 한 번 덜컹 소리를 내며 마차가 튕기고, 마부석 쪽에서 낮게 혀를 차는 소리가 들렸다.

"아무래도 좋지만 검문이라도 있으면 큰일이야. 지하 수로로 간다."

"그래."

"그리고 창문 열어라. 냄새 배잖아."

"그래그래."

밀정이 수긍하고, 약간 마차 창을 열었다. 거스를 셈은 없었다.

밀수(스머글링) 작업도 하기 때문에, 도시의 샛길이나 구멍의 지식은 필수다.

다시 말해서, 전문가가 나설 차례다. 전투가 끝나 버리면 다음은 맡기는 것 말고는 방법이 없으리라.

마차가 크게 기울고, 선착장에서 운하로 미끄러졌다.

비의 말의 발굽이 수면에 파문을 만들고, 바퀴를 돌리는 소리가 잔 파도 소리로 바뀌었다.

"……그렇지만, 어째서 그런 곳에 위병이 있었지?"

밀정은 크게 숨을 흘리고, 폐 안에 가득한 해열제 연기를 뿜어냈다.

괜찮냐고 눈으로 묻는 붉은 머리 소녀에게 고개를 끄덕이고, 밀정은 손가락 끝으로 꽁초의 불을 비벼서 껐다.

"안이든 바깥이든 버리지 마라."

"알고 있다니까."

마부가 못을 박자, 밀정은 주머니 안에 꽁초를 던져 넣었다.

그것을 기척으로 감지했는지 「좋아」 하고 중얼거린 마부가 「애당초 말이다」 하고 말을 이었다.

"그런 빈민굴에 살고 있는 양아치가 어떻게 약 같은 걸 입수하는데?"

"역시 배경 조사는 중요하군. ……어디가 간단한 일이야."

그 한 점에 대해서는 역시 넝쿨에게 불평을 해야 할까? 그런 생각을 한다. 뭐 문제를 해결한 다음이다.

일하는 와중에 책임을 떠넘기기 시작하는 건, 자살하고 싶다고 말하는 거나 마찬가지다.

"미안해."

진심으로 미안한 기색으로, 하얀 짐승이 중얼거렸다.

"이쪽에서도 둘이서 조금 더 조사해볼게. 하지만, 의뢰인의 배신 같은 건 아냐. 그건."

"알고 있어. 다들."

키득 웃고서, 붉은 머리 소녀가 짐승의 머리를 살며시 쓰다듬었다.

그 손길도, 표정도, 동물에 대한 것이 아니라 친구에 대한 것이 틀림없었다.

"하지만, 범인은 누구지? 우리들에게 의뢰가 오는 걸 보면, 누구에게 살해당해도 이상하지는 않고……."

"어, 그건 간단하잖아?"

정말 의외네. 그렇게 말하는 기색으로, 지식신의 신관이 말했다.

마차 구석에 앉아 있던 그녀는 모두를 모아서 말하는 것처럼 「어디 보자」 하고 한 마디 했다.

"그 자리에 있던 사람은 적어도 세 명, 너랑, 그랑, 또 한 사람."

"……."

"너는 안 죽였어. 그도 안 죽였어. ――그렇다면?"

밀정은 낮은 소리로 으르렁거렸다.

암살자가 암살자다운 차림을 하고 있을 리 없는 것이다.

"다시 말해서, 그 위병인가."

"정답(잭팟)."

그렇게 말하고, 지식신의 신관이 씨익 웃음을 지었다.

좀처럼 볼 수 없는, 보기 드문 표정이었다.

§

"죽였다, 라는 건…… 죽이는 걸로 이익을 얻는다고 봐야겠지."

지하수로의 한적하고 조용한 공간. 지식신의 신관이 논하는 말은 신기하게도 압력이 강했다.

마차는 미로 같은 수로를 따라서 우왕좌왕한 끝에, 어딘지도 모를 장소에 정차했다.

밀정은 장소가 짐작도 안 되지만, 마부는 분명 알고 있으리라. 걱정은 없었다.

주위의 어둠에는 물이 흐르는 소리가 울리고, 도무지 생물의 기척도 없는 것 같다는 생각도 들었다.

그러나, 밀정의 눈은 분명히 **듣고 있었다**.

문자 그대로 숨을 죽이고 숨어 있는 무언가. 암흑 속에서 꿈틀대는 것. 도시 지하에 사는 것들.

—구울(식시귀).

밀정이 보기에는 아무래도 개랑 비슷한 얼굴인데, 당사자들이 식시귀라고 한다면 그런 것이겠지.

시체밖에 안 먹는, 고분에서 나타나는 괴물. 적어도 꿈의 세계의 주민이라는 건 거짓말이 틀림없다.

적어도 발치를 달려가는 쥐가 삭, 붙잡힌 다음에 도달하는 운명은 현실이다.

"마음씨 좋은 녀석들이야."

지난번 고블린 소동으로 괜한 불똥을 받은 그들과 마부는 어느샌가 얼굴(컨택트) 도장을 찍어둔 모양이다.

사람을 먹는 녀석들이지만, 밤마다 거리에서 사람을 습격한 고블린 놈들과 함께 퇴치되고 싶지는 않으리라.

1, 2년 전의 그 소동은 자신들에게도 좋은 용돈벌이가 되었는데—.

마부는 신중한 동작으로 마부석에 쌓아둔 마 주머니를 끌어내리고, 암흑 속으로 던졌다.

곧장 무수한 짐승이 먹잇감에 몰려들어 찢고, 뜯어먹는 소리가 주위에 메아리치고 또 조용해졌다.

"이렇게 밥(시체)을 선물해주면, 공격하지도 않고, 도와주기도 하니까."

"저녁 식사를 같이 하자고 초청하지 않는 한, 나도 신경 안 써."

마차의 천창에서 반신을 내밀고 그것을 지켜보던 밀정은 차 안의 신관에게 다음을 재촉했다.

"그래서? 열이 확 올라서 해치운 걸지도 모르잖아?"

"그렇다고 해도, 정신면에서 만족하잖아. 그것도 충분히 이익이고, 죽이면 기뻐할 상대라는 거지."

지식신의 신관은 수준 낮은 학생에게 설명을 하는 것처럼 말을 잇고, 그 학생에게 질문을 던졌다.

"요즘 들어, 약 관련으로 적발이 늘어났잖아?"

"뭐, 내가 아는 한."

"그러면 약이 모이는 장소가 있어."

신관이 조용히 말했다.

"입수한 곳은 거기네."

"……어디?"

붉은 머리 소녀가 고개를 갸웃거렸다. 아무도 훔쳐 듣지 않을 텐데, 그 목소리를 작게 죽여서.

"위병의 창고."

태연하게 말하고, 신관이 눈을 가늘게 떴다. 붉은 머리 소녀는 숨을 삼켰다.

"압수한 아편 같은 걸 판매상한테 흘려서, 용돈벌이. 간단하지?"

좀처럼 믿을 수 없다—. 그런 표정을 한 것은 붉은 머리의 마술사뿐이었다.

마부는 물론이고, 입을 다물고 아마도 넝쿨과 대화에 바쁜 하얀 짐승마저도 납득하고 있을 거다.

그렇지만 붉은 머리 소녀는 인정하고 싶지 않다는 어조로 살며시 물음을 던졌다.

"……지고신을 섬기는 사람이, 그런 일을 하는 걸까?"

"해."

신관 소녀는 친구에게 딱 잘라 단언했다.

"왜냐면 선이나 악은, 그걸 정하는 건 신들이 아니라 우리들인걸."

하늘에 있는 신들은 사람에게 『신이 정한 그대로 움직여라』를 바라지 않으니까.

신이 기적을 내리는 것은 신앙의 대가가 아니다.

이익이 있으니까 신을 믿는 것이 아니다.

"뛰어난 사람은 신에게 사랑을 받는다거나, 자기가 불행한 것은 신 탓이라거나, 정하려는 사람이 있지만."

결과만 바라니까 그렇게 된다. 과정이 중요한 것이다—. 신관은 낮게 중얼거렸다.

"결국, 그런 사람은 자기들이 진 것의 책임을 신에게 떠넘기고 싶은 것뿐이야."

"……뭐, 그 다음의 전말은, 대강 짐작이 가는군."

두 사람의 대화를 무시하는 형태로, 밀정이 말을 뱉었다.

선인지 악인지, 생각해봤자 무슨 말을 할 수 있는 신분이 아니리라.

자신들은 돈을 받아서 살해를 하기도 하는 살해자들이다. 그 이상도 이하도 아니다.

마부는 모자 챙을 툭 손가락으로 튕기고, 무척 시시하다는 기색으로 입을 열었다.

"약 판매인이 입수처랑 트러블이 생겼다는 거군. 거래로 다투다가 틀어지는 건 세상의 이치지."

"그리고 죽였다."

밀정이 중얼거렸다. 마부가 고개를 끄덕였다.

"그렇다면, 하다못해 조금이라도 득을 보고 싶다."

"상대가 모아둔 돈을 노린 거군."

직함을 떼놓고 생각하면, 그저 그뿐인 안건일 것이다.

정말로 그것뿐인— 참으로 어쩔 수 없을 정도로, 막돼먹은, 흔해빠진 사건이다.

《숙명》인지 《우연》인지, 어쩌다가 그 타이밍이 이쪽 일과 겹쳤을 뿐.

상황은 참으로 단순명쾌. 그러나—.

"그렇지만, 진상을 알았다고 해도 해결된 게 아니야."

마부가 밀정의 내심을 대변하는 것처럼 내뱉었다.

"이대로는 이쪽이 누명을 쓰고서, 붙잡혀서 끝이다."

"자기 실수로 잡힌다면 모를까, 말이지."

밀정이 웃었다. 웃고서, 그러나 일절 망설임 없이 잘라 말했다.

"죽이는 수밖에 없군."

"……위병 살해는 위험한데."

"그러니까 내가 하는 거잖아?"

마부가 모자 챙을 깊게 고쳐 썼다. 붉은 머리 소녀가 탓하는 것 같은 시선을 이쪽으로 보냈다.

그 모든 것을 밀정은 무시했다. 자신의 역할은 이해하고 있었다.

대체가 가능한, 존재 부정 가능한 인재인 것이다. 자신은.

"뭐, 폭력 담당은 너니까. 실제로 그렇게 되는 거지만."

평소와 다름없는 차분한 기색으로 지식신의 신관이 중얼거렸다.

그녀에게는 흥미가 없는 일일지도 모른다. 오히려 다른 것이 신경 쓰이는 것 같았다.

신관은 마차 문을 열고서, 폴짝— 운동이 서투른 자 특유의 움직임으로 차체에서 뛰어내렸다.

"그 전에 할 일이 있잖아. ……있지, 여기는 도시의 어느 부근이야?"

착지할 때 비틀거린 것을 얼버무리듯, 괜히 가시 돋친 투로 그녀는 말했다.

"지식신의 사원이 가까우면 좋겠는데."

"어어……. 아니, 그리 멀지는 않아."

"흠."

마부의 대답에 밀정이 중얼거리고, 어깨에 걸고 있던 연노를 다시 겨누었다.

“사원에 돌아가려고?”

“그렇지. 너희들은 뭐 조사해본 적 없어?”

진심으로 기가 막힌단 투다. 지식신의 사랑스런 딸이 그렇게 말하며, 반짝 빛나는 눈동자로 동료들을 보았다.

“뭘 조사하려면, 일단 책을 뒤져봐야 해.”

§

정보 수집(리서치 페이즈) 단계에서 폭력 담당이 해야 할 일은, 역시 폭력이다.

교섭자(페이스)나 술사(스펠 유저)를 호위하는 것 말고 있을 수 없으리라.

그냥 서있기만 해도 도움이 된다면, 불평을 하지 말고 서있어야 하리라.

“본래, 사람 한 명이 알고 있는 지식은 적단 말야. 물어보고 다니든가, 조사해야지.”

“지식신의 사원은 몇 번인가 실례했었는데, 역시 굉장하네…….”

소곤소곤 대화를 나누며 독서대로 가는 아가씨 두 사람 뒤를 따라서, 밀정은 그런 식으로 생각했다.

소리 하나 없이 조용한 사원 안은, 천장까지 우뚝 선 서가의 줄이 있어서 마치 숲 같았다.

빛을 들이는 창에서 내리쬐는 달빛만으로는 부족하여, 군데군데 독서대에는 촛불을 밝히고 있었다.

다시 말해서, 이 야밤에도 아직 지식을 바라며 페이지를 넘기는 자가 몇 명이나 있다는 것이다.

—나는 도저히 잘 모르겠군.

"읽기쓰기계산 같은 거야, 마구 룰과 득점을 셀 수 있으면 충분할 텐데."

"그러면 그거대로 좋잖아. 그뿐인 인생이야…… 아아, 있다. 이거, 들어줘."

"그래."

신관 아가씨가 손가락 끝에 걸어서 끄집어낸 책을 옆에서 붙잡아 책장에서 뽑아낸다.

진짜 팔다리라면 묵직하게 느껴질 철 표지의 두꺼운 책도, 밀정의 몸에는 가벼운 법이다.

이 중량은 도난 방지를 위한 거라고 하는데, 그렇다 해도 꽤나 훌륭한 장정이다. 게다가 꽤 새롭다.

"……이건 뭐야?"

"무감."

신관이 짧게 말했다.

"귀족의 내력이나 직위 같은, 그런 게 전부 실려있어."

"아아, 올해 거. ……벌써 나왔구나."

붉은 머리 소녀가 계절의 꽃이 피었다는 것처럼 말했다. 모르는 것은 자기뿐인가 보다. 밀정은 신음했다.

무표정하게 보이지만, 신관이 흐흥 하고 자신만만한 표정을 짓는 것이 어둠 속에서도 잘 보였다.

—안 보이는 편이 좋을 때도 있는 법이군.

투덜거리며 불평을 하는 것도 패배의 변명일 뿐이니까, 밀정은 얼른 독서대로 갔다.

이런 무거운 책을 옮기는 것뿐이라면 모를까, 신관들의 가녀린 팔로 읽을 수 있을 리 없다.

필연적으로 이렇게 독서대에 책을 두고서 양피지 페이지를 넘겨야 하는 것이다.

"이 발행처는 역시 좋은걸. 조금 비싸지만……. 아아, 돈이 궁한 건 그 탓이야?"

"아니, 『지옥의 늑대』란 희곡이— 그게 아니라, 어떤 녀석이었어? 가문 문장 같은 거 뭐 없었어?"

"그러니까, 옷에 자수가 힐끔 보였어. 방패(에스커천)는 마름모(로즌지). 투구 장식(크레스트)은—."

소녀 두 사람이 얼굴을 마주보며 교환하는 정보는, 밀정에게는 무슨 암호 같았다.

문장학인지 뭔지 모르지만, 당당하게 어느어느 집의 누구라고 써두면 좋을 것을.

—뭐, 내가 끼어들 일은 아니군.

기억력이라면 자신보다도 붉은 머리 소녀가 위다. 그리고 엘프라면 암시(暗視)도 된다.

물어볼 때까지는 가만 서 있고, 주변 경계를 하고 있으면 된다.

그저 서있기만 해도 도움이 된다면, 불평하지 말고 서있어야 하는 법이다.

아무리 지식신의 사원이라고 해도, 지금은 일을 하는 중이다. 쫓기는 몸이기도 하다.

하물며, 그런 상황에서 마술사들에게 움직이게 해놓고 자기 혼자 마차에서 대기?

—바보 같은 짓이다.

그런 역할 분담을 변명으로 하는 사고정지와 태만을 할 생각은, 밀정에게는 애당초 없었다.

"뭔가, 곤란하신가요?"

자, 보라구. 외투로 얼굴을 깊게 감추고, 촛불을 손에 든 인물이 이렇게 말을 건다.

이것이 적의 탐색이라면, 저 두 사람에게 전부 떠넘기게 되는 것이다.

"아, 아뇨……."

밀정은 애매하게 말을 흐리면서, 재빨리 머릿속으로 생각을 정리하고 상황판단을 했다.

목소리는 차분하고, 조용하다. 남자인지 여자인지 모른다. 그러나 아마도 신관이리라.

다시 말해서 적은 아니다. 밀정은 긴장하려던 근육을 이완시키고 볼을 풀었다.

"……아마, 금방 알 수 있을 거라 생각합니다. 조사나 물건 찾기가 특기인 친구들이니."

"그런가요."

외투의 인물은 말이 짧고, 그렇지만 대단히 부드러웠다. 미소를 지었다. 그렇게 생각했다.

"도서관에서 어느 정도 좁힌다. 탐색의 기본이니까요."

"네에……."

촛불의 불빛을 흔들면서, 그녀 — 인가? — 가 천천히 고개를 숙였다.

"부디, 어둠이여 떨어지지 말라."

"어, 어둠이여 떨어지지 말라……."

밀정은 그것이 지식신의 기도말이라는 것을 간신히 기억하고 있었다.

아마도, 그 대답이 공을 세운 걸지도 모른다.

고개를 숙인 외투의 인물은 이미 서가의 틈, 어둠 속으로 사라졌다.

그저 멀리, 별들 가운데 홀로 빛나는 불빛만이 마지막까지 남은 것처럼 보였다.

"……있다. 아마 이 사람일 거야."

그때였다. 지식신의 신관이 소리를 내고, 붉은 머리 마술사가 「그래, 틀림없어」라고 말을 이었다.

밀정은 힐끔 등 뒤의 어둠을 보고, 불빛이 이제 안 보이는 것을 깨달았지만 신경 쓰지 않았다.

자그마한 두 사람 머리 너머로 책을 훌쩍 들여다봐도 글쎄, 문장이 너무 달필이라 판독불능이다.

"그래서, 어디의 누구였는데?"

"아아, 그녀는 말야—."

지식신의 신관은 마치 주문처럼 길고 긴 이름을 술술 읊었다.

영지를 통째로 가진 어느 집안의 무슨 백작인 누구누구씨의 딸이니 어쩌니.

"그건, 좋은 집 아가씨잖아?"

물론, 밀정은 전혀 몰랐다. 공작과 후작과 백작과 자작과 남작의 차이를 모른다.

전에 변경백이라는 건 지방으로 좌천된 녀석이냐고 물어봤더니, 불쌍한 사람을 보는 눈으로 자신을 쳐다보았다.

그에게 작위란 것은 전부 합쳐서 귀족님이며, 귀족이라면 대부분 좋은 집이다.

몇 번 정도 반복해서 페이지를 손가락으로 더듬어 이름을 확인한 붉은 머리 소녀는 작게 고개를 끄덕이고 말했다.

"이 사람이라면 알아. 스승님한테, 때때로 약을 사러 오는 사람이니까."

"약?"

또 약이군. 밀정이 시선으로 다음을 재촉하자, 어째서인지 붉은 머리 소녀는 귀까지 새빨갛게 물들어 고개를 숙였다.

"그게, 저기이……."

그대로, 꼬물꼬물 자리가 불편한 것처럼 말을 흐리며, 머뭇거린다. 스읍, 하아. 한 번 심호흡.

"에, 엘프…… 첩이, 있다고 하거든? 그런, 그게……."

"아이를 늘리기 위한 쪽?"

지식신의 신관이 담담하게 물었다.

"아니면 줄이기 위한 쪽인가?"

"주, 줄이는 쪽……."

"생선의 부레, 벌꿀과 아카시아에 소나무 기름인가? 뭐, 물리적으로 막는 게 제일이니까."

말하지 마. 그렇게 말없이 항의하는 것도 마이동풍. 지식신의 신관은 탁 책을 덮었다.

"그래서, 어쩔 거야?"

"응?"

잘 모르겠다. 고개를 갸웃거리는 밀정에게, 신관은 저녁 식사 메뉴를 묻는 것처럼 말을 이었다.

"상대의 신원을 알아냈는데."

"그야 뭐, 이 정보를 소재로 일을 한 건 해야지."

그래서 그도, 대단히 솔직하게 대답했다.

"그걸 어떻게 돈으로 바꿀지는— 넝쿨 녀석이 어떻게 할 거야."

§

한밤중의 빈민굴은 마치 폐허처럼 조용하게 잠들어 있었다.

애당초 이 구역 녀석들에게 있어서, 밤은 사람들에게 말할 수 없는 일을 하러 나서거나 숨을 죽이고 잠드는 것이다.

하물며 불과 몇 시간 전에 살인이 있었다면 더욱 그렇다.

살해 현장인 공동주택에서는 이미 시체도 반출됐고, 위병대의 모습도 없다.

애당초 하수인도, 살해 방식도, 그리고 동기도 대략적으로 명백한 것이다.

그렇다면 당장의 역할은 하수인의 포박이며, 현장을 개처럼 살펴

보는 것이 아니다.

"……흥."

—그렇기에, 조사를 하기에는 딱 좋다.

척. 숨길 필요도 없는데 울리는 발소리에 불쾌한 기색으로 코웃음을 치고, 그 여자 위병은 폐점포로 갔다.

생각지 못한 방해가 있었다. 라고 할 수도 있다. 혹은, 하늘의 도움이었을까?

《숙명》과 《우연》의 주사위가 가리키는 숫자가 과연 길일지 흉일지.

일개 게임말에 지나지 않는 몸으로는 헤아리는 것조차 불가능하다. —따라서, 그녀는 묵묵히 계단을 올랐다.

그리고 걷어차 부순, 지금은 밧줄을 쳐서 막아놓은 실내로 일절 망설임 없이 들어섰다.

실내는 문이 쓰러져 있는 것과, 하프 엘프 여자의 시체가 사라진 것 말고는 아무것도 변하지 않았다.

—귀신 놈.

여자 위병의 입가에 비웃음이 떠올랐다.

귀신이란 별명을 가진 위병대장은 현장에 대해서 세세하게 참견을 한다. 현장 보존도 그 중 하나다.

파벌이 귀신 위병대장의 세력에 속해있지 않은 몸으로서는 귀찮기 짝이 없는 일이다.

그러나 그 귀신의 수법을 통해서, 여자 위병은 바라는 것을 찾을 수 있는 것이다. 역시 주사위 눈이 잘 나왔다.

—적어도, 기대치 이상이다.

그리고 그녀는 바닥 위에 한쪽 무릎을 꿇고서 웅크렸다.

침대에서 흘러 떨어진 피가 그 아래 있는 깔개까지 번져서 커다란 얼룩을 만들고 있다.

그래서 그 깔개를 움직이려고 손을 댄 순간, 그녀는 우뚝 움직임을 멈추었다.

—뭔가, 위화감이……?

말로 표현할 수 없는 제6감, 혹은 지각인지 알 수 없는 무언가가 뇌리에 번득인다.

이것은— 깔개의 얼룩과, 마루의 얼룩 위치가, 어긋나 있다—?

"그건 일부러 그런 거야. 나중에 명추리를 해주지 않으면 곤란하니까."

문득, 목소리가 울렸다.

그 목소리는 고드름 같은 차가움으로, 여자 위병의 등줄기에 오싹하게 박혔다.

"자택일까 현장일까, 고민을 했지."

반사적으로 허리의 검에 손을 대고, 스프링 인형처럼 튕겨 일어섰다.

어슴푸레한 방 안, 그녀는 오른쪽 왼쪽으로 시선을 재빨리 옮겼다.

방의 구석. 침대 위. 창문은 없다. 저장고 안── 문이 있던 공간. 바로 뒤……?

"길이 엇갈리면 바보 같잖아. 하지만 범인은 현장으로 돌아온다고 하니까."

그곳에, 그림자가 있었다. 그림자 속을 달리는 이름 없는 생물이 있었다.

가죽 외투와 군모 — 여자 위병에게는 애매모호하게 보이지만 — 에 가려서, 얼굴은 알 수 없다.

그저 어렴풋이 번진 것처럼, 정체 모를 빛이 그 두 눈동자를 밝히고 있다는 것 하나만 알 수 있었다.

"수사망을 빠져나가는데 가장 좋은 방법은, 망이 퍼진 다음에 안쪽으로 돌아오는 거라지."

여자 위병은 입구를 막아선 그 그림자에게서 거리를 벌리고자, 몇 걸음 뒤로 물러났다.

아무리 밤눈이 밝지 않아도, 그림자— 밀정이 손에 핸드 캐논을 쥐고 있는 것이 보였을 것이다.

아까와는 반대군. 밀정이 웃으며 말했지만, 여자 위병은 대답하지 않았다.

그러자 작게 어깨를 으쓱거리고, 핸드 캐논을 겨누지 않은 왼손으로 품을 뒤졌다.

"찾고 있는 숨겨진 돈이라면 이미 발견했어. 조사하는 게 특기인 친구가 있거든."

그가 꺼낸 것은 낡은 쪽매 세공의, 이런 방에는 안 어울리는 고급스런 문서함이었다.

침대 아래쪽 깔개와 마루바닥을 뜯어내고, 더욱이 그 안쪽에 숨겨져 있던 것이다.

위병대 녀석들이 손에 넣을 가능성이 있어서 걱정했었지만, 뭐 결과는 좋다.

그도 그럴 것이— 위병대가 발견했을 때 난처한 것은 당사자인 여자 위병 본인이니까.

십중팔구의 8할에 명중했다. 언제나 기대해도 되는 눈은 3이나 4 정도인 것이다.

그리고 잘 되면, 일부러 실패했을 때를 걱정할 필요도 없지 않은가?

"당장 그 함을 반납하세요."

여자 위병은 당장이라도 뚝 끊어질 것처럼 팽팽한 목소리를 냈다.

생각해보면 그녀의 목소리를 들은 것은 이것이 처음이다. 우스워서 웃어버렸다.

"지금 얌전히 오라를 받으면, 지고신 님도 자비를 내리실 겁니다."

"그러면, 이건 당신 거란 말이지? 굉장하군, 놀라운걸."

밀정은 그 웃음을 무너뜨리지 않은 채, 문서함에 담긴 것을 꺼냈다.

내용물은 아마도 약팔이가 모았을 것이다. 동화, 은화, 위조금화가 뒤섞인 돈 주머니.

그리고 녹색 눈의 낙인이 찍힌 봉투. 이미 개봉됐다. 발주서와— 도시의 상세한 겨냥도.

"사교도에게 얼마에 팔아 치울 셈인지는 모르지만, 이 지도, 당신 거 아니지?"

"……."

시선만으로 사람을 죽일 수 있다면, 밀정은 분명히 대여섯 번은 죽었을 게 틀림없다.

그는 한손으로 문서함의 뚜껑을 탁 닫고서 외투 주머니로 집어넣었다.

대신 뽑은 손에 쥔 것을, 장난감을 던져서 건네는 것처럼 훌쩍 던졌다.

"—당신 건 이거잖아?"

탕. 날카로운 소리와 함께 바닥에 박힌 것은 검붉게 물든, 무척 훌륭한 단검이었다.

불과 몇 시간 전까지 그 하프 엘프 여자— 약팔이의 가슴에 돋아나 있던 것이다.

기껏 돌려줬는데, 주인은 그것을 주우려고 하지도 않았다.

물론 밀정도 그렇게 극적인 반응을 기대한 것은 아니다.

그저 단순하게, 유출시켜두는 게 사정이 좋으니까 가져왔을 뿐이었다.

"돌격검과 단검이 한 쌍이니까. 당신, 돌격검만 가지고 있기에 묘하다고 생각했지."

여자 위병은 밀정을 노려보면서 허억허억 가쁜 숨을 쉬다가, 드디어 쥐어 짜낸 것처럼 목소리를 냈다.

"어떻게……."

"—그건 물어보면 안 되지."

실제로는 거적때기로 변장하여, 그녀 휘하의 정보원이라고 위장하여 위병에게 용돈을 쥐어주고 꺼내왔을 뿐이다.

범죄의 증거라는 것은 위병들의 용돈벌이로 팔리는 것이 세상의 이치다.

기념품 — 무슨 기념, 인지는 모르겠지만 — 으로 가지고 싶어 하는 시민도 많고, 어떻게든 되는 법이다.

그렇지만 지금의 위병대장은 귀신이란 소문이 돈다. 그 토끼 얼굴의 위병은 지독한 꾸지람을 받고 있을 것이다.

그러나, 일부러 그런 것을 그녀에게 자세히 설명해줄 의리는 없었다. 그럴 시간도 없었다.

"——크!!"

여자가 바닥에 박힌 단검을 걷어차고, 동시에 돌격검을 뽑아 덤벼든 것이다.

그것은 그야말로 범이나 사자 같았다. 돌격검의 날카로움은 번개와도 같아서, 단검을 피하면 피할 수 없다.

밀정은 어금니를 악물었다. 사지에 힘이 들어간다. 둔화된 시야에, 단검의 칼날이 먼저 다가온다—.

"이 거리라면 나이프보다도 핸드 캐논이 빨라."

그의 오른손이 방아쇠를 당기고, 굉음과 함께 납의 자갈이 여자의 손에서 돌격검을 날려버렸다.

"《클라비스(자물쇠)…… 칼리부루누스(강철)…… 노두스(결속)》……!!"

동시에 강철 신발이 철컥 소리를 내면서 고정되고, 여자는 발이 걸린 것처럼 앞으로 넘어져 쓰러졌다.

그리고 여자가 비명을 지를 무렵에는 밀정의 손이 날아온 단검의 칼날을 붙잡고 있었다.

가속된 의식 속에서는 아주 잠시, 눈 한 번 깜빡일 시간도 지나지 않은 공방이었다.

"주문술사……!"

밀정은 여자 위병이 일어서려고 버둥거리는 참에 다가가서, 그 등에 발을 올렸다.

"둘이서(투맨셀) 한 조야."

밀정은 웃었다.

"나보다 훨씬 의지가 되지."

암시를 가지고 있어도 전투의 본직(프로) 상대로 목숨 아까운(데어데블) 줄 모르는 짓은 안 하지만, 둘이 덤비면 뭐 어떻게 된다.

여자 위병과 시선을 맞추고자 몸을 숙이자, 폐가 짓눌린 그녀는 헉헉 가쁜 숨을 쉬었다.

아는 사람이 그렇게 본다면 도저히 견딜 수 없는 눈매로 노려보자, 밀정은 어깨를 으쓱거렸다.

"핸드 캐논을 투사무기라고 생각하는 녀석이 많은데, 역시 실제로는 지근거리에서 휘둘러 갑옷을 때리는 거라니까."

밀정은 여자 위병의 얼굴에 베개를 턱 올렸다. 총신을 쥐고서, 개머리판을 든다.

본래 약팔이의 피로 검붉게 물들어 있었다. 다소 피가 늘어나도 문제없다.

그리고— 그거다. 부드러운 걸 댄 다음에 때리는 게, 상처를 안 만드는 가장 좋은 방법이니까.

"위병 살해는 위험하거든. 당신은 돈을 가지고 사라졌다. —그렇게 되어야겠어."

"기다려, 거래를 하자!"

문득 여자 위병이 새된 소리를 지르며, 마치 삶고 있는 새우처럼 몸을 펄떡거렸다.

밀정은 딱히 들을 생각도 없었지만, 억누르는 것이 조금 힘들어서 응답하는 게 조금 늦었다.

"돈으로 살해를 받는 게 아니라, 세상을…… 보다 좋게 만드는데 도움을 줄 생각 없어?"

"흠."

"왜냐면, 네가 나를 죽일 셈이라면 더 빨리 했을 거야. 바라는 게 있는 거지."

"없지는 않지."

"돈. 그리고 명예. ―훌륭한 일을 하고 싶다. 틀림없어."

여자는 밀정의 적당한 맞장구를 자기 사정에 맞춰 받아들였는지, 시끄럽게 떠들어댔다.

"너도, 흄이잖아? 그러면 알 거야. 이 도시가 침략당하고 있다는 걸."

"뭐, 실제로, 그렇긴 하지."

"도시를 보면 여기저기 있잖아. 엘프, 드워프, 수인, 레아가, 우글우글……."

위에 올려둔 베개 아래서, 또 꾸물꾸물 여자 위병의 몸이 움직였다.

도망치려고 하는 건지 몸서리를 치는 건지, 밀정은 구별할 수 없었다.

"아인(亞人)과, 그걸 편드는 어리석은 왕을 제거하고, 우리들의 나라를 되찾는 거야. 그건 올바른 일이야."

여자 위병은 전혀 켕기는 기색도 없이 말했다. 망설임도, 주저도 일절 없는 것 같았다.

그걸 위해서 압수품을 유출하고, 약을 뿌리고, 거래 상대를 찔러 죽이고, 누명을 씌우고, 목숨 구걸.

“아인이라고 나오셨구만.”

밀정은, 과실의 씨앗을 입에서 날리는 것처럼 그 말을 했다.

“맞잖아?”

여자 위병은 토해내는 것처럼 말했다. 뱃속에서 끓어오르는 것을 모두 토해내는 것 같은 한 마디.

“흙에게서 태어난 엘프 따위, 기분 나빠.”

“뭐, 의견은 사람마다 다르니까.”

빈민굴의 거적때기나 무법자, 노예가 약으로 폐인이 되어 살해당했다. 그것에 화낼 이유는 없다.

자신도 때로는 돈을 받고 좋은 일을 하며, 돈을 받고 사람을 죽인다. 아무것도 다를 바 없다.

눈앞의 발단(존손)이 바라는 것은 「내가 생각하는 깨끗한 거리」인 모양이다.

보수는 돈과 명예. 세상과 사람을 위한 일이 된다고 한다. 도시 미화 활동에 공헌하는 것이다.

그걸 위해서 사람을 죽인다. 흙에게서 태어난 엘프를 죽인다. 아무것도 다를 바 없다.

밀정은 어깨를 으쓱거렸다.

“밤에 그림자를 찾는 격이군.”

“……뭐?”

“그런 건 내 일이 아니야.”

여자 위병의 대답은, 금방은 없었다.

그녀는 베개를 밀어내는 것처럼 고개를 들고, 이해하기 어려운 것을 보는 눈길을 향했다.

"……그러면, 뭘 바라는데?"

"글쎄."

밀정은 조금 생각하고서, 상어처럼 웃었다.

"전단의 우승일까?"

§

마 주머니에 담은 다진 고기를 지하수로까지 배달하는 일을 마칠 무렵에는 새벽의 흐린 빛이 나오기 시작하고 있었다.

살짝 거뭇해진 보라색 하늘을, 아름답다고 부르는 녀석도 있고 무서무시하다고 생각하는 자도 있을 것이다.

중노동을 마친 다음의 밀정에게는 그저 눈이 부시다. 그뿐이었지만.

지하에서 올라와 물이 흐르는 소리를 들으면서 그는 잠시 멈춰 섰다.

마음씨 좋은 녀석들은 오늘 내일 정도는 식사가 어렵지 않으리라.

이제 곧 토끼 얼굴의 위병이 꾸지람을 듣고, 현장에 위병이 돌아와서 제2의 얼룩을 깨달을 것이다.

빈 문서함이 발견되고. 위병 한 사람이 없어졌다. 그러면 진상은 오로지 하나.

여자 위병이 압수품을 유출하고서 다툰 끝에 판매인을 죽이고, 돈을 훔쳐 도망갔다. —**어딘가**로.

그걸로 사건은 해결이다. 사방세계는 여전히 평화롭다.

지하 수로의 입구 — 혹은 출구 — 에서 멈춰 섰던 밀정은 천천히 다리를 움직였다.

그러나, 온몸의 긴장은 풀지 않는다.

희미한 빛이 비추는 길거리. 그곳에 있는 낯익은 마차 옆의 낯선 인물.

밀정은 걸으면서 외투 품에 넣어둔 핸드 캐논의 무게를 확인했다.

연노는 많이 쏠 수 있지만, 다루기 편한 것과 일격의 위력은 핸드 캐논이 위다. 틀림없다.

그러나— 그는 발길을 멈췄다.

너무나도, 있을 수 없는 존재였으니까.

“——시녀(메이드)?”

“의뢰인의 **대리**야.”

앳된 소녀로마저 보이는 은발의— 그러나 기이하게 존재감이 옅은, 그림자 같은 시녀였다.

—대리인?

그렇다면, 취향이거나 위장이겠지. 설마 진짜로 시녀일 리는 없으리라.

밀정은 의문스런 표정을 지으면서 마부석의 친구를 올려다보았다.

마부는 모르쇠란 기색으로 모자를 눌러쓰고, 귀찮다는 기색으로 고개를 저었다.

“일이 끝난 모양이네. 결과는 어땠어?”

“…….”

밀정은 경계를 풀지 않은 채, 천천히 외투의 단추를 풀어 안쪽을 열었다.

품에 매달린 핸드 캐논. 그 옆으로 그는 손을 넣어, 이미 개봉된 봉서와 지도를 꺼내 던졌다.

은발 시녀는 그것이 아직 공중에 있는 틈에 잡아채더니, 「흐응」 하고 흥미롭다는 기색으로 말했다.

"어디 지도인지 조사했어?"

"아니."

밀정은 고개를 옆으로 움직였다.

"바빴거든."

"그럼 됐어."

시녀는 그렇게 말하고, 정성스레 지도를 접어 봉서에 넣고 시녀복의 주머니에 넣었다.

"이걸로 물의 도시의 마약 오염은 막아냈어. 의뢰인도 무척 기뻐하고 있다는 거지."

뻔뻔스럽다고 할 수 있는, 책을 읽는 것 같은 평탄한 어조의 말이었다.

"의뢰는 완료. 보수는 넝쿨한테 맡겨뒀어."

"예, 예."

밀정이 고개를 끄덕였다.

"앞으로도 이용해 주시길."

"응. 그렇게 할게."

그리고 은발 시녀는 「그럼 안녕」 하더니, 스르르륵 골목 안으로 걸어갔다.

마치 이른 아침 장을 보러 가는 발걸음으로, 그녀는 그림자가 사라지는 것처럼 모습을 감추어버렸다.

밀정은 아무 말 없이 그것을 배웅했다. 머리가, 뇌가, 활활 타오르는 것처럼 뜨거웠다.

"……끝났구나."

마부석 옆에서 하얀 짐승이 빼꼼 고개를 내밀었다. 긴장했던 모양인지 후우 숨을 내쉬었다.

어쩌면, 그녀는 저 은발 시녀가 어디의 누구인지 아는 걸지도 모른다.

"수고했어."

"그래."

밀정은 짧게 대답했다. 실제로 분명히 지치기도 했다.

그 모습을 본 하얀 짐승이 멀리서 들리는 소리에 귀를 기울이듯 고개를 기울이고서 코를 벌름거렸다.

"『늘 미안하구만』……이래."

"뭐 이런 걸로."

정말로, 뭐 이런 걸로 싶을 정도의 일이다.

교섭을 해주는 녀석, 조사를 해주는 녀석, 지원을 해주는 녀석, 다리가 되어주는 녀석.

그리고 옆에서 주문을 읊어주는 녀석이 있는 것이다. 그렇다면──.

"죽이고(히트), 모두를 무사히 집(홈)으로 보내는 게 내 역할(포지션)이잖아."

"정말, 인격 말고는 대체가 된다니까."

하얀 짐승이 웃었다. 넝쿨도 웃고 있으리라. 그래서, 밀정도 웃었다.

친구에게 찬사를 받는 것은, 나쁜 기분이 안 들었다.

“나는 넝쿨한테 보고를 해야 하니까, 일단 돌아갈 건데.”

“그랑 같은 방에 있는 거 아냐?”

마차 안에서 키득키득, 지식신의 신관이 놀리는 소리가 들린다.

사역마는「글쎄에」하고 시치미를 떼지만, 신관에게 목덜미를 잡혀서 차 안에 있는 그녀의 무릎 위로 올라간다.

“나도 오늘은 사원에 돌아갈래. 이대로 사흘 정도 자고 싶은 기분이야.”

실제로, 이 신관 소녀는 지식신에게 받은 권능을 써서 줄곧 주변을 경계하고 있었다.

“수고했어.”

“흥.”

밀정이 중얼거리자, 그걸 들은 마부가 작게 코웃음을 쳤다.

“어쩔래? 너도 탈 거야?”

“아니.”

밀정은 조금 생각하고서, 고개를 옆으로 저었다.

“걸어서 돌아가지.”

“그러냐.”

마부는 그 험상궂은 얼굴에 살짝 미소를 짓고서 비의 말에게 이어진 고삐를 쥐었다.

“《달려가라 비의 말(켈피) 어서 달려라, 흙에서 산천, 바다에서 하늘로》!”

거품의 갈기, 가랑비의 발굽, 강의 푸레질을 남기고 비의 말에게 이끌려 마차가 달렸다.

밀정은 그것을 배웅했다. 아무도 없는 길거리에 서서, 멍하니.

그리고 새벽의 하얀 빛을 드디어 참지 못하게 되어, 다리를 끄는 것처럼 걷기 시작했다.

—끝나고 나서, 조금 생각한다.

뭐, 그 위병의 마음 따위 상상하는 수밖에 없으리라.

자연의 섭리(구울의 똥)에 따른 전개가 되니까, 분명 불만은 없을 거다.

—단편적인 정보를 자기 사정에 맞춰서 조합하는 것은, 강박 관념(파라노이아)에 중독된 것이다.

그러나 예를 들자면— 예를 들어서다.

그 하프 엘프 약팔이가 그 위병의 언니나 여동생이라면 어떨까?

애인의 아이인지는 모르겠지만, 귀족의 사생아. 혼혈. 친가에서 쫓겨났다. 그러나 그 재산을 축낸다.

무법자가 되어 아편까지 다루고, 한 식구가 위병이라는 것을 알고는 압수품의 유출을 조른다.

사태가 드러나게 되면 위병의 영달에 영향을 준다. 뿐만 아니라 친가에도 폐가 될 것이다.

그리고 그 위병 쪽도…… 또 한 명의 딸도, 어지간하다.

인간지상주의(휴머니스). 그걸 위해서라면 수단을 가리지 않는다. 혼돈과 손을 잡는 일마저 있다.

—얼추, 의뢰인은 그 두 사람의 부모이리라. 성가신 일은 없었던 걸로 하는 게 좋다. 아니라면 더욱 위쪽.

그러나, 약팔이는 깨달았다. 우연인지 처세를 잘 해서 가로챈 건지, 자매의 밀서를 손에 넣었다.

그리고 그녀를 협박했을까…… 막으려고 했을까?

어쨌든지— 몰라도 되는 일은 세상에 많은 법. 그리고, 알 방도도 없으리라.

빈민굴의 거적때기나 무법자, 노예가 약으로 폐인이 되고 살해당해도 슬퍼하는 사람이 있을까?

이런 불상사를 일부러 아랫것들에게 알려서, 그 마음의 평화를 흐트러뜨려봤자 의미는 아무데도 없다.

폭로를 하려고 소란을 피우는 것은 구제할 길이 없는 바보나 목숨 아까운 줄 모르는 놈뿐이다. 그는 어느 쪽도 아니다.

"……흥."

협박을 했다면 좋겠는데. 이놈이고 저놈이고 막돼먹은 게 좋다. 구제할 길이 없으면 좋은 것이다.

——그러는 편이, 다소는 업이 가벼워지니까.

밀정은 드디어 타오르는 것 같은 열을 견디기 어려워져서, 외투의 주머니를 뒤졌다.

구기자나무의 시거를 뽑았다. 이제는 착화구를——.

"……자."

퐁. 통에 관을 때리는 소리가 나고, 눈앞에 불씨가 불쑥 나타났다.

"……야아."

붉은 머리 소녀, 뒤바뀐(체인즐링) 아이 엘프 소녀가 수줍게 웃는 표정으로 서있었다.

밀정은 묵묵히 불을 받고서, 해열제의 연기를 듬뿍 들이쉬어 뇌를 식힌 다음에 중얼거렸다.

"……뭐야? 마차에 타고 있던 거 아니었어?"

"응."
붉은 머리 소녀가 고개를 끄덕였다.
"잠깐, 걸어서 돌아가고 싶은 기분이었으니까."
"그래."
살며시 달콤한 연기가 떠도는 가운데, 두 사람은 느긋하게 걷기 시작했다.
키는 머리 하나 만큼 그가 더 크다. 엘프는 키가 큰 법인데, 그녀는 마르고, 가녀리고, 가볍다.
부모가 흄이라 그런 걸까? 알 수 없다. 밀정은 다른 뒤바뀐 아이인 엘프를 모른다.
보폭이 넓은 밀정은 걸음을 조금 늦추어서, 붉은 머리 소녀는 살짝 속도를 높여서, 나란히 선다.
서로의 사정 따윈 제대로 모른다.
돈을 노리고 그림자의 세계로 발을 들인, 사고로 팔다리를 망쳐버린 마구 선수 출신.
뒤바뀐 아이라서 노예상에게 위협을 받다가, 거기에 휘말린 친구의 원수를 갚으려는 상가의 딸.
선인가 악인가, 고상한가 저속한가, 질서인가 혼돈인가, 아무래도 좋은 일이었다.
"있지."
그녀가 속삭였다.
"다음에, 나 마구 시합 데려가줘."
"본 적 없었나?"

"사실은, 별로."

"그래."

밀정은 고개를 끄덕였다.

"그러면 땅콩(피넛)에 설탕 뿌린(크래커) 과자는 내가 살게."

"그런 거 먹어?"

뭐가 우스운지, 붉은 머리 소녀는 키득키득 웃었다.

이제 슬슬, 물의 도시도 눈을 뜨기 시작할 무렵이다.

길거리에는 사람이 넘치고, 상점의 팻말은 개점중으로 회전하며, 술렁거림과 발소리로 가득 찬다.

레아 요리사가 준비를 시작하고, 드워프 대장장이가 노에 불을 피우고, 엘프 시인이 곡을 연주한다.

길거리는 금방 웅성거리고, 흄과 수인 아이들이 넘어질 것처럼 달려간다.

그런 가운데 나란히 걷는 두 사람은 과연 어떻게 보이는 걸까?

별 것 아닌 대화를 이으면서 밀정은 생각하고, 금방 아무래도 좋다며 웃었다.

암살자라고 해서, 암살자답게 걸어 다닐 필요는 아무데도 없으니까.

제4장 『겨울 준비를 시작하는 이야기』

Goblin Slayer
He does not let anyone roll the dice.

"우우우~우……."

담요에서 빠져 나오는 것이 너무나도 괴로운 아침이었다.

창문에서는 아직 아침 해가 들어오지 않고, 쨍쨍한 추위가 벽을 통과해서 피부를 찌른다.

소치기 소녀는 솔직히 말해서, 언제까지고 침대 안에서 꾸물대며 웅크린 채 있고 싶었다.

몇 년 전까지는 그렇게 — 이제 와서 생각해 보면 참 게으른 — 아침을 보내고 있었다.

—정확하게는, 힘내자 하는 기운이 부족했단 말이지.

지금은 상당히 기운이 났지만, 역시 그가 없는 아침은 조금 괴롭다.

꾸물대고 있으면 그 무렵으로 돌아가버릴 것 같으니까, 열심히 버텨야지.

"……그래. …………그래. ……좋, 았어……!"

한 번 심호흡을 하고서 에잇, 결심하고 담요에서 빠져나왔다.

곧장 얼어붙을 것 같은 냉기가 피부를 핥아서, 무심코 소치기 소녀는 부르르 몸을 떨었다.

견디지 못해 담요를 어깨에 두르고, 옷상자까지 종종 달려간다. 얼른 갈아입어버려야지.

살집이 잘 붙은 몸에 속옷을 입고, 일단은 한숨을 쉰다.

그리고 다음으로, 그녀는 양모로 짠 옷을 집었다.

—아직 조금 이르다고 생각했지만, 이제 괜찮겠지?

에잇. 누구에게랄 것도 없이 확인하고, 추위에 진 소치기 소녀는 그것을 껴입기로 했다.

팔과 머리를 넣고, 그대로 단숨에 몸을 통과해서——.

"……우음……?"

조금, 꽉 끼는…….

—것 같은데?

팔을 올리고, 허리를 틀어보고, 바닥의 차가움에 맨발을 비비면서 빙글빙글 돌고, 상황 확인.

무엇보다도 최우선 사항이다. 그녀 나이의 소녀에게는 너무나 커다란 일.

—살이 찐…… 건, 아니……겠, 지?"

그래, 아니다. 아닐 거다. 아닐 거야.

생각해 보면 이 스웨터도 꽤 오래 전에 짠 거다.

—그야 뭐 성장을…… 한 걸까?

"……적어도, 이제 슬슬 새로 짜야겠네."

하후. 숨을 내쉬고서 다리를 작업용 각반에 넣고, 어깨 끈을 걸고 양말과 신발을 신는다.

이걸로 좋아. 다음은—.

"……에헤헤."

어째서일까? 요즘 들어 매일 아침 반복하고 있는 일인데도, 며칠

이 지나도 볼이 풀어져 버린다.

웃음이 솟는다거나, 넘친다거나, 그런 표현이 어째서 생겼는지 잘 이해된다.

소치기 소녀가 마지막으로 꺼낸 것은 어슴푸레함 속에서도 반짝이는 홍옥 같은 색의 비늘이다.

엄청 고생했지만 구멍도 뚫을 수가 없어서, 끈을 몇 겹으로 감아 목걸이로 만들었다.

지난번에 그가 동방의 사막에 다녀온 다음, 선물이라면서 가지고 돌아온 것이다.

—용이라니, 정말일까아?

거짓말은 아니리라. 하지만, 용이라니. 옛날이야기에서만 들어봤던, 엄청난 것이다.

그 비늘— 이라고 해도 꿈같기만 하고, 그것을 그가 가져온 것도 꿈만 같다.

하물며 자신이 그것을 몸에 지니고 있다는 것도 좀처럼 믿을 수가 없는 일이다.

이윽고 아침의 첫 빛이 한 줄기 들어와, 비늘이 반짝 빛나는 것을 보는 것이 요즘 생긴 습관이었다.

어렸을 적의 사소한 추억을 과연 그가 기억하고 있을지는 모르겠지만—.

"후훗……."

도무지 억누를 수 없는 웃음을 다시 한 번 짓고서, 소치기 소녀는 용의 비늘을 목에 걸었다.

그리고 떨어지거나 잃어버리지 않도록, 옷깃으로 옷 안에 넣었다.
"좋아, 오늘도 힘내자……!"

§

부엌에 가장 먼저 와서 손해 보는 건 엄청 춥다는 거고, 이득인 것은 맨 먼저 따뜻해진다는 거다.
뚜껑을 덮어서 아껴둔 어젯밤의 잔불을 가마에 넣고, 재빨리 불을 붙인다.
따닥따닥. 불똥을 튀기면서 타오르는 불꽃이, 추위를 서서히 내쫓아준다.
이제 곧 아침 해의 빛도 더 강해져서 방을 분명히 따뜻하게 해줄 것이다.
"너도 추운 건 싫지?"
식당에 매달아놓은 새장 속에서, 짹짹짹 카나리아가 맞장구를 치는 것처럼 지저귄다.
추위에 약하니까 되도록 난로나 불 근처에 두고 싶지만, 그렇다고 연기도 몸에는 안 좋을 거다.
고심한 끝에 안에는 솜을, 바깥에는 바람막이를 두르고, 그리고 천으로 감싼 데운 돌을 곁에 두었다.
아쉽게도 새의 말은 알 수 없지만, 상태를 보면 건강해 보이니 정말로 다행이었다.
"오늘은…… 어떡할까?"

그렇게 말을 하지만, 농가의 식사라는 건 그리 변화가 많은 것도 아니다.

대개 야채를 넣고 끓이기만 하는 냄비 요리, 다시 말해서 스튜를 매일매일 먹는 법이다.

다행히 그녀의 집은 독립농가니까, 그야 빈곤한 마을의 생활보다는 풍요롭지만.

그렇다고는 해도, 가능하면 소금에 절인 고기 같은 것은 겨울을 대비해서 아껴두고 싶었다.

말린 생선은 먹기 전에 나무망치로 두드려 부드럽게 해야 하니까 오늘 만들기엔 수고롭다.

그가 있을 때는 힘을 준 스튜도 만들지만, 없을 때는 그냥 보통 식사를 만들어야 한다.

"뭐, 베이컨은 살짝 써버릴까? 그리고 치즈에, 우~응……."

콩은 있다. 빵도. 그리고 감자가 조금. 그러면, 소뼈를 끓여서…….

"그래, 수프로 하자!"

그렇게 결정되면 다음은 재빨리 시작해버리자.

일단은 추위와 차가움을 참고 우물에 가서 물을 긷고, 부엌으로 날라 물동이에 옮겨야 한다.

그리고 물을 따른 냄비를 불에 올리고, 소뼈와 어젯밤의 야채 찌꺼기를 던져넣어 끓인다.

물론 금방 되는 게 아니니까, 그 사이에 매달아놓은 마 주머니에서 감자를 꺼내 껍질을 벗긴다.

"이쪽도 삶고…… 그 다음에 뭉개서 걸러내야지."

부엌일이란 것은, 생각보다 상당히 중노동이다. 물 긷기도 그렇고, 밑 준비도 그렇다.

—수인들이 요리점 같은 데서 흔히 일하는 것도, 그 탓일지도……?

그런 생각을 하면서 삶은 감자를 뭉개고 있는데, 식당으로 다가오는 발소리를 깨달았다.

"안녕? 삼촌."

소치기 소녀가 돌아보지 않고 말했다.

"금방 다 될 거야."

"그래, 안녕? ……이거야, 이제 완전히 추워졌구나."

의자가 드르륵 끌리는 소리가 들리고, 삼촌이 자리에 앉는 걸 알았다.

"그러게."

소치기 소녀는 힘이 들어간 소리를 섞어서 맞장구를 쳤다. 정말로, 오늘은 춥다.

"그 혹 달린 당나귀는, 추워도 멀쩡한 모양이다. 이쪽으로서는 도움이 된다만."

"낙타랬어, 삼촌."

"그래, 그랬었지. 낙타, 낙타라. ……잘 모르는 생물이다."

마구간에 매어둔 그 기묘한 생물— 낙타 또한, 그가 동방에서 선물로 가져온 것이다.

집을 나설 때 했던 사소한 잡담을 기억하고 있던 것은 기쁘기도 하지만—.

—정말이지, 차암.

못 말려. 무심코 웃어버렸다. 그런 커다랗고 훌륭한 선물이었다.

다행히 삼촌도 읽고 쓰기는 가능하니까 어떻게 보살피고 있으니, 문제는 없지만.

—그리고 가까이서 보면, 꽤 귀여워.

카나리아에 이어서, 이걸로 두 마리째. ……한 필째? 어쨌든지, 떠들썩한 것은 좋은 일이다.

"그러나, 젖은 좋더군."

그리고 삼촌은 역시 직업 탓인지, 그 낙타를 이용해보고자 이것저것 시행착오를 하는 모양이다.

그가 가져온 것을 삼촌이 활용하려는 것은 얼음과자에 이어서 이걸로 두 번째.

역시, 기쁜 일이다.

"아무래도 양은 적다만, 맛은 나쁘지 않다."

"판매가 되겠어?"

"해보지 않고서는 모르겠지만, 치즈로 굳힐 수 있다면 말이다. 많이는 못 만드니 진미 같은 게 되겠지."

"그렇네. 다행이야."

정말로, 다행이다.

소치기 소녀는 생글생글 기분 좋게 요리를 계속했다.

감자를 뭉개면 이걸 걸러내고, 그 무렵에는 수프도 다 끓었다.

—성 같은 곳에서는, 정말로 하루 종일 들여서 끓인다고 했나?

그렇지만 자신들은 임금님이나 공주님이 아니니까, 매일 먹는 식사는 이걸로 충분하리라.

야채 찌꺼기와 소뼈를 건져냈다. 이 베이스 수프도 이 추위라면 며칠은 갈 것이다.

그 다음은 걸러낸 감자와 이 수프를 조금, 우유, 콩, 베이컨을 섞어서, 끓인다.

"좋아, 다 됐어!"

기다렸지. 말을 걸면서 삼촌 앞에 식기를 나르고, 맞은편에 앉아서 아침 식사다.

지모신 님에게 매일의 양식에 대한 감사를 기도하고 식사를 한다.

올해의 수확도 괜찮은 느낌이었고, 지모신 님 만세다. 내년도 이러면 좋을 텐데—.

"……어라?"

소치기 소녀는 문득 숟가락을 들던 손을 멈추었다.

"왜 그러니?"

삼촌이 물어보지만 고개를 옆으로 저었다.

삼촌도 직접 짠 옷을 입고 있는 것이다. 그러나, 역시 조금 낡아 있었다.

—역시, 전에 만든 게 꽤 전이었으니까.

그때, 그가 입을 것도 같이 짰던가? 어땠었을까?

하지만 내 것도 작아졌고. 삼촌 옷도 낡았다. 같이 짰었다고 해도—.

"……그러면, 결정됐네."

무심코 흘러나온 혼잣말. 삼촌이 또 의문스러운 눈길로 보지만, 아무것도 아니라며 고개를 저었다.

—오늘 분량 일이 끝나면. 물론, 한 가족 모두의 분량이지만. 그

래도.

그를 위해서, 스웨터를 짜기 시작해야지.

§

"……아차."

일을 마치고 방으로 돌아와서 털실과 뜨개바늘을 꺼내 시작해볼까— 라고 하는 참에.

문득 자신의 실수를 깨닫고, 소치기 소녀는 무심코 머리를 움켜쥘 것 같았다.

—그의 사이즈, 전혀 모르겠어……!

당연히 자기 사이즈는 잘 알고 있다. 삼촌의 체격도 뭐 대충 안다.

그렇지만 그의— 사이즈라면, 이건 완전히, 전혀 모르겠다.

—언제나 갑옷에 투구 입고 있는 게 잘못인 거야.

그야 집에 돌아와서는 벗을 때도 있지만, 거의 계속 입고 있으니까 정말이지.

기껏 의욕이 생긴 참에 가로막히자, 소치기 소녀는 무심코 토라져 볼을 부풀렸다.

물론 당사자는 그저 「그런가」 한 마디로 그치겠지만, 그게 또 약오른다.

이것만큼은 책임전가나, 분풀이라고는 결코 말 못할 거다.

"우웅……. 옷 같은 걸, 가서 한 번 볼까……."

살며시 자기 방을 나서서, 조심조심 — 딱히 의미도 없이 — 발소리를 죽이며 그의 방으로.

부재중일 때 실례하여 청소를 하는 일은 자주 있지만, 오늘은 어쩐지 기분이 다르다.

—아니, 딱히 몰래 뜨개질을 하는 의미는 없긴…… 하지만.

없기는 하지만, 뭐, 그건 그거고, 그런 거니까. 응.

"실례, 합니다아……."

살짝 작게 말하며 문을 열었다. 물론, 대답이 있을 리 없었다.

그는 갑작스럽게 모험을 나서서, 요 며칠 집을 비우고 있다. 그건 잘 알고 있었다.

그러니까 이것은 예의 같은 그런 게 아니라, 그녀의 내심 문제였다.

"……으응, 여전히 별로 물건이 없네. 이 방은."

그리고 쓴웃음과 함께, 한 마디.

고작해야 정리함으로 놓여 있는 궤짝과, 예비 투구와 갑옷이나, 검이나, 방패 같은 것이 다다.

여기는 어디까지나 침실이다. 그의 방이라는 의미를 따지면 그 헛간이 더 가까울 것이다.

—내버려두면 그런 동굴 같은 곳에 계속 틀어박혀 있는걸.

비밀 아지트. 어렸을 때는 마을 근처를 여기저기 돌아다니며 그런 것을 만들었었지.

그리움이 가슴을 옥죄는 것 같기도 하고, 따스하게 데워주는 것 같기도 하여, 미소로서 얼굴에 드러나는 법이다.

분명히 지금의 자신이 아는 것처럼, 부모님도 그런 아지트를 알고 있었을 것이다.

아니면 눈치를 못 챘었고— 지금도 옛날에도, 잘 알고 있는 건 자기뿐, 인 걸까?

"……후훗."

그것이 기쁜 건지 애절한 건지 알지 못한 채, 소치기 소녀는 풀썩 침대에 앉았다.

그의 냄새 따위 남아 있을 리 없었다. 없을 때도 시트를 꼭꼭 교환해둔다.

그저 어쩐지 침대에 앉아서 천장을 보고, 지금 어디서 뭘 하고 있을까 생각하고—.

"앗, 안 돼. 이럼 안 돼. 그게 아니야."

볼을 찰싹 두드리고 에잇, 기세를 붙여 일어서서 마음을 전환했다.

해야겠다고 결심했을 때 하지 않으면, 아무리 시간이 지나도 못한다. 나는 게으른 편이니까.

—그러니까…….

묵직한 궤짝 뚜껑을 들어 올리고, 안에 든 그의 의복을 끄집어냈다.

—갑옷용(갬비슨) 속옷이라는 거였지?

분명히, 그런 이름이었을 거다.

솜이 들어가서 두껍고, 푹신푹신하고, 군데군데 단단히 보강이 되어 있다.

물씬 풍기는 것은— 그래. 그의 냄새, 일 것이다.

"냄새, 조금 심하지만."

조금 쓴웃음. 어쨌거나 진흙과 땀과 피 냄새인 것이다.

정말이지. 소녀가 콩닥거릴만한 냄새가 아니라니까.

목숨에 직결되는 것이기에 멋대로 손질도 못한다. 올바른 방법도 모르고.

—돌아오면, 가르쳐달라고 해야지.

몰래 그렇게 정하고서, 갑옷용 속옷을 침대 위에 펼쳐서 이것저것 측정을 시도해봤다.

"우응……."

하지만, 이건— 어떻게 한다?

반복하지만, 갑옷용 속옷은 솜이 들어가서 두툼하고 여기저기 보강도 되어 있다.

덧붙여서 그 위에 갑옷을 입기 때문인지, 괜히 푹신푹신한 부분도 있는 것이다.

완전히 무리까진 아니라도, 이걸 토대로 옷을 만들면 딱 좋은 크기가 될 것 같지 않았다.

편물 조합에 소속된 기술자라면 다를 거라고 생각하지만—.

"어떻게 한다아……."

턱에 손을 대고서, 다시 한 번「우웅」하고 신음한다.

이럴 때 상담할 수 있을 법한 상대는 친구이며, 일단 떠오른 것은 접수원이었지만.

—아무래도, 이걸 상담하는 건, 조금 꺼려지네…….

그렇다면, 어떻게 한다.

§

“스웨터라아. 그러고 보니 나는 입어본 적이 없어어.”

평소처럼 길드 뒤쪽에서 이야기를 하려고 했지만, 휘이잉 북풍이 불어서 식당 안이다.

휴식중인 수인 여급은 버릇없이 앉아서 삐거덕삐걱 의자를 흔들며 말했다.

“나는 털이 있으니까. 자기 털!”

“폭신폭신하니까.”

소치기 소녀는 나이가 가까운 친구에게 「만져봐도 돼?」 하고는, 그 보드라운 손을 만져봤다.

털에 쌓여 있는 커다란 젤리질. 말랑말랑 쥐어보자, 수인 여급은 자랑하는 것처럼 숨을 쉬었다.

“쿠흥……. 후후, 이제 완전히 겨울털이지!”

“좋겠다아. 조금 부러워.”

“그렇지?”

수인 여급이 귀를 움직였다.

“뭐, 계절이 바뀔 때 털이 빠지는 게 큰일이지만.”

손의 모피를 헤치고 보면, 바깥털과 솜털로 2중이 된 것을 알 수 있다.

그래서 부드럽고 따스한 거겠지만, 털이 빠진다는 얘기를 들으니 그것도 그거대로 힘들겠다고 생각이 든다.

“각자 이래저래 힘들구나, 역시.”

"그야 그렇지. 나도 흄처럼 이것저것 입어보고 싶다 생각은 하는걸."

수인 여급은 팔을 괴고서, 그 풍만한 상체를 탁상에 맡기는 것처럼 기울였다.

커다란 귀도, 커다란 손도, 그리고 꼬리도— 몸 여기저기에 있는 모피도, 옷을 가리는 특징이다.

모자나 장갑에는 방해가 되고, 짧은 스커트를 입는 것도 고민스럽다. 옷의 색이나 털의 색과 조합도 있고.

"남의 그릇이 더 커 보인다는 건가?"

소치기 소녀가 말하고 하후, 숨을 내쉬었다. 그 누구든지 자기 마음대로 살 수는 없는 법이다.

"그래서, 그게, 사이즈 이야기 말인데."

"아, 응."

수인 여급이 고개를 끄덕였다.

"소귀 살해자 나리 옷이지. 그런 거야 나도 모르지."

그런 건 그쪽이 더 잘 아는 거 아냐? 의심스러운 눈. 소치기 소녀는「아하하」웃었다.

"하지만 저기, 갑옷이나 투구 같은 거 만드는 사람이라면 알고 있을 것 같잖아?"

"아아, 공방의 주인어른 말이구나."

수인 여급은 그렇구나 그렇구나, 팔짱을 끼고 고개를 끄덕거렸다.

그녀가 공방의 도제를 하고 있는 소년과 사이가 좋다는 것은 소치기 소녀도 알고 있다.

"그 녀석한테 물어보면 알지 못할 것도 없을 것 같긴 한데."

"부탁할 수 있을까?"

"응…… 지금 바쁜 것 같단 말이지……."

그래? 고개를 갸웃거리자, 수인 여급이 「응」 하며 시시하다는 기색으로 고개를 끄덕였다.

듣자니 동쪽 나라 쪽이 흐트러졌다 하고, 이쪽도 이쪽대로 여기저기서 와이번이니 마신이니.

덕분에 모험가도 무구를 새로 마련하느라 제작에 쫓기고 있는 모양이다.

"장사가 번창하는 건 좋은 일이잖아."

"그건 그렇지만 말야. 요즘 들어서 나는 완~전 팽개쳐 둔다니까……."

토라진 것처럼 말하더니, 수인 여급은 가슴을 뭉개는 것처럼 탁상 위에 엎드렸다.

완전히 남의 일처럼 대화를 하지만— 그래도, 어쩔 수가 없지 않은가?

전쟁이란 것은 언제나 얇은 막 한 장 너머에 있는 건너편 이야기 같으니까.

소치기 소녀 자신도 결코 관계가 없지 않다. 과거에도 그랬었고, 지금도 그렇다.

그가 나서는 모험이란 것은 고블린 퇴치이며, 그것은 크든 작든 질서와 혼돈의 천칭 위에 있다.

"그러니까, 교환 조건!"

벌떡 일어난 수인 여급이 그렇게 장난 식으로 말을 해주는 것이 고마웠다.

"어머나."
소치기 소녀는 우스꽝스러울 정도로 정중한 말투를 해봤다.
"무엇을 바라시는지요?"
"이 몸한테도 스웨터 짜는 법 가르쳐줘! 기왕이니까!"
"그건 꽤 어려운 일입니다요."
그렇게 말하고, 소치기 소녀는 스스로도 무심코 웃어버렸다. 딱히 뜸들일 필요도 없으리라.
"후후, 그건 좋아. 짜본 적도 없구나?"
"손이 꽁꽁 어니까 장갑을 사러 간 적이 있기는 하거든. 어렸을 때."
엄마가 동화 2닢을 줘서. 수인 여급은 그런 식으로 말하고 웃었다.
소치기 소녀는 문득 어머니를 떠올리려고 했다. 얼굴은 이제 흐릿하게 번져버렸다.
"하지만, 사이즈 같은 걸 모르면 못 만들 것 같은데? 실제로 내가 지금 그렇고."
"아아, 그건 괜찮아. 그런 거야 구석구석까지 다 알고 있으니까!"
"어……?"
소치기 소녀는 눈을 깜빡 거리고, 조금 얼굴이 붉어졌다.
——아니, 그래도, 설마.
"……자기 거?"
"응."
딱 잘라서, 당연하단 식으로— 오히려 자랑스럽게 수인 여급이 잘라 말했다.
"뭐, 실패하면 떠넘겨 줄 거야!"

—그것도 선물하는 게 아니구나.

그렇게 생각하자 조금 그 소년에게 미안한 생각도 들지만, 팽개쳐 두는 그쪽이 잘못한 거라고 생각했다.

소치기 소녀는 그 풍만한 가슴을— 그곳에 있는 붉은 비늘을 누르면서 키득 웃었다.

여자애도 언제나 기다리고 있기만 하는 게 아니다.

§

물자는 있고, 작전도 세웠다. 그렇다면 실행할 뿐.

"있지, 있지, 어떡하는 거야?! 역시 옷깃 부분부터 하는 거야?!"

"그러니까, 이것저것 있는데 말이지……."

수인 여급이 — 그녀 말로는「그 녀석은 쉽다니까」였다 — 정보를 얻어오고, 또 다시 식당 한 구석.

소녀 둘이 나란히 앉아서, 열심히 의견을 나누었다. 실패해도 상관없다, 라고 할 수는 없는 것이다.

솜씨 좋게 뜨개바늘이나 색색의 털실까지 준비해온 것에는 무심코 웃어 버렸지만.

"앞이랑 뒤, 소매를 짜고서 붙여버리는 게 제일 간단……하려나?"

"오호."

"처음이라면 커다란 앞부터 짜보는 게 좋아."

"준비에 시간이 걸린다는 거구나."

어디어디. 몸을 내밀고서 듣고 있던 수인 여급이, 문득 눈빛을 반짝거리며 빛냈다.

"그러니까, 요리랑 똑같아!"

"아하하. 그렇네. ……응, 레시피 그대로 하면 괜찮다는 것도 포함해서."

"처음 해보는 건데 이상한 이 몸류 어레인지 같은 거 안 한다니까."

안해안해. 그 말랑한 손바닥을 흔들고, 수인 여급은 깔깔 웃었다.

"순서대로 반복하면 되는 거지. 좋아, 한다!"

"응. 어쨌든 하루 이틀 만에 할 수 있는 게 아니니까, 조바심 내지 말고 하자."

"그것도 요리 준비 같은 거랑 똑같네에……."

그렇게 말하면서, 두 소녀들은 조물조물 양손을 움직여서 털실을 짜기 시작했다.

딱히 보기 드문 일도 아니다.

가을이나 겨울의 오후는 길다.

농가의 소녀라면, 그 기나긴 남는 시간을 난로 곁에서 작업하며 보내는 것이 세상 이치다.

직물, 자수, 레이스, 기타 등등—.

그리고 당연히, 손을 움직이면서 여자들끼리 떠들썩한 대화가 꽃피는 법이다.

"후응, 나리는 또 어딘가 간 거야?"

"응."

소치기 소녀는 뜨개바늘에 털실을 걸면서 고개를 끄덕였다.

"모험가니까, 어쩔 수 없긴 하지만."

"또 고블린 퇴치?"

"아닌가봐. 그다지, 자세히는 안 물어봤지만."

"후응……."

수인 여급 쪽은 아무래도 손보다 입이 잘 움직이는 모양이다.

털실을 상대로 악전고투하면서, 그래도 내던지지 않는 것을 보면 진심인 모양이다.

우우우움. 그 귀여운 얼굴을 찌푸리면서 커다란 손으로 뜨개바늘을 쓱쓱 움직인다.

아무것도 모르는 자가 보면, 분명히 털실로 놀고 있다고 생각할지도 모른다.

——손이나 입으로 도와줘도, 괜찮겠지만.

그것은 분명, 별로 해서 좋은 일이 아니라는 생각이 들었다.

자신이 노력하고 있는데 옆에서 그걸 집어가 버리면, 시시하지 않을까?

말도 마찬가지다. 이것저것 말참견을 받는 것은 재미있는 일이 아니다.

도움을 청하면, 물어보면— 혹은 잘못되어 어쩔 수 없게 되면.

—응, 그게 좋겠어.

"아까도 말했지만, 너무 조바심 안 내도 돼."

그래서 말하는 건 한 마디. 하는 법이 아니라 마음가짐에 대해서만.

"만약 실수해도, 풀어서 다시 짜면 되니까. 걱정할 필요 없어."

"오, 오오……. 단판 승부가 아니구나……."

그걸 들은 수인 여급이 마치 이 세상의 끝을 회피한 것처럼 표정이 흐트러졌다.

"다행이다. 난 망치면 그걸로 끝이라고 생각했어!"

"돌이킬 수 있다는 점이 좋은 거라고 생각해. 이건."

정말로, 그렇게 생각한다. 무슨 일이든, 모두 그렇다면 좋을 텐데.

세상에는 다시 시작할 수 없는 일, 돌이킬 수 없는 일이 너무나도 많으니까—.

"어머, 뭐하고 계시는 건가요?"

"와아, 뜨개질이다! 그렇구나, 벌써 그런 계절이 됐네."

생각에 잠겨 있는데, 들뜬 목소리가 둘 들린다.

올려다보니 그곳에는 세련된 제복을 입은 접수원과 감독관의 모습이 있었다.

좋겠다. 소치기 소녀는 언제 봐도 그렇게 생각했다. 늘씬한 몸의 선은 정말로 부럽다.

그 시선을「여긴 어쩐 일로?」라고 받아들인 모양이다. 접수원이 부드럽게 웃었다.

"후후후. 느지막한 점심이에요. 벌써 이런 시간이면 티타임이지만요."

"아, 그럼 요리장한테 뭔가 부탁하고 올까?"

조금 기분전환도 하고 싶었어. 마침 좋은 구실을 발견한 수인 여급이 고개를 들었다.

귀와 꼬리를 쫑긋 세운 그녀는 힘차게 일어서서 슬쩍 뜨개질을 탁상 위에 놓았다.

그리고 또 힘차게 달려간다. 그 격차에 무심코 소치기 소녀도 웃어버렸다.

—그렇지만.

그에게 건넬 뜨개질을 하면서, 그것에 관한 대화를 하는 것도 조금 꺼림칙하다.

소치기 소녀는 한순간 공중에서 화제를 찾은 다음, 무난한 것을 집어보기로 했다.

"요즘에는 어떤가요? 어쩐지 이래저래 어수선한 이야기도 들리는데요……."

"우~응, 바쁘기는 바쁘긴 하지만요."

접수원이 가는 손가락을 턱에 대면서 생각에 잠기고는 그렇게 말했다.

살랑, 아름다운 허리를 틀고서 자연스런 동작으로 원탁의 자리에 앉는다. 감독관도 마찬가지.

길드 직원은 다들 그렇기는 하지만, 움직임이 하나하나 갈고 닦여 있어서 눈길이 끌린다.

그 하이 엘프가 뿜어내는 태생적인 우아함하고는 또 다른, 흠을 위한 동작이 틀림없었다.

"하지만, 평소랑 똑같기도 하네요."

"동쪽의 전쟁이 진정될 것 같단 말이지. 혼돈의 세력이 발호하는 건 늘 있는 일이고."

감독관 또한, 끄덕끄덕 고개를 움직이며 말을 이었다.

질서와 혼돈의 천칭은 언제나 흔들리며 움직이는 것. 완전히 한쪽으로 기울어 있는 법은 없다.

언제나 크든 작든 소동이 일어나며, 그것이 사방세계의 이치다.

아니, 오히려 당연한 것이다.

지상의 모두가 일절 아무 문제도 없다. ―그런 것은 도저히 상상할 수가 없었다.

그러니까 자신의 주위에서 평소와 같은 일상이 이어지면 그것이 평화일 거라고, 소치기 소녀는 생각했다.

"그럼 괜찮은 건가요?"

그렇기에 그녀는 그렇게 물었다.

"응. 이쪽에는 불똥이 튀진 않을 거야."

감독관이 끄덕끄덕 고개를 움직였다. 그 가슴팍에서 딸랑, 소리를 내며 천칭의 성인이 흔들렸다.

"재상의 전횡을 막으려고 공주님이 나섰다, 라고 했어. 내란이니까."

"듣자니, 공주님 곁에는 젊은 기사님이 있다고 해요."

하아. 접수원이 열띤 한숨을 흘리면서 덧붙였다. 공주를 구해주는 기사. 마치 옛날이야기 같았다.

멀리, 저 너머의 이국에서 펼쳐지는 영웅담.

소치기 소녀는 어쩐지 모르게 생각을 해보고「좋겠다」하고 조용히 중얼거렸다.

"동경해버리나요?"

그걸 본 접수원이 심술궂게 눈웃음을 짓는 시선을 보냈다.

소치기 소녀는 자신의 볼이 열을 띠는 걸 알 수 있었다. 눈을 여기저기로 피하다가 고개를 숙이고―.

"……네. 살짝."

결국, 순순히 인정하기로 했다. 입에 담아서 말을 하자, 생각보다도 말이 가볍고 편했다.

"동경해버리는 거죠……."

팔꿈치를 괴고서, 접수원이 한 번 더 숨을 내쉬었다.

—귀족 아가씨라도, 역시 공주님과 기사님은 동경하는 걸까?

소치기 소녀는 귀족의 영애가 어떤 식으로 지내는지, 전혀 상상도 못하지만.

"나는 그런 건 없으려나."

한편, 아마도 역시 좋은 집의 자녀일 감독관은 살며시 손을 흔들며 말했다.

"기사님이든 서방님이든, 다른 사람이 온종일 옆에 있는 건 싫다고 할까? 그런 느낌."

"우~응. 어쩐지 차갑네요."

"현실적이라고 말을 해줘."

—그런 법일까……?

소치기 소녀는 생각했다. 혼자서 자유롭게 좋아하는 일만 하는 시간, 이라는 것도 잘 모르겠다.

이렇게 보면 자신은 누가 뭐래도 좋은 사람들과 만나고 있는 것이다.

어렸을 때는 부모님이, 그리고 삼촌이, 그가, 친구들이 있어줬으니까.

"자아, 기다렸지!!"

그때, 그 많지 않은 친구 중 한 명이 명랑한 목소리와 함께 다다다 달려서 돌아왔다.

손에 올라간 트레이를 위태로울 정도로 흔들고 있지만, 신기하게도 넘치지는 않는다.

원탁 위에 놓으며 「자!」 하고 모두에게 나눠주는 다기에 담겨 있는 것은—.

“차…… 하고는 다른 거네요.”

대단히 걸쭉한, 갈색 액체. 접수원이 의문스럽게 생각하는 것도 무리가 아닌 물건이었다.

소치기 소녀가 신중하게 코를 가까이 대고 냄새를 맡아 보니 달콤한 향기가 물씬 풍긴다.

“하지만, 냄새는 좋네. 이거, 뭘까—.”

“아, 혹시.”

두 사람 머리에 물음표가 떠오르는 옆에서, 감독관이 살며시 손뼉을 쳤다.

“신의 열매라는 거지!”

“정답!”

퐁퐁. 보드라운 손바닥을 마주치면서 수인 여급이 박수갈채를 보냈다.

그렇지만, 소치기 소녀는 아직도 납득이 안 된다.

“신의 열매?”

고개를 갸우뚱거리며, 다시 한 마디.

“신의 과일 같은 그런 거야?”

“나도 자세히는 모르는데. 카카오인지 뭔지라고 했어…….”

수인 여급이 손을 마구 휘두르면서, 공중에서 물레를 돌리는 것처럼 움직였다.

“요리장 아저씨가, 뭔가 남쪽에서 들여온 콩이래. 이렇게 달여서, 설탕을 넣어서?”

“콩이라기보다 씨앗 같은 거라고 해. 도시 쪽에서 유행한다고 하는데, 나도 처음 봤어.”

호오. 참으로 흥미진진한 기색으로, 감독관이 컵 안을 들여다보았다.

—우~응. 하지만, 뭐 분명히.

걸쭉한 느낌은 보리죽과 비슷하지 않은 것도 아니고, 달콤한 냄새도 나쁘지 않다.

신이 먹는 건지 신이 내려준 먹을 것인지는 모르겠지만, 먹을 수 없는 건 아닌 모양이다.

“남방이라면, 리자드맨 분들이 많은 곳이죠.”

접수원도 빤히 그 어두운 갈색 음료 — 컵에 들어 있으니까 아마도 — 를 바라보았다.

“남방에는 신기한 음식이, 잔뜩 있네요…….”

토마토에, 옥수수, 소치기 소녀가 오늘 아침에 먹은 감자도 그렇다.

감자를 키울 수 있으니까, 다른 야채도 이쪽에서 다룰 수 있을지도 모른다. —그 낙타처럼.

“하지만 뭐, 기왕 나온 거니까.”

응, 고개를 끄덕이고 소치기 소녀는 컵을 들었다.

“마셔봐야지.”

“그렇지? 나도 기대되거든!”

그럼. 서로 눈짓을 주고받은 뒤, 일제히 컵에 입을 대어 봤다.

일단은 한 모금.

"—와."

쓰다. 하지만, 분명히 달다. 완전히 정반대인 미각 같기도 한데, 입 안에서 부드럽게 섞인다.

소치기 소녀는 눈을 깜빡거리며 다시 한 모금을 이어서 즐겼다. 버릇이 드는 맛이라는 건 이런 걸까?

"응……."

낼름. 입술 끝에 묻은 것을 혀로 핥고서, 접수원이 홍차 향을 즐기는 것처럼 눈을 감았다.

"이건 고추를 넣어도 괜찮을 것 같아요. 알싸해서 맛있을 테니까."

"실제로 그렇게 마시는 방식이 평범하다고 하던걸?"

감독관 또한「으~음」하면서 그 쌉싸름하고 달콤함을, 부드러운 표정으로 즐기며 고개를 끄덕였다.

"설탕을 넣는 건 이쪽에서 떠올린 거라고 했어. 이것저것 연구를 해볼 수 있겠네."

"그리고 우유를 넣어본다거나 말이죠. 홍차도 설탕이랑 우유, 둘 다 들어가니까요."

대화에 끼어들지 않는 두 사람.

열심히 이 달콤함을 즐기는 소치기 소녀와— 얼굴이 빨개져서 고개를 숙인 수인 여급이다.

"그러고 보니까."

그때, 그런 두 사람을 힐끔 본 감독관이 고양이처럼 씨익 웃었다.

"이거 반하는 약도 된다던걸?"

"우……?!"

무심코 소치기 소녀의 손이 우뚝 멎었다. 입에 머금은 것을 뿜어 내지 않은 것이 요행이다.

까르르, 진정 유쾌한 기색으로 웃는 것을 보니 감독관은 참으로 심술궂다.

"하하하, 농담이야, 농담."

"우, 우우~우……!"

그렇지만 수인 여급에게는 아무래도 안 그랬던 모양이다.

그야말로 짐승이 으르렁거리는 소리를 낸 그녀는 문득, 힘차게 자리에서 일어섰다.

"어, 어쩐지 가슴이 벌렁거려! 어질어질해……!"

"에에……?"

무심코 올려다보는 소치기 소녀.

괜찮아? 말을 걸었지만, 수인 여급의 귀에는 아무래도 안 들리는 모양이다.

얼굴이 새빨개진 그녀는 빙글빙글 초점이 안 맞는 눈을 한 채 컵을 단단히 쥐었다.

"하지만, 아까우니까. 좀 떠넘기고 올게!"

—가버렸다.

그대로 허둥지둥 달려간 그녀가 가는 곳은— 뭐 생각하는 게 못난 짓이다.

남은 세 사람은 얼굴을 마주보더니 키득키득 웃었다.

"수인 여러분은 향초 같은 걸 거북해 하니까, 입에 안 맞았던 걸

까요?"

"우리랑 미각이 꽤 다른 모양이니까."

접수원의 말에 감독관이「요전에도 고양이 수인 애가 말이지」하고 쓴웃음을 지으며 컵을 한 모금.

"맥주 한 모금에 취해서, 물동이에 머리를 넣고는 비나이다비나이다 노래를 불렀어."

"아……. 새로운 요리나 음식을 만들자, 할 때 그런 것도 신경을 써야겠네."

삼촌한테도 나중에 말해줘야겠다고 마음속으로 굳게 정하고, 소치기 소녀도 다시 갈색 음료를 즐겼다.

달콤하고, 쓰다. 아까 말한 반하는 약 이야기를 믿을 생각은, 전혀 없었지만.

돌아오면, 그에게도 먹여볼까…… 하는 생각이 들었다.

"아—."

어쩐지, 춥더라니.

창밖에, 하얀 것이 어른어른 보이기 시작했다.

아무래도 변경 도시에, 완전히 겨울이 찾아온 모양이다.

막간 「왕의 회의 이야기」

Goblin Slayer
He does not let anyone roll the dice.

"그렇군. 상황은 알았다."

젊은 국왕이 그렇게 말하며 거창한 옥좌의 팔걸이에 팔을 맡기고, 깊숙하게 한숨을 쉬었다.

집무실은 따로 있고 그쪽 의자도 좋은 것이지만, 옥좌는 호화롭고 부드럽기만 하다.

틀어박혀서 일을 하는 편이 능률이 좋다고 호소해도, 어째선지 용납해줄 기색이 없었다.

—정말이지. 내가 일을 내팽개칠 거라고 생각하는 건가?

"폐하."

힐끔 시선을 돌리자, 바로 옆에 선 붉은 머리 추기경이 날카롭게 부른다.

알고 있다고 대답하고, 국왕은 손에 든 서류를 보았다.

왕후귀족들 중에도 읽고 쓰기를 못하는 자가 많지만 — 식자를 고용하면 되는 것뿐이다 — 역시 편리하다.

지식신의 포교에도 조금 더 재원을 할애하고 싶지만…… 일단은 눈앞의 일에 주력하자.

"동방의 내란이 진정될 기미가 보인다 싶더라니, 사악한 군세의 거점이 국내에, 로군."

"늘 있는 일이라고 하면, 늘 있는 일이군요."

"덕분에 언제나 재화와 자원도 부족하다."

그것은 정말이지 당연한 일이었다. 모든 것이 풍족한 나라 따위 있지도 않다.

세금을 거두면 반발이 일어난다. 세금을 낮추면 국고가 빈다. 국고가 비면 대책을 못 세우고 또 불평.

국가사업에서 필요 없는 분야 따위는 있지도 않다. 그러나 손에 들어온 카드는 한정되어 있다.

한 수, 또 한 수, 아슬아슬하게 카드를 내놓는 수밖에 없다.

—역시, 여섯 명의 파티를 이끄는 편이 훨씬 편하군.

그런 국왕의 마음을 짐작한 것인지, 붉은 머리 추기경이 그 볼을 풀며 키득 웃었다.

"유사 이래, 결점이 없는 국가 따윈 공상 속이 아니면 존재한 적이 없으니까요."

"그렇다 해도, 그것을 내가 목표로 하지 않을 이유는 없지 않나?"

뭘 새삼스레. 국왕은 그리 말하고, 사자처럼 어깨를 으쓱거렸다. 추기경이 부드럽게 고개를 끄덕였다.

"적어도 농민이 일하는 틈틈이 망상하는 것보다는, 단단하게 발을 디딘 이상의 국가를."

"그런 것이다."

국왕은 이미 몇 번째인지도 모를 한숨을 쉬려다가, 그것을 꾹 참았다.

추기경이 「폐하가 불평만 하니 그렇지요」라고 말하는 눈으로 보았기 때문이다.

그것을 얼버무리기 위해 한 번 가볍게 헛기침을 하고, 일부러 양피지를 한 장 훌쩍 넘겼다.

"전선은 유지되고 있는 모양이군. 병사가 잘 버티고 있다. 병참에 문제가 없도록 노력하라."

국고에 여유가 있는 것은 아니다. 그러나, 필요한 소비를 아끼는 것은 어리석은 자의 행동이리라.

"병사를 뒤에서 쏘는 짓은 하고 싶지 않군."

"네."

추기경은 서류를 보지도 않고 끄덕였다.

"독특한 괴물(유니크 몬스터)도 나타났다고 합니다만."

"모험가들의 활약으로 격퇴되었다, 로군."

그 문맥을 보고서, 국왕은 기뻐하며 드디어 오늘 처음으로 만족스럽게 표정을 풀었다.

"폐하."

"아직 아무 말도 안 했다. …………아아, 젠장."

그리고 추기경의 간언과 전혀 다른 이유로 그 표정도 조금 굳어버렸다.

방의 구석에 대기하고 있던 은발의 시녀가 무표정한 주제에 자랑스런 기색으로 엄지를 세웠다.

"……내통자도 있었던가? 어쩐지 놈들의 움직임이 좋더라니."

국왕이 물의 도시에서 일어난 소동의 보고서를 가볍게 훑어보고 납득했다.

"놈들, 수도를 공격할 생각을 했던 모양이다."

"이래저래 말은 많아도, 나라의 요체입니다."

추기경은 느긋하게 맞장구를 쳤다.

"수도의 지도에 성의 구역도. 그런 것을 손에 넣으면, 안이한 생각을 하기도 하겠지요."

"흐흥. 나를 가볍게 보는 놈들도, 여차하면 내가 방해가 되는 모양이지."

"가볍게 보니까, 간단히 쫓아낼 수 있다고 생각하는 거 아닐까?"

은발 시녀가 경의라곤 한 조각도 안 담긴 어조로 조용히 중얼거렸다.

"일단 밀어내 버리면, 나중에 정당성을 주장하는 것도 편하니까요."

이어지는 추기경의 말도 상당히 불경하여, 국왕은 재미없다는 기색으로 코웃음을 쳤다.

편지를 추기경에게 건네자, 그 또한 한 번 읽은 다음 얼른 그것을 난로에 넣어 버렸다.

은발 시녀는 「좋은 양피지인데 아깝다」 하고, 어조하고는 다른 말투로 야유했다.

그러나 이 아가씨의 비아냥도 오래 들은 사이다. 추기경은 태연한 기색으로 고개를 옆으로 저었다.

"이 보고서는 자동적으로 소멸한다, 가 되지는 않으니까요."

"늘 그렇듯 나나 내가 고용한 녀석들이 붙잡히거나 살해당해도, 일절 모르는 척 하는 주제에."

"하명은 어떻게든 이룰 것. 죽어도 시체를 수습하는 자가 없으리라고 정한 건 자신이 아니던가?"

“그야 그렇긴 하지.”

국왕이 추가로 공격하자 그녀는 태연한 기색으로 말했다.

존재 부정 가능 인재(디나이어블 어셋)는 그것을 긍정하는 삶의 방식(스타일)이다. 불평을 하는 자는 맡을 수 없다.

자기 목숨을 내던지는 것을 인정한 시녀는 어린 소녀처럼 고개를 갸우뚱 기울였다.

“그래서, 어떡할 거야?”

“손패를 다 들킨 상황에서 하는 게임만큼 무의미한 것도 없을 겁니다.”

“그래.”

붉은 머리 추기경은 이미 이쪽 생각을 다 읽은 모양이다. 국왕이 대답하며 고개를 끄덕였다.

“놈들의 속임수에 어울려 줄 의리는 없겠지. 변경의 여걸이 보낸 것을 보았나?”

“네, 그 두루마리 말이군요.”

“이렇게 편의적으로 얻게 될 줄은 몰랐네.”

두 사람이 장단을 딱 맞춘 대답. 국왕은 눈웃음을 지었다.

“《전이》라. 흥…… 지도를 손에 넣은 것이 자기들뿐이라고 생각지 마라, 혼돈 놈들.”

“그런 걸 다룰 수 있는 사람이 있었다니.”

감탄한 어조지만, 전혀 표정을 바꾸지 않고 은발 시녀가 중얼거렸다.

“깜짝 놀랐어.”

“세상에 알려지지 않은 현자, 대마도사, 마술사, 은자라는 것은 수없이 많은 법이니까요."

"패 더미에 무엇이 잠들어 있을지는 알 수 없는 법이다. 다 안다고 생각하는 자가 많지만."

팔짱을 끼고 그곳에 없는 혼돈을 이끄는 놈들을 노려보는 것처럼, 왕이 사나운 웃음을 지었다.

"그렇다면, 이제는 그 카드를 내놓을 뿐이야. 가장 뛰어난 카드, 가장 강한 카드로, 단숨에."

"흐흠."

시녀답지 않은 동작으로 가녀린 가슴 앞에 팔짱을 끼고서, 은발 아가씨는 고참 병사처럼 입을 움직였다.

"그러면, 양동도 필요하겠네."

"그러, 하겠지."

"대군? 소수?"

"소수. 인원은 맡긴다."

왕이 즉시 대답하고, 빈틈없이 말을 이었다.

"되도록, 이름 있는 녀석들로."

"알았어~."

고개를 끄덕인 시녀가 그대로 조용히 옥좌의 방에서 나섰다.

아니, 그것은 그녀의 움직임이 다소 눈에 익었으니까 그렇게 인식할 수 있는 것뿐이다.

그렇지 않은 자에게는 그대로 그림자가 스르륵 사라지는 것처럼 보였을 것이 틀림없다.

"군도 움직여다오. 큰 전투다. 적의 세력을 본거지에서 되도록 많이 끌어내야지."

"뜻을 받듭니다."

이어서 명을 하달하자, 추기경이 공손하게 고개를 숙였다.

이거면 되리라, 미끼란 것은 대군을 이용해야 하는 법. 급소를 치는 것은 소수정예.

물론 적도 그것을 예측하고 있을 테니. 소수정예도 분산해서 공격한다.

조커는 여차할 때 내놓아야 하겠지만, 조커가 조커라고 눈치 못 채게 하는 것이 전략의 묘리다.

전력의 순차 투입은 우책이지만, 그것은 어디까지나 결과적으로 그렇게 되어버리는 경우의 이야기다.

상대의 전력을 파악한 다음에 차례차례 내놓는다면, 오히려 좋은 수라고 할 수 있다.

빛나는 사슬 갑옷(체인 메일)의 용사를 통해 전쟁(워 게임) 바뀐 이래, 불변의 이치다.

나쁜 말 다음에 좋은 말을 투입하는 것이 금기란 것은 그야말로 지고의 금언.

—맡기도록 하마. 라고 말을 했어야 할까?

문득 그리 생각하자, 참으로 유쾌해졌다. 가신에게 떠넘기다니, 마치 우왕 같은 행동이다.

"그리고, 진짜배기는 어찌 할까요?"

"그렇군……."

—우수한 모험가가 바람직하다. 은 이상은 확정이다.

목적은 적의 거점에 잠입과 수괴의 격파. 따라서 미궁 답파의 능력이 없으면 말이 안 된다.

그리고 검기만 가지고 헤쳐나갈 상황이 아닌 이상, 마술의 소양은 필수가 된다.

게다가 상대가 눈치채지 못해야 하니, 대오를 짠다고 해도 수는 6명 이하가 철칙.

기동성은 물론, 적의 숨겨진 수를 상정하면 다종다양한 괴물과의 전투 경험도 필요하다.

기술과 인원뿐이 아니다. 갖가지 장비, 도구도 아울러 갖추지 않으면 말이 안 된다.

다시 말해서 리더는, 그러한 돌격대 같은 모험가 파티를 통괄할 수 있는 실력자가 필요하다.

그리고 무엇보다도 지금 당장, 이 자리에서 즉시 움직일 수 있는 자.

"좋다……!"

"폐하."

국왕이 옥좌에서 일어서자, 붉은 머리 추기경이 모조리 포기한 기색으로 말을 걸었다.

물론, 젊은 국왕은 들어줄 생각을 처음부터 내팽개쳤다.

국왕의 좋은 점은, 무슨 일이든 간언을 들을까 아닐까 스스로 정해도 된다는 점이다.

국가 안녕을 위해 머리를 비틀고 지혜를 짜내고 있는데, 더욱이 옥좌를 엉덩이로 데우는 물정 모르는 우왕이라 부르고 싶으면 부르라.

모험가 출신의 난폭자라고 한다면, 그 일격을 받아보면 좋지 않은가?

어차피 그런 것들은, 자기더러 국가를 움직여 보라고 하면 겁을 먹고 도망칠 것이다.

놈들은 단순히 자신이 지혜를 가졌다며, 우위에 있다는 얄팍한 자존심을 채우고 싶을 뿐이다.

뭘 상관하겠는가? 국왕의 공격을 받음은 명예라도, 가난뱅이 기사의 삼남에게 토벌되는 것은 불명예라.

"근위 기사의 단장을 불러라. 그리고 궁정 마술사도. 어차피 다들 지루해하고 있겠지."

"폐하."

"뭐, 걱정할 것 없다."

국왕은 딱 잘라 말하고, 추기경을 안심시키듯 웃었다.

"너도 준비를 해라. 불꽃 지팡이에, 얼음의 사슬 갑옷이다. 다른 녀석도 부를까? 오랜만에 큰 건이야."

"……."

오늘 처음으로, 붉은 머리 추기경이 한숨을 쉬었다.

물의 도시에서 온 보고서가, 왕의 가슴에 쌓이고 쌓인 울분에 결정타가 된 모양이다.

그러면, 이를 어찌 할꼬──.

"저기─."

그때, 역시 옥좌의 방 구석에서 주저하는 목소리가 들렸다.

늠름한 자세. 몸의 선에 딱 맞는 의복을 입은, 경은검을 찬─ 여상인이다.

"음."

국왕이 소리를 낸 것은 물론 찬물을 끼얹은 것에 대한 불만 때문이 아니었다.

지금 이 순간까지 하염없이 입을 다물고, 한 마디도 하지 않았던 그녀가 이제 와서 처음으로 한 발언이다.

이것을 듣지 않을 도리는 없다. 국왕은 진공의 칼날이 숨겨진 보검을 허리에 차다 멈추었다.

"무슨 일이지? 뭔가 말하고픈 때는, 사양 말고 말을 해주어도 된다."

"괜찮을까요?"

"그대의 발언이 고려하기에 합당치 않았던 예를, 나는 모른다."

"……대단히 어리석은 생각을 실행한 적도 있으니까요."

아주 약간, 여상인이 쓴웃음을 지은 것 같았다. 입술 끝에 희미하게 떠올랐을 뿐이지만.

그러나 그녀는 그 한순간에만 눈을 깔더니, 금방 고개를 들고 똑바로 왕에게 눈길을 보냈다.

"그러면 사양 않고. 폐하께 말씀드려야 할 보고가 있습니다."

"무슨 일인가?"

여상인이 말했다.

"폐하께서 그리 말씀하시리라 생각하여, 이미 불러두었습니다."

"임금님~! 나 왔어~!"

쿠당. 힘차게 문이 열리고, 봄바람 같은 상큼한 목소리가 상쾌하게 뛰어들었다.

그 뒤에는 두 사람의 발소리가 신바람이 난 여동생을 따르는 것처럼 이어졌다.

그런 그녀들에게 「이 녀석」 하고 혼난 검은 머리 소녀가 국왕 앞에서 표정을 사사삭 긴장시켰다.

—조커는 여차할 때 내놓아야 하고, 조커가 조커라고 눈치 못 채도록—.

국왕은 살짝 신음하고, 말을 찾았다. 그리고 드디어 찾은 말의 첫 한 마디를 입에 올렸다.

"……훌륭한 군략이야."

"황송합니다."

여상인은 자랑스러움을 담아 수줍게 웃고, 국왕은 옥좌에 앉아서 깊숙하게 한숨을 내쉬었다.

제5장 『흄 전사 남자가 뭐가 문제냐는 이야기』

Goblin Slayer
He does not let anyone roll the dice.

“우에에……. 역시 끈적끈적거려어…….”

“아까부터 구시렁구시렁 시끄러워. 그러면 신발을 신으면 되잖아?!”

“레아로서 그것만큼은 못해! 죽은 할아버지가 알면 볼기짝 맞는 걸로 안 끝나는걸.”

탑박탑박. 저벅저벅. 대조적인 맨발과 신발소리가 하수도에 메아리 쳤다.

이 어슴푸레한 어둠 안, 살아있는 자의 기척은 그것밖에 존재하지 않는 것 같았다.

지팡이 끝에 마술의 빛을 밝힌 붉은 머리 소년은 자신의 신경이 점점 뾰족해지는 것을 자각했다.

―멸망한 도시라는 건, 이렇게 되어버리는 건가…….

쇠퇴한 냄새. 오물이 떠도는, 탁한 그대로 꿀렁꿀렁 흐르는 물. 쥐도, 벌레도, 이미 없다.

이 도시가 멸망하고서 얼마나 지났는지 소년은 몰랐다.

그러나 한 달도 안 지났으리라. 그것만으로, 지하수로까지 이렇게― 멸망한, 것이 되는 건가?

소년 마술사는 몸을 부르르 떨고, 그것을 바로 옆에 있는 소녀가 깨닫지 못했기를 기도했다.

지금 자신이 발로 밟은 것이 시체인지 아닌지, 확인할 용기는 그에게 없었다.

"우와앗?! 지금 뭔가 물컹한 거 밟았어! 물컹하고 부드러운 거……!"

"시끄러워. 좀 조용해라……!"

그런데도, 바로 옆을 가는 레아 소녀— 검을 등에 진 전사는 우와우와꺄아꺄아.

긴장감이 없다고 해야 할지, 간이 작고 신경이 굵다고 해야 할지.

이런 폐허에 안 어울리는 밝은 모습에 구원을 받은 부분이 없는가 말을 하자면—.

그것을 인정하는 건 너무나도 석연치 않았고, 붉은 머리 소년이 순순하지도 않기는 했다.

자기 혼자서 이런 장소에 들어오게 됐다면 어땠을까? 그다지 유쾌한 상상은 아니다.

"이런 곳은, 우리들이 아니라 그 녀석들한테 맞는단 말이지."

"쥐도 벌레도 커다랬으니까……. 그리고 슬라임 같은 거. 이제 싫어어어."

무심코 불평하자, 레아 소녀가 진심으로 지긋지긋하다는 기색으로 신음했다.

검을 붕붕 휘두르기만 해봤자 어떻게 안 되는 상대는 세상에 많이 있는 법이다.

그것이 하수도에 숨어 있는 괴물이라는 것은 참으로 한심한 꼴이지만—.

"……야, 이제 슬슬 신호 보낼 테니까 조용히 해봐."

"알고 있어."

중얼거릴 무렵에는 그녀가 등에 진 검을 스르릉 뽑고 있었다.

"언제든지 좋아~."

두 사람이 도착한 곳은 지하수로의 끝— 어둡고 검은 물이 고인, 통로의 끝이었다.

여기까지는 흄이나 드워프의 손길이 닿은 구역이었지만, 이 앞은 다르다.

암반 아래로 흘러가는 흐름은 훨씬 먼 곳, 어느 대하의 지류까지 수맥이 이어져 있다고 한다.

소년은 그 묵을 흘린 것 같은 수면을 보았다, 라기보다는 노려보며 불빛이 빛나는 지팡이를 들었다.

그리고 지팡이와 빛을 붓처럼 써서 공중에 그림을 그리듯 두 번, 세 번 커다랗게 휘둘렀다.

한 차례 주문 같은 움직임으로 허공을 휘저은 다음, 잠시 기다려 또 그것을 반복한다.

만약 그 모습을 보는 자가 있다면, 내용은 알 수 없지만 신호라는 건 한 눈에 알 수 있었다.

그러나 동시에, 누구나 의문스럽게 생각하는 것이 한 가지 있다.

멸망한 도읍의 지하 깊은 곳, 끝없는 심연을 향해서 신호를 보내봤자 누가 그걸 본단 말인가?

"…………."

"…………."

"……아무 일 없는데?"

"나도 안다고……!"

소년 마술사는 그대로 소리치면서 도망치고 싶어졌다. 도망칠 수 없으니까 안 그러지만.

그는 꾸욱 입술을 깨물고, 네 번, 다섯 번, 똑같이 지팡이를 움직여 필사적으로 신호를 보냈다.

반응은 — 아니, 과연 무엇을 바라는 건지 스스로도 몰랐지만 — 역시 없었다.

"……있잖아. 그거 순서 틀린 건 아냐?"

"아니야."

소년 마술사는 날카롭게 대답했다.

"틀렸으면, 상대방도 깨달을 거고."

"그치만……."

레아 소녀가 뭔가 말하려다가 입을 다물고 「쳇」 하며 혀를 찼다.

아무리 투덜대며 불평을 해봤자, 아무것도 일어나지 않으면 자력으로 어떻게 하는 수밖에 없다.

그 정도는 태평한 그녀도 알고 있으며, 그러나 어떻게 할 수 있다는 생각이 전혀 안 들었다.

—그것도 저것도 이것도 전부 다 스승님이 잘못했어!

짜증을 그대로 분풀이 삼아서, 그녀는 발치에 있던 무언가를 난폭하게 걷어차버렸다.

그것은 어째선지 이런 장소까지 흘러 들어온, 낡고 삭아버린 철투구였다.

먼지로 돌아갈 때까지 방치될 운명에서 해방된 투구가 잔해를 때려 성대한 소리가 울려 퍼졌다.

굴러 떨어지며 수면에 텀벙 가라앉자, 그 울림이 몇 겹으로 겹쳐서 지하 수로에 메아리 쳤다.

"—아, 아하하."

"너 말야……."

혼날 거라 생각했는지 흠칫 몸을 움츠리는 소녀를, 소년 마술사가 찌릿 노려보았다.

그러나 그가 말을 하기 전에, 철퍽. 지독하게 묵직하고 젖은 소리가 반향을 덧씌웠다.

움찔 몸을 굳힌 두 사람은 마치 미리 짠 것 같은 움직임으로 시선을 돌렸다.

손, 이었다.

검은 수면에서 파문을 일으키며 쑤욱 튀어나온 그 손이 통로 끝을 턱, 붙잡았다.

다음으로 불쑥 묵직한 몸을 끌어올린다. 점도가 높은 물이 진흙처럼 튀었다.

싸구려 철 투구. 지저분한 가죽 갑옷. 방황하는 갑옷(리빙 메일)이나 망자 같은 것으로 착각할 법한 꼴.

그런 모험가가 천천히 육지로 기어 올라온 것이다.

"정보 그대로군. 적어도 틀리지는 않았다."

그 남자는 소년소녀들을 보지도 않고, 비에 젖은 개 같은 동작으로 몸을 털었다.

이어서 그가 등 뒤를 향해 손을 수면 아래로 집어넣었다. —그러자, 그 팔을 뭔가가 힘차게 붙들었다.

불쑥 끌어올려진 것은 듬직한 육체에 갑옷을 입고 **대검**을 등에 진 거한의 남자였다.

"신용하지 않을 거란 생각은 못했는데. 의뢰인이 준 정보거든?"

"의뢰인이 거짓말을 하지 않더라도, 예측 못한 사태로 길이 막혔을 가능성은 있지 않나."

"있지만, 안 그랬다. 문제없어."

"그래."

철 투구가 세로로 흔들렸다.

"문제없다."

"문제투성이거든……!"

그리고 또 하나. 물소리마저도 상쾌하게, 연어가 튀어 오르는 것처럼 뛰어오른 그림자.

긴 창을 억지로 등에 묶은 미장부가 훌쩍 육지에 착지하여, 그 젖은 머리칼을 퉁겨 올렸다.

"아무리 수중호흡의 반지가 있다고 해도, 흙탕물 속에 들어가는 건 다시는 사양한다!"

"도움이 되지 않았나?"

"그런 이야기가 아니야."

"그런가."

철 투구의 남자— 고블린 슬레이어는 어쩐지 유감스런 기색으로 머리를 끄덕 움직였다.

"돌아갈 때는 다른 길을 찾아야 할 모양이군."

"그런 이야기도 아니야. 내가 억지를 부리는 것처럼 진짜…… 뭐, 됐다. 아아……."

"오, 미안하다. 소란스러웠지."

창잡이가 머리를 긁적이는 한편, 중장 전사가 장비의 점검을 하면서 소년소녀들에게 힐끔 시선을 보냈다.

어안이 벙벙하여 멍하니 있던 두 사람은 날카로운 시선에 꿰뚫린 몸이 굳어졌다.

아니, 애당초 이런 집단이 물속에서 나타나면 겁쟁이가 아니라도 이렇게 된다.

그렇지만, 그것도 한순간이다.

사나운 곰 같은 움직임으로 두 사람 앞에 다가간 중장 전사가 슥 한쪽 무릎을 꿇고 시선을 맞추었다.

"예정대로 합류했다. 그쪽도 무사히 끝난 거겠지? 수고했다."

굵직한 목소리와 부드러운 어조. 억센 손바닥이 어깨를 두드린다. 아픔과, 약간의 고양감.

"그래. 그렇지."

그렇게 대답하며 소년 마술사는 자랑스레 코를 비비고, 레아 소녀도 풍만한 가슴을 자랑스레 내밀었다.

신참 모험가가 은 등급에게 칭찬을 받은 것이다. 그리 흔한 일은 아니리라. 다시 말해서—.

"이건 조금 좀처럼 할 수 없는 모험 아니었을까?"

자기 속내를 다 들여다보는 것 같은 파트너의 속삭임에, 소년은 흥 코웃음을 쳐서 응답했다.

같은 생각을 하고 있었다. 그것은— 틀린 말은 아니지만, 알려지면 창피하지 않은가?

§

또 하나, 도시가 멸망했다.

물론 고블린이 한 짓은 아니다. 그런 말을 하는 모험가는 웃음거리가 되리라.

고블린이 그 정도 위협이 된다고 생각하는 것은 물정을 모르거나, 생각이 부족하거나 둘 중 하나다.

그도 그럴 것이 고블린 따위가 도시를 멸망시키지 않아도, 그것을 이룰 수 있는 괴물은 사방세계에 잔뜩 있다.

용의 습격, 거인의 침략, 다크 엘프의 음모, 마신의 발호, 때와 경우에 따라 그 모든 것이 한 번에.

질서와 혼돈의 끝없는 싸움 안에서는 그리 드문 일도 아니다.

그러나 그것에 대해 손을 쓰지 않는 신들도, 위정자도, 모험가도 없다.

도시 하나를 멸망시킨 괴물의 정체를 간파하고, 이것을 토벌하는 것도 모험이다.

그렇다면 그것에 도전하는 목숨 아까운 줄 모르는 모험가가 한 명, 두 명— 아니라, 세 명.

흄 전사 남자, 흄 전사 남자, 흄 전사 남자.

볼 줄 아는 자가 본다면 실소나 얼굴을 뒤덮으며 하늘을 우러러볼 파티가, 지금 그야말로 폐도에 도전하고자 했다.
듣자니 먼저 가서 조사를 하러 간 파티가 있다고 했다. 그렇다면 합류하여 정보를 얻어야 하리라.
사역마를 통해 교신하여 합류지점을 정한다 치고, 어디 보자. 그러면 어디로 해야 할까—.
아니, 애당초 어떻게 침입해야 할까?
단순히 정찰을 하는 거라면 모를까, 쳐들어가서 수괴를 쳐야 한다면 또 다르다.
파수꾼이고 뭐고 모조리 죽이면, 그것도 뭐 **발견되지 않은** 것이긴 하지만.
현실적으로 생각하여, 전투 자원을 아껴두고서 잠입하는 것이 필요하다.
의뢰를 받은 중장 전사, 한 말도 두 말도 없이 올라탄 창잡이, 두 사람에게 끌려간 고블린 슬레이어.
세 사람이 모이면 지식신에게도 필적한다는 말이 있지만, 나온 결론이—.
"그러면 지하수맥을 통해 가는 거면 되나?"
"뭐, 그게 제일 확실하겠지. 장비는 떠내려가지 않게 해라."
"진짜냐……."
였다.
첨벙첨벙 강가에서 들어가, 물 바닥을 걸어서, 드디어 육지로 기어오른다.
백전연마의 모험가라면 익숙한 일이라, 세 사람은 얼른 장비 점검을 시작했다.

오수에 잠긴 채 그냥 뒀다가, 만일의 때에 문제가 생기면 재미없다.

《숙명》과 《우연》은 신들도 좌우할 수 없지만, 그렇기에 대비해야 하는 것은 대비해두는 것이다.

"너 정말로 수중호흡의 반지 가지고 있었구나……."

"처음 하나는 옛날의, 지인에게서. 받은 거다."

마술이나 《전이》 등을 잘 아는 술사가 옛날에 서쪽 변경에 있었던 것이다.

그 말을 들은 창잡이도 흐릿하지만 그런 녀석이 있었다는 기억이 있었다.

그거 분명히, 모험가가(이어 원) 막 되었을 무렵의 이야기가 아니었던가—?

"흐응, 그러냐."

"다만, 그다지 이런 일에 사용할 기회는 적다만."

수중호흡의 반지를 수중에서 호흡하는 것 말고 어디에다 쓰는 건지. 창잡이는 생각하지 않기로 했다.

어차피 막돼먹은 행위일 게 뻔하다. 그보다도 장비를 닦고, 머리칼을 정돈하는 게 우선이다.

"그래서, 상황은 어떻지?"

"아아, 가능한 범위로는 조사를 해뒀어."

한편으로, 이야기를 진행하고 있는 것이 중장 전사와 붉은 머리의 소년 마술사다.

아직 홀쭉하고 위태로우며 위세만 강하지만, 그래도 제법이다.

척척 지도를 펼치고, 알아온 정보를 전달하는 솜씨는 상당했다.

—어디서 척후의 제자라도 된 건가?

창잡이는 그 모습을 바라보며 희미하게 입술 끝을 끌어올렸다.

배운다. 성장한다. 새내기부터 한 걸음씩 내딛는다. 미숙함을 통감하며, 그러나 견딜 수 없이 재미있다.

그에게도 그런 시기가 있었고, 필사적으로 달릴 무렵이 조금 그립기도 했다.

그러나, 레아 소녀 쪽을 힐끔 보지도 않고 앉아 있으라며 손만 휘두르는 것은 좋지 않다.

—뭘 모르는군.

창잡이가 웃고서, 기름종이로 감싸둔 물주머니를 말없이 그녀에게 던졌다.

"아, 저기……."

소녀는 커다란 눈을 깜빡이고, 부끄러운 기색으로 고개를 숙였다.

"고마워."

"신경 쓰지 마. 호흡을 가다듬고, 여차할 때 검을 휘둘러주면 그걸로 충분히 도움이 되니까."

손을 흔들고서 다시 장비 점검을 한다. 곁눈질로 어떤지 확인.

소녀는 조금 망설인 다음에, 부끄러운 기색으로 꿀꺽, 꿀꺽, 목을 울리며 물을 마셨다.

레아의 연령은 알 수 없지만, 아직 어린애. 그러나 조금 성장하면 멋진 여자가 될 것이다.

—소년, 방심하면 안 된다.

소녀와 중장 전사, 그리고 창잡이 쪽을 오가는 시선에 씩익 웃어줬다.

황급히 눈을 깔고서 설명에 주력하려고 하는 걸 보니, 아직 이래저래 부족한 모양이다.

"그래서, 뭐가 어떻게 된 거야?"

"너 말야. 남한테 맡기지만 말고 좀 들어라……."

중장 전사가 기가 막힌 기색으로 말하는 것에 미안해 미안해라며 웃어넘기고, 창을 끌어안고 대화에 고개를 들이밀었다.

서로, 딱히 상대가 흘려들었다고 생각하지는 않는다. 당연하다. 그러면서도 확인한다.

"포로가 있다고 하더군."

고블린 슬레이어의 설명은 너무나도 지나치게 요약해서 극히 단적이었다

투박한 장갑을 낀 손가락 끝이 움직여서, 사초지(파피루스)에 그려진 지도 위를 공략했다.

아직 작도가 어설픈 부분은 있다지만, 백자나 흑요가 이 정도라면 합격점이다.

"확인된 것은 두 군데. 방치할 수는 없다. 인질로 삼으면 큰일이다."

"사교의 의식이랜다."

"산 제물이야."

중장 전사가 짧게 덧붙이고, 소년 마술사가 입술을 삐죽거렸다.

흐응. 창잡이는 그다지 신경 안 쓰는 것처럼 맞장구를 쳤다. 혼돈의 세력이라면 할 법한 짓이다.

"어차피 내버려두면 세상이 멸망하는 거지?"

"그럴지도 모르지."

중장 전사는 어깨를 으쓱거렸다. 고블린 슬레이어가 철 투구를 세로로 움직였다.

"적어도 도시는 멸망했다."

"그러니까 실패할 수 없는 모험이렸다. 인과구만."

포로, 산 제물, 죄수, 뭐 어쨌거나 붙잡힌 자가 있는 장소는 두 군데.

현재 위치는 여기인가, 창의 물미로 가리키자 고블린 슬레이어가 고개를 끄덕였다. 그렇다면.

"길의 순서는 어떻게 하고? 가까운 곳부터 구하러 갈까?"

"아니, 구조한 다음에 모두 둘러메고 수괴한테 쳐들어갈 수도 없잖아."

파티의 리더라고 잠정적으로 결정된 중장 전사가 사려 깊게 턱을 쓰다듬었다.

"용 퇴치 일화도 아니고 말이다. 숨길 수 있는 장소에 대해 척후의 의견을 듣고 싶다."

"흠."

고블린 슬레이어가 낮게 소리를 냈다.

"몇 군데 후보는 있다. ……그러나, 실제로 보지 않고서는."

"그러면 가장 가까운 곳부터다. 그 다음은 고도의 유연성을 유지하면서—."

"—임기응변이라."

창잡이가 어깨를 으쓱거렸다.

"언제나 그렇지만 막무가내구만."

"모험이란 건 그런 법이지."

중장 전사의 두꺼운 손바닥이 창잡이의 등을 철썩 두드렸다.

"아프잖아."

항의는 무시한다.

어쨌거나, 그걸로 작전회의는 끝난 모양이다.

모험가들이 익숙한 기색으로 대오를 짜는 것을, 소년소녀는 멍하니 보고 있었다.

두 사람은 얼굴을 마주보고, 그리고서 조용히 소년 마술사 쪽이 그 의문을 말했다.

"……간단히 정하네. 인질…… 구한다고."

"버릴 거라고 생각하기라도 했냐?"

창잡이가 씨익 웃자, 그는 황급히 「그건 아니지만」 하고 고개를 옆으로 저었다.

뭐 이해 못하는 건 아니다. 산 제물이나 포로를 산 채로 구하는 것은 상당히 수고가 든다.

"구하지 않는 의미를 모르겠다."

고블린 슬레이어가 중얼거리자, 「아아, 그러게 말이다」 중장 전사가 중얼거렸다. 창잡이도 고개를 끄덕였다.

"우리는 좋다고 모험가를 하고 있잖아. 모험장사가 아니라, 모험가."

그저 장사라면, 효율만 따지면, 먹고 살 만큼 돈을 벌어 살고 죽을 뿐이라면, 가난뱅이 농사꾼이면 된다.

농노든, 노예든, 창부든, 살고 죽을 뿐이라면 그거면 되는 것이다.

그러나, **그렇지 않은** 무언가를 바라고 모두 모험가가 된 것이다.

물론 위험은 피하고 싶다. 죽고 싶지도 않다. 그러나——.

"효율이나, 유리하다 불리하다. 그것만 머릿속에 가득하면 끝장이다, 아가."

중장 전사는 리더지만 그렇기에 자기 경계를 담아서, 씁쓸하게 웃고 타이르는 것처럼 아이들에게 말했다.

"동료도, 친구도, 적도 아군도, 무엇이든, 강함만으로 품평하면 그것이 전부가 되어버리지."

그 말의 의미를, 소년소녀들이 확실하게 이해한 것은 아닐 것이다.

그러나, 그것이 중요하다는 것은 이해했음이 틀림없다.

아니, 어려운 생각에 고민하듯 소리를 흘리고, 레아 소녀가 고개를 천천히 기울였다.

"……그거, 동료나 친구라고 말 못하는 거 아냐?"

"그러니까, 금방 죽는다."

중장 전사가 상어처럼 웃었다.

"혼자서 말이지."

따라서 얼빠진(먼치킨) 놈.

무슨 착각을 한 건지, 인질도 한꺼번에 죽이는 게 효율이 좋답시고 말하는 숙련자라는 놈들은 분명히 존재한다.

그러나 그런 놈들에게는 언젠가 반드시 파멸이 찾아온다.

다른 사람은 버려도 상관없지만, 자신은 버림받고 싶지 않다는 것은— 너무나도 이기적이기 짝이 없다.

"유리불리, 그런 것**만** 하고 싶으면 군대에 가야지. 모험 같은 거 하지 말고."

"뭐, 단독으로 날뛸 수 있는 녀석은 있긴 하지만, 예외의 이야기를 하는 게 아니니까."

중장 전사의 말을 이은 창잡이가 나름의 긍지를 드러내며 혼잣말처럼 중얼거렸다.

"멋지게 싸우고, 죽고, 노래가 된다. 적어도 나는, 그걸 위해서 모험가를 하고 있다."

인질을 구하는 이유는 그걸로 충분하다. 그에게는 그런 것이다. 모험가에게는.

고블린 슬레이어는 아무 말도 안 했다.

그저 짤막하게 신음하고,「그렇군」하는 말을 흘릴 뿐이었다.

철 투구에 뒤덮인 그 표정을 읽어낼 수 있는 것은 아마도 목장에 사는 소녀 정도이리라.

그러나 창잡이는「그러니까」하고 무척 가벼운 어조로 말하고, 그 지저분한 가죽 갑옷을 주먹으로 강하게 두드렸다.

"너는 나나, 그 엘프 아가씨한테 감사를 해야지? 모험이 무엇인지를 가르쳐주고 있으니까."

"……그런가."

"그렇지. 안 그래?"

"아니."

고블린 슬레이어가 곱씹는 것처럼 수긍했다.

"정말, 그 말 그대로다."

중장 전사가 어울리지도 않는 말을 한 것을 얼버무리기 위해서인지,「설교 같아졌군」하고 중얼거렸다.

이야기는 그걸로 끝이다.

모험가들은 젖은 장비를 닦아내고, 기름종이로 감싼 장비를 꺼내 몸에 장비하고 대오를 짰다.

허리에 매단 랜턴에 불을 붙이자, 어슴푸레한 복도의 하수도를 흐릿하게 비춘다.

이제는 나아가, 죽이고, 재화를 빼앗을 뿐. 쳐들어가 강도질(핵 앤 슬래시)이 모험의 꽃인 것이다.

“너희들, 돌아가는 길은 괜찮냐?”

가볍게 **대검**을 짊어진 중장 전사가 어두운 밤길을 가는 아이들에게 말을 걸었다.

—따라가야 할까? 애당초, 따라가고 싶은 걸까?

소년 마술사는 조금 고민했다. 고민했다는 사실이 그에게는 무척 고민스런 일이기도 했다.

과거의 자신이라면 두 말 없이 고개를 끄덕였으리라. 모험가가 막 되었을 무렵이라면. 그러나, 지금은 어떻지?

—안 돼…….

자신의 술법은 앞으로 몇 번일까? 옆에 있는 이 소녀는 얼마나 지쳤지? 적의 역량은? 기량은?

강함만, 수치만. 유리불리만 기준으로 사물을 보지 말라는 말을 지금 막 들었다.

그러나, 그러면서도…… 따라가면, 고기 방패 정도는 도움이 된다고 해도.

그런 건, 사양이다. 그런 걸로 파트너인 소녀가 죽는 것은 더욱

싫었다.

어차피 오기를 부려서 태연한 척 허세를 부릴 거라면, 나아가는 것보다 돌아가는 쪽이다.

그렇기에 소년은「괜찮아」하고, 대단히 뾰족한 목소리로 대답했다.

"그 망할 영감이 마법의 그림물감을 줬거든. 그걸로 터널이라도 그리면 한 방이야."

"실력이 엉터리라 그다지 오랜 시간은 진짜가 안 되지만 말야."

깔깔 레아 소녀가 웃기에, 소년은「시끄러」하며 옆구리를 찔렀다.

그러나 팔꿈치에 닿은 감촉이 탄탄하게 단련되어 단단하니까, 점점 더 토라지게 되지만.

"그러니까, 당신들!"

그렇게 뱃속에 쌓인 감정을 전부 토해내는 것처럼, 그는 출발하려는 등에 외쳤다.

"다음에 우리가 도전할 거니까, 확실하게 남겨놔!"

대답은 없었다.

창잡이는 씨익 웃고서 걷기 시작하고, 중장 전사는 돌아보지도 않고 한 손을 들뿐이다.

유일하게 멈춰 서서 입을 연 것은 고블린 슬레이어뿐이었다.

"용퇴치는, 할 수 있겠나?"

조용한 물음이었다.

소년은 마지못한 기색으로 고개를 끄덕였다.

"……아직, 무리야."

"그런가."

고블린 슬레이어도 고개를 끄덕였다. 그리고 무슨 말을 해야 할까, 한순간 생각한 모양이다.

"나도다."

"……흥."

"노력해라."

"……그래."

그리고 세 모험가들은, 지하 수로의 안쪽으로 모습을 감추었다.

허리에 매단 랜턴의 빛만 마지막까지 남기고, 그것도 어둠 속으로 번지며 삼켜졌다.

뒤에 남은 소년소녀들은 잠시 입을 다물고, 눈에 힘을 주어 이미 아무것도 안 보이는 어둠 속을 보았다.

잠시 지나, 조용히 소녀 검사가 중얼거렸다. 손에는 건네받은 물주머니를 쥐고 있었다.

"……역시, 멋지다아."

"……그렇네."

분하지만 — 정말로 분하지만 — 이것만큼은…… 인정하지 않을 수 없는 것이었다.

§

"그래서, 하인의 행방은 아무도 모른다고 하더라."

"후응."

어둠 속에서, 중장 전사가 별로 신경 안 쓰는 맞장구를 쳤다.

“나는 분명히, 그 녀석이 귀신이 되어 사람을 잡아먹으니까 퇴치하는 이야기인줄 알았다.”

“그건 네가 대검을 지고 다니는 근육뇌니까 그렇지. 야, 고블린 슬레이어. 다음, 네 차례다.”

괴물 놈들에게 멸망당한 폐허, 그 하수도를 탐색하고 있음에도 파티에는 긴장감이 옅었다.

적의 정체를 모르고, 위치도 규모도 모르고, 함정의 유무도 모르고, 상대의 목적마저도 불명.

—그러나, 그런 건 **당연한** 것이다.

경계는 해야겠지만, 일일이 긴장해서 소란을 피우면 모험가 따위 못 한다.

그것은 창잡이의 지론이며, 또한 중장 전사도, 고블린 슬레이어마저도 마찬가지인 모양이다.

“그렇군.”

철 투구 안에서 신음하는 소리.

“그러면, 소리를 안 내고 고블린을 죽이는 여덟 가지 방법을—.”

그리고 창잡이의 재촉을 받은 고블린 슬레이어의 말이, 문득 멎었다.

하수도의 지저분한 발치가 거기서 끊어지고, 대하처럼 넓은 흐름의 갑작스런 수로와 섞이고 있었다.

아니, 그것뿐이라면 딱히 척후를 담당하는 그가 발과 말을 멈출 필요는 없다.

문제는, 보란 듯이 매어져 있는 나룻배의 존재다.

언뜻 봐서 수상한 점은 없다. 이것을 이용하면 물의 흐름을 타고 더욱 안쪽으로도 갈 수 있으리라.

소년 마술사 일행이 조사한 지하의 도면에는, 이 수로 너머는 기록되지 않았다.

그렇지만 여백의 크기로 생각하면, 흐름이 산 제물의 방으로 이어져 있는 것은 명백했다.

참으로 편의적이며— 그리고 그 탓에 결론은 하나다.

"수상하군."

"틀림없다."

"그래."

고개를 끄덕이며, 고블린 슬레이어는 신중하게 나룻배로 다가가서 재빨리 그것을 점검했다.

구멍도 없고 코르크 따위도 없다. 안에 무슨 장치가 있을 기척은 없고, 이것 자체는 단순한 배다.

"마술적인 것은 모르겠군."

"그러니까 너도 조금은 장비를 갖추란 말이다."

창잡이가 싱글싱글 웃으면서 독설을 뱉고, 조금 기다리라고 말한 뒤 그 자신의 짐을 뒤졌다.

그 가방의 자그마한 겉모습에 비해, 창잡이의 손은 기이할 정도로 깊숙하게 안으로 들어갔다.

명백하게 마법이 걸린 물품이라는 것은 틀림없고, 꺼낸 작은 가지도 마찬가지.

"이 정도는 은 등급의 소양이다. 기억해둬."

"기억해두지."

철 투구 안에서, 고블린 슬레이어는 딱 잘라 단언했다.

“고블린 놈들이 마법이 걸린 술수를 쓰는 것은, 그다지 생각하지 않았으니까.”

“고블린 이야기는 안 했잖아?”

“그리고 어느 쪽이든 그거, 횟수 제한 있잖냐. 전적으로 의지할 만큼 만능도 아냐.”

중장 전사가 쓴웃음을 지으며 휘젓고, 창잡이는 혀를 차면서 그 마법의 지팡이를 가볍게 휘둘렀다.

“《빛나라(루멘)》.”

그러자, 문득 작은 지팡이가 옅은 인광에 휩싸이면서 지팡이 끝이 그리는 불가사의한 궤적이 허공에 무늬를 그리기 시작했다.

나비 같은 것의 인분처럼 빛의 가루가 흩어져서, 나풀나풀 배에 떨어지고—.

“……아무 일도 안 일어나는군.”

“그러니까, 마법의 술수도 일절 없다는 거야.”

눈앞에는 무엇 하나 별 다를 바 없는 배가 그대로 물의 흐름에 흔들리고 있었다.

마력 감지(디텍트 매직)의 지팡이가 완벽하지 않다는 것은 창잡이도 잘 알고 있다.

창잡이는 짐 안으로 던지는 것처럼 지팡이를 넣고, 그 다음에 상쾌한 움직임으로 배에 뛰어 올랐다.

갑작스레 가해진 무게에도 나룻배가 출렁거리지 않는 것은 그의 민첩성이 얼마나 높은지를 대변해주고 있었다.

“뭐, 그렇게 되는 거지.”

이어서 중장 전사가 다리를 올리자 나룻배가 크게 기울었다.
등에 진 **대검**과 갑옷 장비, 그리고 극한까지 단련된 근력 때문이다.
그리고 동시에 발치가 흔들리고 있음에도 중심이 무너지지 않는 것 역시 근력 때문이다.
물리적으로 해결 가능한 문제의 대부분은 근력으로 대처할 수 있는 것이다.
"흠."
그리고 마지막으로 고블린 슬레이어가 나룻배의 뱃전에 다리를 올렸다.
체중을 올리면 배가 휘청 기울지만, 그렇게까지는 아니다. 충분히 견딜 수 있는 범주다.
발치에 굴러다니던 노를 집어서, 그는 철 투구를 기울였다.
"누가 젓지?"
"흐름을 타고 있으니까, 밧줄을 풀면 그대로 가는 거 아냐?"
"그리고 사공으로 한 명 깎여나가는 건 힘들어. 기껏 준비를 해줬으니까 올라타 주자고."
중장 전사가 나룻기둥에 걸린 밧줄을 풀어내면서 어깨를 으쓱거렸다.
"함정에 빠지면 짓밟아 부숴라. 그리고 그러는 편이 재미있다."
"그런가."
고블린 슬레이어는 고개를 끄덕였다.
"그렇군."

§

그리고 예상대로, 함정이었다.

"젠장맞을!"

"핫핫핫핫핫하!"

매도하는 창잡이, 폭소하는 중장 전사에 이어, 고블린 슬레이어는 말없이 배에서 뛰어내렸다.

급류의 가장 안쪽, 산 제물의 방에 배가 돌입한 순간 머리 위에서 투망이 날아온 것이다.

—아니, 투망 **같은 것**이라고 해야 할까.

창잡이는 착지와 동시에 허공을 스치고 날아간 하얗고 끈적한 그것을 보고 정정했다.

구르면서 공중에 던진 노를 — 고블린 슬레이어다 — 붙잡은 것은 보통의 그물이 아니었다.

의심의 여지도 없이 그것은 실이었다.

본래 빗물이 넘치지 않도록 담아두는 저수조였을 그곳은, 이미 그 역할을 이루지 못하리라.

중앙에 설치된 형틀과, 그 주위에 새겨진 모독적인 주문과 도식.

그리고 무엇보다도, 방 전체를 하얗고 끈적이는 것이 뒤덮고 있는 것이다.

"적어도 고블린은 아닌 모양이군."

한쪽 무릎을 짚고서 유유히 일어선 고블린 슬레이어의 말에 창잡이는 표정을 찌푸렸다.

"딱 보면 알잖아."

"그렇지. 이 녀석은 아무리 봐도 거미집이야."

장화로 그 끈적이는 발치를 짓밟으면서, 중장 전사는 송곳니를 드러낸 짐승처럼 얼굴을 일그러뜨렸다.

등 뒤를 돌아볼 것도 없이, 타고 온 나룻배는 완전히 하얀 점액에 뒤덮여 버렸다.

머리 위에서 힘차게 던져졌기— 혹은 뿜어져 나왔기 때문이었다.

여기서 탈출하려면 실을 뜯어내는 수밖에 없으며, 그런 느긋한 짓을 적이 허용할 리 없었다.

그렇다— 적이다.

산 제물로 구속되어 있는 통통한 남자. 흐느껴 울 체력도 없는 그 말고도, 또 하나.

지하의 흐릿한 어둠 속, 천장 구석, 방의 구석, 숨을 죽이고 존재하는 무언가의 기운.

기운 같은 애매모호한 것이 실재하는지 아닌지를, 창잡이는 모른다.

그러나 전사로서 몇 번이고 사선을 헤쳐 나온 그의 직감, 다시 말해서 경험에 기반하면—.

——있다.

의심의 여지도 없이, 분명히, 그곳에, 놈이 있는 것이다.

그리고 그것은 다른 모험가들에게도 마찬가지였던가 보다.

"선생님…… 스승에게, 암흑의 거미 놈들 이야기를 들은 적은 있다만, 자기 자랑 같은 것이었다."

고블린 슬레이어는 조심하면서, 허리를 깊게 낮춘 자세로 중얼거렸다.

“어떻게 보나?”

창잡이는 코웃음을 치고, 자랑스런 장창을 양손에 앞으로 겨누었다.

“일격으로 쳐 죽일 수 있으면 잔챙이, 못 죽이면 만만찮은 녀석이지.”

“걱정보다 싸우는 게 쉽단 말이군.”

중장 전사가 대검을 겨누었다.

“일단은 일격, 시도해보자.”

그 말과 동시에 슉, 날카로운 소리와 함께 뿜어져 나온 점액을 대검이 쳐서 떨어뜨렸다.

공중을 베어내는 칼날이 지르는 소리는, 바람을 가르는 소리라고 하기엔 묵직하다.

그러나 찰싹 젖어 드는 손맛은 끈적한 실이 대검에 휘감겼다는 증거나 다름없었다.

“귀찮구만……!”

중장 전사는 역겨운 기색으로 내뱉었지만, 딱히 그것에 불만을 품은 것은 아니었다.

왜냐하면 역할이 다르다.

“…………!”

방의 어둠을 소리도 없이 질주하는 지저분한 갑옷 차림의 남자가, 손에 든 단검을 날카롭게 던지고 있었다.

고블린이었다면 그 반짝이는 은광이 확실하게 목을 꿰뚫었겠지만, 둔탁한 소리를 내며 돌바닥으로 튕겨나갔다.

그렇지만 고블린 슬레이어는 직전에 철 투구 안에서 시선을 움직이며 외쳤다.

"뛴다!"

"알고 있어!"

스프링이 튕기는 것처럼 뛰어오른 검은 그림자— 창잡이는 도망칠 장소가 없는 공중을 정해서 노렸다.

—역시, 거미군.

악몽 속에서 꺼내, 뒤틀고, 쭉 늘려버린 것이란 생각밖에 안 드는 이형의 거미였다.

그렇게 부르는 수밖에 없지만, 그것을 거미라고 부르면 세상 거미들도 화를 내리라.

창잡이는 그런 생각을 만지작거리면서 한 걸음, 두 걸음, 세 걸음 간격을 잡고서, 창을——.

"……어이쿠!"

—질러낸 순간, 시야 가득 퍼진 점사의 그물에 혀를 찼다.

재빨리 물미 쪽으로 손을 뻗어, 풍차처럼 창 자루를 빙글 돌려서 대선풍을 한 번 일으킨다.

창날로 얽어낸 실을 방의 구석으로 던질 무렵에는 또 다시 거대 거미가 어둠 안으로 숨어버렸다.

"아무래도."

고블린 슬레이어는 날카롭게 말했다.

"만만찮은 쪽인가 보군."

"젠장할."

거미가 사라진 쪽을 노려보면서, 창잡이가 지저분한 어조로 매도

했다.

신들에 대해서인지, 적에 대해서인지, 자신에 대해서인지. 동료를 향하는 것은 아니리라.

방의 한구석, 어둠 속을 노려봐도 모습이 안 보이고 소리 하나도 들리지 않는다.

그러나 창잡이는 기운, 독기, 요기를 — 그런 것이 있다면 — 팍팍 느끼고 있었다.

그렇지 않더라도, 여기서 저 괴물이 편의적으로 도망쳐준다는 것 따위는 기대해 봤자 소용없다.

원형 방패를 겨누고 허리를 낮추며 검을 뽑은 고블린 슬레이어도 완전히 같은 의견인 모양이다.

"어쩔 건가."

그 목소리는 날카롭고 단적이었다.

"불을 붙이나?"

"그것도 방법은 방법이긴 한데……."

중장 전사는 대검에 얽힌 실을 떨쳐내면서, 낮게 으르렁거렸다. 형틀의 남자를 힐끔 보았다.

"인질까지 타 죽어버릴 수도 있지. 그건 피하고 싶은데 말이다."

"여기서 술법을 뭔가 쓰는 편이 좋지 않아?"

"아니."

창잡이의 제안 또한, 중장 전사는 짧은 말과 함께 기각했다.

이런 혼돈의 권속이 있는 장소에서 벌써부터 주문을 쓰고 싶지 않은 것은 모두 마찬가지.

세 전사들은 적의 그림자 — 말 그대로 — 에서 시선을 일절 떼지 않고, 재빨리 말을 나누었다.

"조금 시간이 필요한걸. 부탁할 수 있나?"

"리더는 너다."

고블린 슬레이어는 고개를 끄덕였다.

"해보지."

"어쩔 수 없구만……."

창잡이도 투덜거리긴 했지만 반대는 없고, 그렇다면 다음은 행동할 뿐이다.

애당초 인간 전사에게 어둠 속을 꿰뚫어보거나, 숨어 있는 적을 찾는 것을 기대해서는 안 된다.

전진하여, 때리고, 앞길을 막고, 죽이는 것이야말로 전사의 본분, 전사의 진가이리라.

창잡이와 고블린 슬레이어는 서로에게 아무것도 전하지 않고, 완전히 동시에 뛰쳐나갔다.

쏜살같이— 라고 하면 분명히 엘프 궁수는 웃겠지만, 날카롭게, 빠르게.

"……!"

이번에도 역시 먼저 움직인 것은 고블린 슬레이어였다.

그는 가방에 손을 넣어 장비를 쥐고, 아래쪽에서 그것을 힘차게 던졌다.

방의 구석, 어슴푸레함 속에 숨어 있던 거대 거미는 기다란 여덟 관절을 퉁겨서 도약—.

"————?!?!?!?!"

그러나, 소리도 안 되는 새된 비명이 울려 퍼졌다.

파앙. 메마른 소리를 내며 깨진 자갈에서 파악, 검붉은 분말이 피어 오른 직후였다.

그것이 향신료와 박하를 뒤섞은 벌레 퇴치제—라는 것을 이형의 거미는 알 리 없었다.

그렇지만 혼돈의 벌레가 그 정도로 당할 리 없으니, 거미는 공중으로 뛰어올랐다.

"으, 랏차!!"

그때 창잡이가 자랑하는 장창으로 대화를 나눈다.

방패처럼 펼쳐진 점액까지 한꺼번에, 거대 거미를 때린 것은 장창의 자루였다.

원심력과 중량을 실어 때려버리는 것은 전투에서 장창 운용의 기본이다.

순수한 물리적 공격의 기세가 거미의 부드러운 몸을 날려버리고 돌 벽에 처박는다.

물론, 이 또한 결정적인 피해는 되지 못한다.

공처럼 튕기거나 고양이가 뛰어내리는 것처럼, 몸을 빙글 틀어 거미가 바닥으로 내려섰다.

자신의 몸에 들러붙은 실을 독액에 젖은 송곳니로 뜯어버리고, 쉬익쉬익 으르렁댄다.

괴물의 말이 무슨 뜻인지는 알 수 없지만 죽인다거나 살아서 못 돌아간다거나, 뭐 짐작은 간다.

"그건 이쪽이 할 말이야."

으지직.

커다란 나무를 꺾어버리는 것 같은 소리가 나고, 중장 전사가 송곳니를 드러내며 웃음과 함께 일어섰다.

양손에는 마력의 반짝임을 동반한 장갑이 있고, 그리고— 실을 찢어낸 배다.

"받아라……!!"

실을 뱉든 뛰어서 피하든, 단순한 폭력을 막을 방법은 이미 존재하지 않는다.

다음 순간 돌로 벌레를 짓뭉개는 것처럼, 거미의 모습이 던져진 배 아래로 사라졌다.

푸왁 속이 안 좋아지는 소리와 함께, 누런 녹색의 점액이 주위에 사방으로 흩어졌다.

삐져 나와 경련하는 8개의 다리만이, 거대 거미란 괴물이 이 세상에 있었다는 사실을 알려주는 흔적이었다.

"하나 완성이다."

괴력난신을 내리는 오우거의 장갑을 벗으면서 중장 전사가 승리를 뽐냈다.

역시 은 등급 모험가쯤 되면 이 정도 마법의 장비는 기본적인 소양이리라.

그러나 창잡이는 불만이 한 가득, 표정을 찌푸리고 중장 전사 쪽으로 시선을 보냈다.

"무모한 짓 좀 하지 마라. 배에 구멍이라도 뚫리면 어떻게 돌아가려고?"

"물을 퍼내고 노를 저으면 되잖아."

중장 전사가 태연하게 말했다.

"아니면 또 물속이나."

"좀 봐주라……."

질색하는 창잡이를 지나쳐서, 고블린 슬레이어는 성큼성큼 형틀로 갔다.

구속되어 있는 남자는 힘없이 추욱 늘어졌고, 온몸이 부은 것처럼 퉁퉁했다.

그러나 얕은 호흡을 하고 있는 모양이니, 아무래도 죽지는 않은 것 같다.

그렇다면, 구속을 풀고 사정을 들어야 하리라.

고블린 슬레이어는 형틀의 뒤쪽에 웅크려 앉아서, 자작한 소도구를 이용해 자물쇠를 살피기 시작했다.

그 작업을 어깨 너머로 들여다보고, 중장 전사가 의문이 아니라 확인의 말을 걸었다.

"어때? 풀 수 있나?"

"문제는 없다."

"수고를 들였단 말이지. 이야기를 들어봐야겠어."

창잡이가 휙휙 다리를 움직여 형틀의— 다시 말해서 남자 앞으로 돌아갔다.

얼굴을 들여다보니, 남자의 눈이 흐릿하게 탁하고 입은 반쯤 벌어졌다.

살아는 있다. 그러나 그것은 죽지 않았다는 것뿐이다. 과연 말은 할 수 있을까?

"이건, 이야기를 듣기 전에 치료가 필요할지도 모르겠다. 접수원 아가씨한테 받은 스태미나 포션을—."

써야 하나.

그렇게 말하려던 다음 순간, 남자의 몸이 풍선처럼 불룩 부풀어 올랐다.

"어—?"

그리고, 파열.

파아앙. 소리와 함께 팽창한 남자의 육체는 한계를 맞이해 터져 버리고, 검붉은 액체가 흩어졌다.

피 거품, 뇌수, 내장— 아니, 그거라면 그나마 나았으리라.

적어도 창잡이나 방 안에 흩어진 고깃덩이가, 움찔움찔 경련하면서 꿈틀거리지는 않으리라.

그것은 꿈틀거리고, 기어 다니며, 몸부림치고, 명확한 의지를 가지고 슬금슬금 모험가들에게 다가온다.

"—장난치나, 슬라임이냐?!"

정면에서 제대로 뒤집어쓴 창잡이는 얼굴에 들러붙은 괴물을 바닥에 패대기치고 짓밟았다.

이대로 기도에 들어가 질식사 따위라도 한다면, 너무나도 꼴사납기 짝이 없다.

남자는 이미 산 제물로서 바쳐진 다음이었는지, 아니면 악질적인 함정인지, 아니면 양쪽 다인지.

"훌륭하게 걸려버렸구만. 이야아, 생각한 녀석이 어지간히 천재거나, 그냥 바보겠군."

슬라임에 둘러싸여 짜증을 내며 창을 휘두르는 창잡이를 보고, 중장 전사는 껄껄 소리를 내며 웃었다.

다행이라고 해야 할까? 형틀에 막혀서 후방에는 전혀라고 해도 될 정도로 슬라임이 없었다.

피해를 입은 것은 창잡이 뿐이고, 따라서 슬라임 놈들에게 둘러싸인 것은 그 혼자뿐이다.

"뭐 힘내라. 먼저 배를 물가로 돌려두지 않으면, 슬라임에 녹아버릴 테니까."

"웃으면서 할 말이 아니잖아?!"

"흠."

매도를 쏟아내면서도 창을 휘둘러, 익숙한 기색으로 슬라임을 흩어버리는 창잡이.

그 분투를 지켜보면서, 고블린 슬레이어는 진심으로 신기하다는 기색으로 철 투구를 기울였다.

"그런데 어째서 그 지팡이를 쓰지 않고 접근했지?"

"내가 말했잖아. 그건 만능이 아니라고. 쓰는 걸 깜빡 잊어먹거든."

"젠장!"

§

첨벙. 다시 수로에 떠오른 배는 구멍이 뚫린 곳도, 녹은 곳도 없이 쾌조로 미끄러지기 시작했다.

멸망한 도시의 응어리진 공기라지만, 물보라를 일으키며 급류를 타는 기세는 무척 기분이 상쾌했다.

자연스레 중장 전사는 편히 쉬는 자세로 뱃전에 기대고, 태연하게 다리를 뻗고서 몸을 이완시켰다.

그러나 언제든지 대검을 즉시 쥘 수 있도록, 결코 손에서 놓지 않는 것은 과연― 아니 당연한 것인가?

숙련된 모험가라면 당연히 대비를 할 것이고, 그런 의미에서는 고블린 슬레이어도 마찬가지였다.

그 또한 흐름에 맡기고 배를 전진시키며 앉아 있었다. 철 투구로는 표정은 알 수 없지만.

유일하게 짜증을 내면서 머리칼을 천으로 닦고 있는 사람은 물론 창잡이였다.

"정말이지, 지독한 꼴을 당했어……."

"그런가."

역겨운 기색으로 토해내는 불평에, 고블린 슬레이어는 대단히 진지하게 고개를 끄덕였다.

"그다지 문제는 없었다고 생각한다만."

"너랑 나는 기준이 다른 거다, 기준이."

"그런가."

창잡이는 그 건성의 대답 ― 본인은 진지하겠지만 ― 을 듣고서, 혀를 한 번 찼다.

그런가. 그런가? 그렇군. 그런 건가?

—엘프 아가씨가 맨날 화를 낼 법 하구만.

일일이 어울려주다 보면, 이쪽의 어휘력까지 빈약해지고 만다.

"아무래도 좋지만, 배의 진행 방향은 누가 잘 보고 있어라."

포기한 것처럼 한숨을 쉬고, 창잡이 또한 자신의 장창을 끌어안으며 바닥에 앉았다.

판자 한 장 아래는 지옥이라는 말은 누가 했는지는 몰라도 무척 적절한 말이다. 뭐 무슨 일이 있어도 침몰할 때까지 다소 시간은 있으리라.

6초 있으면, 뭐 전투가 일어나도 한 수는 대응할 수 있다. 2초 만에 하는 것도 가능할지 모른다.

"선장도 선원도 모두 나서서 촛불의 불을 신경 쓰는 사이에 옆으로 뒤집어져 침몰, 그런 건 사양하겠어."

I have a bad feeling about this
"안 좋은 예감이 드는군."

"그만두라고 좀."

괜히 들쑤시는 중장 전사에게 표정을 찌푸리고, 창잡이는 전방, 어디까지고 끝없이 이어지는 수로 앞을 보았다.

"그래서, 다음 산 제물의 방까지는 얼마나 걸려?"

"그리 오래는 안 걸린다."

고블린 슬레이어는 단적으로 말했다.

당연하지만 모험가에게도 잘 하는 것과 못하는 것이 있고, 누구나지도 담당을 맡을 수 있는 것은 아니다.

그 점에서, 이 남자의 머리에 나침반이나 육분의가 들어 있다는 것은 창잡이도 인정하지 않을 수 없다.

"문제가 일어나지 않으면."

"문제를 해결하는 것이 모험가라니까."

—그러나, 이 괜한 한 마디가 마음에 안 든다.

창잡이는 가시 돋친 뾰족한 목소리로 대답하고, 그 말이 하얗게 김을 피우는 것을 보며 지긋지긋한 기색으로 중얼거렸다.

"그런데 쌀쌀하다 쌀쌀하다 싶더라니, 이제 곧 겨울이로군. 시간 빠르네."

"술에 장작, 만찬. 평범한 율(jul)의 날을 지내고 싶어진다."

"하수도 안을 돌아다니고 있다만."

철 투구 안에서 들리는 담담한 말투. 이제 슬슬, 조금은 갚아줘야 하리라.

창잡이는 표정을 알 수 없는 고블린 슬레이어에게 씨익, 심술궂게 웃었다.

"너는 선물이라도 생각해둬. 언제였더라. 다 들었거든. 돈 주머니를 줬다며?"

"아니."

천천히 철 투구를 옆으로 흔들었다.

"지난번에, 용의 비늘을 선물했다."

용으로 나오셨다. 창잡이는 무심코 실소했다. 이 고블린에 미친 남자가 어떤 경위로 그렇게 됐는지.

"어차피 가짜 아냐? 얼마에 샀는데."

"주운 거다."

그는 말했다.

"그리고, 그건 진짜다."

괜히 딱 잘라서, 반복해서 단언하며 고블린 슬레이어가 응답했다.

——드문 일이군.

그 희귀함을 봐서 봐주기로 하고, 창잡이는 다음 표적으로 고개를 돌렸다.

"그쪽은?"

"꼬맹이들한테도 뭔가 사주라고?"

중장 전사는 기가 막힌 기색으로 어깨를 으쓱거리지만, 그 응답이야말로 창잡이는 기가 막혔다.

"여자다."

"그 녀석은 술이면 충분하지."

이렇다니까, 정말이지. 무뚝뚝한 표정으로 말하는 걸 보면, 얼마나 진심인지 알 수가 없다.

창잡이는 보란 듯이 — 혹은 일부러 — 크게 고개를 저었다.

"크아. 정말 뭘 모르는 녀석들. 『언젠가 내가 임금님이 됐을 때』 같은 그런 얘기냐?"

"공주님 옆에 서려면, 뭐 하다못해 기사는 되어야지……."

"그걸 공주님이라고 할 수 있나?"

"나도 그렇게 생각은 한다."

한숨을 푹 쉬면서 중장 전사는 찌르는 것처럼 창잡이 쪽을 찌릿 보았다.

"그러는 너는 어떤데?"

"그야 접수원 아가씨한테 선물하는 게 당연하지. 하지만 뇌물 취급이 되면 폐를 끼칠 테니까."

자신만만하게 창잡이가 응답했지만, 그 말도 후반부터 쓴웃음으로 변했다.

귀족의 영애와 일개 모험가라면 좋지만, 길드의 직원과 모험가라는 입장이 있다.

금은보화에 호화로운 식사, 자칫 잘못해서 이상한 눈길을 받으면 그 사람에게 귀찮은 일이 생길 수도 있다.

물론 어느 정도 편의를 봐주고 사례를 보내는 것은 딱히 나쁜 건 아니지만.

그런 점에서 관리나 귀족 사회의 움직임은 어렵고, 창잡이는 언제나 고심하고 있었다.

"그게 아니고 말이다."

중장 전사가 표정을 찌푸렸다.

"파티의 동료 말이다. 신세를 지고 있잖아."

"응, 아아. 그러게……."

창잡이는 벅벅, 머리를 긁었다. 물론 생각하지 않은 것은 아니지만, 다른 고민도 있었다.

"금이든 은이든 보석이든, 뭔가 굉장한 걸 선물해주라고. 변경 최강."

"바보 같은 소리 한다."

창잡이가 웃었다.

"돈을 들이지 않을 이유는 없지만, 금액만으로 보는 것도 아냐."

그 인물에게 선물해야 한다고 생각한 다음에, 그것을 손에 넣을 수단으로서 돈이 있는 것이다.

진심이 있다면 충분한 것도 아니며, 그저 값비싼 보석 장식을 선물하면 되는 것도 아니다.

"그리고, 봐라. 보물 상자 안에서 보석이니 뭐니 잔뜩 나오잖아? 필요 없지 않나?"

"뭐 그렇긴 한데……."

그리고 그것이야말로 새내기 때라면 모를까, 모험가로서 등급이 올라가면 생기는 고민이다.

숙련된 모험가에게, 금은보화 따위 익숙한 것.

괴물 퇴치 한 번 두 번 정리하면, 상자에 담긴 재보가 들어온다.

민초가 생각하는 **성공**. 그러나, 수많은 모험가에게는 그렇지 않다.

물처럼 손에 들어오는 재보는 물처럼 다음 모험의 준비에 쏟아 붓고, 남은 분량은 감당을 못한다.

그저 편하게 돈을 벌고 싶다는 것**만**으로 모험가가 되는 자는 없으니까.

"……흠."

낮게 으르렁거리는 목소리에 창잡이가 눈길을 돌리자, 고블린 슬레이어의 철 투구가 이쪽을 향하고 있었다.

"나도 모두에게, 뭔가 선물해야 하는가."

"평소의 감사라는 거지."

중장 전사가 응답했다. 의문이 아니라 확인을.

"하고 있잖아?"

"그래."

고블린 슬레이어는 일절 망설임 없이 수긍했다. 그리고 천천히 일어섰다.

"그러나, 일단은 다음 방을 돌파해야 할 거다."

그래. 소리 내어 대답한 중장 전사가 장대 — 10피트 장대다 — 를 써서 배를 통로로 대었다.

상당히 둔탁한 소리가 나고 흔들리는 배에서, 창잡이가 육지로 훌쩍 뛰어내렸다.

"그러면, 다음은 뭐지?"

§

"고블린은 아니었군."

백전연마의 모험가를 앞에 두고, 보통 괴물의 무리 따위 상대도 안 된다.

눈 내린 산이라고 생각해서 다가갔더니 거대한 하얀 슬라임이었다. 이런 바보 같은 이야기를 하는 사이에 결판이 난다.

물론, 그 사이에 계속 창잡이는 기분 틀어진 표정을 하고 있었지만.

"뭐, 이런 음모니 모험이니에 고블린이 나와도 난처하지만."

발치에 흩어진 정체 모를 생물 놈들의 시체를 짓밟으며, 중장 전사가 말했다.

전업 마술사나 신관이 있다면 괴물 놈들의 정체도 알 수 있겠지만—.

—뭐, 죽일 수 있는가 없는가만 알면 딱히 상관없지.

딱히 문제는 없다. 그렇게 말하면 현자에게 혼나게 될까?

어쨌거나, 죽은 괴물은 좋은 괴물이다. 이미 신경 쓸 필요도 없으리라.

"그보다도 살아 있는 쪽을 우선해야지."

"그래. 조사하지."

중장 전사의 지시를 받아서, 고블린 슬레이어가 성큼성큼 걸어 형틀로 향했다.

창잡이가 그것을 곁눈질하며, 짐을 뒤져 꺼낸 지팡이를 거침없이 가볍게 휘둘렀다.

"《빛나라(루멘)》."

명령을 받아 기동한 주구가 엷은 인광을 주변 일대에 뿌렸다.

곧장, 마치 무수한 촛불을 밝힌 것처럼 형틀이 빛나기 시작하여 방 전체를 비추었다.

"……마력 반응이 굉장한데."

"그야 마법의 의식을 했잖아. 산 제물에서 마력이 나오지 않으면 이상하지."

"그렇군. 역시 만능은 아닌 것이군."

고블린 슬레이어의 솔직한 감상에 「미안하다 그래!」, 「시끄러워」 하는 대화.

결국 마법의 함정 따위는 자신이 확인할 도리가 없으니, 순순히 구속구를 풀기 시작했다.

산 제물은 상처 입고, 온갖 충격에 추욱 이완되었다. ―그렇지만, 아직 살아 있었다.

그렇다면 고블린 슬레이어의 행동에 주저도 망설임도 없으며, 탐침을 움직이는 손놀림에 흔들림이 없었다.

어두운 그림자처럼 옅은 파란색을 띠는 피부. 흐르는 듯한 은빛 머리칼. 풍만한 몸. 그리고 기다란 귀.

다크 엘프— 어둠 종족의 여성이 모두 풍만한 것은 아니지만, 적어도 그런 인상을 품는 자는 많았다.

그것은 오랜 옛날의 서사시에서 들은 풍문일지도 모르고, 실제로는 어떤 것인지 그는 모른다.

그러나 고블린 슬레이어가 보기에도, 과연 어둠 종족의 여자는 그렇게 생각되는 여자였다.

"여어, 살아 있어, 아가씨? 말을 할 수 있다면 좋겠는데, 살아 있다면 그것만으로도 충분해."

그때 주변 경계를 중장 전사에게 맡긴 창잡이가, 역시 주저 없이 결단적인 발걸음으로 다가왔다.

한쪽 무릎을 꿇고서, 구속에서 풀려난 아가씨의 몸을 받아내는 동작은 그야말로 용사 같았다.

"가능하면 자폭은 하지 않아주면 좋겠는데 말야."

"자폭……?"

히이, 히이, 갈라진 숨결이지만 대답이 있었다.

"의미를 모르겠다."

"나도 모르겠어. 그럼 됐다."

창잡이가 어둠 종족 아가씨에게 외투를 덮어주고 안락하게 앉히는 사이, 고블린 슬레이어가 주위를 노려보았다.

그러자 중장 전사가 거침없이 스태미나 포션을 던지고, 창잡이는 그것을 살며시 그녀의 입에 대어 주었다.

물약도 귀중한 자원이지만, 그들은 이것을 낭비라고 생각하지 않는 모양이다.

한 입, 두 입. 약액을 마시고, 콜록콜록 가볍게 기침을 한 다음 그녀는 살며시 눈을 떴다.

"흄 전사에, 흄 전사…… 흄 전사? 뭘 하러 왔지?"

"모험이다."

고블린 슬레이어는 괜히 간결하게, 그러나 딱 잘라 단언하여 말했다.

그것을 들은 어둠 종족 아가씨는 어안이 벙벙한 기색으로 눈을 깜빡이고, 비꼬는 것처럼 입가를 끌어올렸다.

"정말이지, 모험가라. 당해낼 수 없군, 정말로……."

"그래서, 뭔가 얘기해줄 수 없을까요? 젊은 아가씨."

이어지는 창잡이의 말도 그녀에게는 유쾌한 것이었던 모양이다.

스태미나 포션의 영향도 있겠지만, 악동의 소양이 있을 법한 — 억지로 짜낸 기운이라도 — 어조로 응답했다.

"내가 더, 아마도 너희들보다 열이나 백배는 나이가 많을 거다, 애송이."

"그렇다 해도, 여성은 모두 아름답고, 나한테는 아가씨입니다."

역시 창잡이의 말에는 망설임이 없다.

설령 그녀의 얼굴이 추악하게 문드러져 있더라도, 이 젊은 전사는 표정 하나 안 바꾸고 단언했으리라.

정말이지. 어둠 종족의 여자는 진심으로 한숨을 내쉬고서 그 볼을 약간 풀었다.

"딱히, 그렇게 대단한 건 아니야. 네놈들도 짐작은 하고 있겠지?"

"대략적으로, 사신인지 마신인지가 부활인가 소환인가를 하고 있겠지."

"세상의 위기, 세상의 끝. 평소랑 똑같구만."

"그리고 적어도 고블린은 아니겠지."

창잡이가 어깨를 으쓱거리고, 중장 전사가 고개를 끄덕이고, 고블린 슬레이어가 결론을 냈다.

어둠 종족은 아까 내쉰 한숨하고는 또 다른 의미로 숨을 흘리고, 한순간 수상쩍은 눈으로 본 다음 고개를 저었다.

"뭐, 그렇다. 나를 단숨에 죽여야 하는 게 아니라, 고통을 맛보게 해야 한다고 말했었는데."

그 제안을 몸으로 맛보게 되었다는 것이리라.

보는 꼴 그대로다. 피부에 몇 겹으로 상처 자국이 있는 것을, 어둠 속에서도 분명히 알 수 있었다.

"신에게 이른다거나, 신을 부른다거나. 나는 그것을 위한 공물이 된 것이다."

창잡이는 물론 「흐음」 하고 전혀 신경 쓰는 기색도 없이 중얼거리고 「어쩔 거야?」 하며 파티를 둘러보았다.

"사신 소환의 의식이랜다."

"돌입해서, 쳐죽이고, 돌아갈 뿐이잖아. 단순해."

중장 전사는 뒷사정에 흥미가 없다는 기색으로 손을 흔들었다. 신경 쓰이는 점은 세 사람이 모두 일치했다.

"어찌됐건, 문제가 되는 건 적의 전력이다."

철 투구 안에서 낮게 신음한 고블린 슬레이어가 시선을 여자 쪽으로 돌렸다.

“뭔가 알고 있나? 조금이라도 정보가 필요하다.”

“여기 지휘관은 이계의 괴물이야. 무시무시한 악귀. 숨겨진 수도 있는 모양이다. 그러나—.”

어둠 종족의 여자는 말을 망설이듯 입을 다물고, 그리고 대단히 미안한 기색으로 자조를 드러냈다.

“보는 것처럼, 그것 말고 경비는 허술하다. 나도 포함하여…… 미끼에 지나지 않아, 여기는.”

세 명의 모험가는 고개를 갸우뚱하는 기색으로 얼굴을 마주보았다.

“뭐야? 그런 거였어?”

어둠 종족의 여자는 이번에야말로 정말로, 진심으로 놀란 모양이다.

그러나, 모험가들에게는 딱히 놀랄 정도의 일도 아니다.

그런 것은 **당연한** 일이니까.

“아무래도 우리가 진짜배기라고 생각한 모양인데.”

“그건 영광이네.”

험상궂은 얼굴을 괜히 찌푸리면서 말하는 중장 전사에게, 창잡이가 희색을 드러내며 어깨를 으쓱거렸다.

고블린 슬레이어는 입 다물고 있었지만, 아마 뭔가 말할 것도 없다는 생각이 틀림없다.

자신이 용사가 아니란 것 따위 진작 옛날에 인정하고, 그것을 신경 쓰지 않는 남자들의 태도였다.

용사가 아니라면 살아갈 수 없는 것도, 무의미한 것도 아니리라.

용사야말로 무가치하다며 천칭의 반대쪽에 올리고 싶어 하는 자는 많지만.

그러한 — 자신들을 포함한 모든 것의 — 무명 전사들의 맨 앞에 선 자가 바로, 용사다.

그렇기에 용사는 존귀하다.

그걸 위한 미끼가 되는 것인데 대체 무엇에, 어디에 불만이 있단 말인가?

"……혼돈이라는 것은, 모두 한가지 색으로 덧칠하려고 한다. 질서는 갖가지 색채로 그림을 그린다."

어둠 종족의 여자는 지하에서 별을 올려다보는 것처럼 우미한 어조로 읊조렸다.

그것은 하이 엘프가 가진 우아함하고는 또 다른, 자연스럽게 만들어낸 것처럼 아름다운 음색이었다.

"그렇다면 혼돈과 질서란 것은, 이름을 반대로 바꾸어야 할지도 모르겠다."

"말장난에 지나지 않는다."

고블린 슬레이어가 여자의 헛소리를 싹둑 잘라 내치고 말했다.

"이름을 바꾼다 해도, 의미하는 것도, 내가……."

한 번 입을 다물고, 말하려던 말을 목 너머로 삼키고, 천천히 고쳐 말했다.

"……우리가, 할 일도 변함이 없다."

"그걸 모르는 녀석도 많다. ……그래서 상대하는 것이, 이제 그만 지긋지긋해졌다."

어둠 종족의 여자가 그렇게 중얼거리고, 살짝 눈을 가늘게 떴다.

그리고 「자유롭게 살기로 하지」 하며 낮은 소리로 흘렸다.
"살려서 돌려보내준다면, 이지만."
"스태미나 포션까지 건네주며 구해낸 포로를 죽일 이유가 없잖아."
"하물며 미인을, 말이지."
중장 전사가 어깨를 으쓱거리고, 창잡이가 당연하다는 기색으로 덧붙였다. 고블린 슬레이어는 말이 없었다.
어둠 종족의 여자에게는 충분했다.
—아무 생각 없이 쳐들어오는 모험가에게 음모가 뭉개지는 것을, 동정해야 할지 비웃어야 할지.
어둠 종족은 살짝 비틀거리면서 일어나, 그 몸에 두른 외투를 공중에 펄럭 던졌다.
"행운을, 모험가. —내가 주는 것이라도, 필요 없는 것은 아니겠지?"
창잡이의 귓가에 속삭이듯 희미한 목소리.
그렇게 나신을 어둠 속으로 녹이면서, 여자는 처음부터 없었던 것처럼 모습을 감추었다.
사락 외투가 떨어진 다음에는 하수도의 암흑이 펼쳐질 뿐, 그림자 하나도 남지 않았다.
"흑막은 괴물. 그리고 숨겨진 수가 하나."
땅에 떨어진 외투를 주워 올린 중장 전사가 온기도 안 남은 그것을 창잡이에게 내밀었다.
"……어디, 얼마나 정확한 정보일까?"
"미인의 이야기는 전부 진실이야."
그걸 받아 든 창잡이는 그 외투를 정성스레 접어서 마법이 걸린 가방에 넣었다.

어둠 종족의 피와 그 몸을 더럽힌 것에 지저분해지고 젖어 있었지만, 창잡이는 개의치 않았다.

멋진 여자를 구해냈으니 이 외투도 무척 좋을 것이다.

“설령 거짓이라고 해도, 우리들이 확인할 방법은 없을 거다.”

그렇게 응답한 고블린 슬레이어가 살짝 낮게 신음하는 것을 창잡이는 들었다.

“뭔데? 불만이라도 있어?”

“아니.”

철 투구가 천천히 좌우로 흔들려 움직였다.

“포로를 대피시킬 장소나 수단을 생각했었는데, 쓸모없어졌다.”

그것을 들은 창잡이는 배를 안고서 웃었다.

§

어떠한 미궁, 어떠한 모험이라도 종점이라는 것이 존재한다.

그것은 성채의 가장 안쪽에서 기다리고 있는 대마도사이거나, 탑의 최상층에 군림하는 투신이거나.

막판(클라이맥스)이라는 녀석이다.

길어도, 짧아도, 모험이 모험이기에, 그것은 확실하게 존재한다.

“““““““잘 왔구나. 필멸자(모탈) 들이여.”””””””

이번 모험에서는— 놈이야말로, **그것**이었다.

악몽 속에서 솟아 나온 것이 아닌가 생각밖에 안 드는, 자신의 제

정신을 의심하고 싶어지는 이형이었다.

한 마디로 부르자면, 그것은 눈알이었다.

무수한 안구가 뒤엉켜서, 뒤섞이고, 꿈틀거리며, 한 덩어리가 된 이형의 고깃덩이.

그러나 그것은 의지를 가지고, 시신경처럼 촉수를 펼쳐서 그 끝 부분에 묻힌 눈을 흔들며 움직였다.

거대한 외눈은 언제나 사방으로 경련하며, 그 아래 존재하는 찢어진 눈 같은 턱이 징그럽게 웃었다.

그 이형은, 틀림없이 이쪽의 뇌로 그 역겨운 의지를 흘려보내고 있는 것이었다.

"위협도로 말하자면 14쯤 되나?"

"아니, 그건 **둥지**에서 만났을 때지. 여기서라면 13이야."

"전에 죽인 적은 있지만, 번거로웠다."

"고블린이 아니라 그런 거지?"

"그럴지도 모르지."

그러나 세 모험가들은 그 이름을 입에 담는 것도 꺼려지는 악귀 앞에서도 태연한 기색이었다.

천장이 낮고 넓은 방에 군림하며, 검붉은 피로 그려진 마법진 위에 떠올라 있지만——.

—괴물은, 괴물이다.

피가 나온다면, 실체가 있다면 죽일 수 있다. 죽이지 못할 이치가 있을 것인가?

그것은 중장 전사에게는 의문의 여지가 없는 진실이며, 지금까지 틀린 적이 없었다.

그는 **대검**을 양손으로 단단히 겨누고, 스윽. 양 발로 바닥 돌을 디디며 근육에 힘을 주었다.

그 옆에서 창잡이는 자랑하는 장창을 빙글 1회전시키고, 창날을 똑바로 괴물에게 겨누었다.

고블린 슬레이어는 어중간한 길이의 장검을 뽑더니, 자그마한 원형 방패를 들고 허리를 깊숙하게 낮추었다.

그것은 첫 모험에서 고블린과 싸웠을 때부터 변함없는 그들의 모습이었다.

“““““천치놈들이, 말도 알지 못하는가.”””””

“목숨이 아까우면, 말을 조심했어야지.”

중장 전사가 송곳니를 드러내 상어처럼 웃은 순간, 싸움이 시작됐다.

파앗 땅을 차고서 뛰쳐나온 세 사람은 산개되어 세 방향에서 동시에 적에게 다가섰다.

상대가 마술사라면 이것이 철칙. 견고한 방패 전사가 있다면 또 다르지만, 파이어볼에 일망타진 당하는 건 사양이다.

그리고 물론, 그 정도의 전술만으로 공략할 수 있을 법한 약한 적일 리 없으리라.

“““““BEEEEHHHOOOOOOOOOOLLLLLL!!!”””””

촉수 끝 부분에서 꿈틀거리는 안구가 차례차례 눈을 깜빡이고, 눈부신 섬광을 뿜어낸 것이다.

그림에 붓으로 하얀 도료를 칠하는 것처럼, 방의 공간을 백선으로 칠해버린다.

괴광선으로 쓸어낸 방의 돌바닥은 분진으로 돌아가고, 혹은 부글부글 끓어올라 용해되었다.

디스인티그레이트 데스레이
분해광선, 괴력선, 그리고 또 한 줄기의 분해광선.

죽음을 내리는 세 빛에, 모험가들은 소리를 지르며 맞섰다.

어떤 자는 그 갑옷과 장비에 의지해서, 어떤 자는 민첩한 몸놀림, 어떤 자는 땅을 구르면서.

그리고 각각의 무기가 포효를 질렀다 싶더니, 파악 터지는 것처럼 또 다시 흩어졌다.

"죽일 셈이냐?!"

"죽일 셈이겠지……."

"이쪽도 마찬가지다. 상관할 것 없지."

매도의 목소리를 낸 창잡이에게, 중장 전사가 맞장구를 치고 고블린 슬레이어가 이야기를 끝냈다.

누구의 칼날이 닿았는지는 이 참에 문제가 아니다.

중요한 것은 왕눈깔의 괴이, 그 촉수 몇 개가 잘려나가 바닥 위에서 몸부림치고 있다는 것이다.

물론 대단한 피해는 아니다.

무한에 가까운 수의 촉수와 안구를 꿈틀거리는 괴물에게는 머리털 정도일 것이다.

그러나 무한에 가깝다는 것은 결코 무한하지 않다는 의미다.

"뭐, 계속 하다 보면 죽겠지."

역시, 중장 전사의 말이 바로 진실이며— 그것은 또한, 모험가들도 마찬가지.

몇 줄기나 되는 광선을 뿜어내고 쏟아내면, 확실하게 죽일 수 있다. 죽지 않는 자 따위는 없다.

그러나 이 이계에서 나타난 혼돈의 권속에게, 참으로 견디기 어려운 시간 낭비는 틀림없다.

예를 들자면 일하기 전에 책상의 얼룩을 깨닫고서, 그걸 닦아내려고 했더니 의외로 잘 안 진다.

그것을 닦기 위해서 일을 내팽개칠 생각도 안 들고, 그렇다고 내버려두는 건 짜증난다.

"""그렇다면, 네놈들은 그 녀석과 놀고 있도록 하라."""

따라서, 혼돈의 권속은 자신이 가진 게임말을 내놓는 것을 망설이지 않았다.

쿠웅. 어둠 속에서, 대지를 뒤흔드는 굉음— 아니, 발소리가 울려 퍼졌다.

두 번, 세 번, 네 번. 규칙적인 간격으로 이어지는 그것은 곧 정체를 드러냈다.

"사령기사(듈라한)인가?"

"아니, 조금 다른 거 아닐까……?"

과연, 그것은 분명히 언뜻 보기에 사령기사 같았다.

그도 그럴 것이 머리가 없다. 갑옷 장비로 몸을 굳히고 있다. 검을 가진, 기사 같은 모습.

그것은 중장 전사보다도 한 사이즈 거대한 체구에, 인간의 몸으로는 다룰 수 없을 법한 무구를 두르고 있었다.

그러나 그 모든 것은 피인지 녹인지 알 수 없는 검붉은 얼룩에 물들어 이제는 알아보기도 힘들었다.

갑옷에서 희미하게 엿볼 수 있는 빛바랜 파란색만이 과거의 쟁쟁했던 영광의 흔적이었다.

반쯤 누더기나 마찬가지가 된 Ω(오메가)의 깃발도, 이미 그 기사의 내력을 가리키는 단서가 되지는 않으리라.

그러나— 다르다.

평범한 사령기사 따위하고는 도저히 똑같이 취급할 수 없다.

오랜 시대, 신화시대의— 처절하기 짝이 없는 전장에서 활약한 긍지 높은 기사의, 그의 말로.

손에 든 칼날로 대체 몇 십, 몇 백의 혼돈을 처치했을까?

별들의 틈으로, 어느 정도 그 이름이 빛났던 것일까?

그러나 이미, 그 모든 것은 전설이며, 신화이며, 모독당하고, 더럽혀졌다.

이제 와서는—— 혼돈의 첨병(케이오스 마린)에 지나지 않는다.

"저게 그 숨겨진 수란 녀석이군."

재미있어졌다. 그렇게 말하듯 중장 전사는 신이 난 기색으로 중얼거렸다.

"진짜배기는 저 왕눈깔이다."

고블린 슬레이어는 신음했다.

"광선 말고는 어떻게든 되겠지."

"정말이지, 귀찮다니까……."

창잡이가 얼굴을 찌푸리면서, 장갑을 벗고 반지를 끼우기 시작했다.

반짝이는 별내림의 반지. 그것은 주인에게 뛰어난 민첩성과 회피의 힘을 내려준다.

평소 그가 이것을 쓰지 않는 것은 다른 마법의 도구를 쓰기 때문이다.

간발의 차이로 회피가 필요해지지 않는 한, 다른 장비 쪽이 좋을 때도 있다.

“정말로 같은 의견이다.”

고개를 끄덕이며 응답한 고블린 슬레이어 또한, 가방에서 물약 병을 꺼내고 있었다.

민첩성을 높이는 비약. 물약 중에서는 값비싼 것이지만, 본래 소모품의 소비를 아끼지 않는 남자다.

뚜껑을 뽑고 한 모금, 두 모금. 투구 틈으로 밀어 넣는 것처럼 들이켜고 병을 내던져 깨버렸다.

극히 단시간에 효과가 떨어진다는 말을 듣고서, 그렇다면 시험해 보고자 가져온 것이다.

어차피 고블린 놈들은 빼앗아도 금방 마셔 버릴 테니까, 치명적인 문제는 되지 않는 점이 좋다.

“너는 어쩔 거지?”

“한두 방으로는 죽지 않아. 『참아봐야지』.”

~~슈우우우우우~~ 연기가 올라오는 갑옷을 시시한 것처럼 한 번 보고, 중장 전사가 잘라 말했다.

실제로, 그는 아까 광선 한 줄기를 제대로 맞았다. 그러나, 태연한 기색은 아무것도 변하지 않았다.

흄 전사는 다른 기능이 없는 존재의 대명사라고 하는 자도 있지만, 그것은 뭘 모르는 것이다.

단련하고 단련하여 체력(터프니스)을 높인 전사를 정면으로 죽이는 것은 지극히 어려운 일이다.

몇 번을 때려도 죽지 않는 자가 피로를 모르고 하염없이 공격을 때려 박는다.

그저 그것만으로도, 전장에서 어느 정도 위협이 되는가?

“““영겁을 살아간다 해도, 낭비해서 좋은 시간은 없다. 어서 그 목숨을 태우라.”””

주군의 명령으로, 혼돈의 첨병은 그 손에 쥔 이형의 칼날을 겨누었다.

톱날 모양의 칼날이 이어진 그 검은, 곧장 기이하게 새된 으르렁거리는 소리를 울리기 시작했다.

칼날이 돈다. 부르짖는다. 고대의 명공이 만든 마검이나 다름없다. 적의 살을 휘젓는— 무시무시한 검.

그《죽음의 미궁》에서 이름이 알려진 무기 앞에서, 창잡이는 웃어넘기며 말했다.

“그건 내가 할 말이야.”

다시 한 번, 격돌.

모험가들은 말 한 마디 나누지 않고서, 서로의 행동에 맞추어 움직이기 시작했다.

정면으로 요격하는 것이 혼돈의 첨병이며, 전장에는 빛줄기의 비가 쏟아져 내렸다.

물론, 그 안구의 괴물이 주문을 봉하는 눈을 가진 것은 잘 알고 있다. 따라서 사용하는 주문은 이거다.

"《아르마(무기)…… 마구나(마술)…… 오페로(부여)》!"

증발하는 돌바닥의 연기 틈을 번개처럼 달려, 창잡이의 마창이 갑옷을 파헤쳤다.

밀랍을 발라낸 그 칼날은 불가사의한 빛을 띠고 있어서 또 한 단계 날카로움이 늘어나 있었다.

그러나 그 무기를 가지고서도, 혼돈의 첨병이 두른 장갑(AC)을 웃돌기에는 미약하게 부족하다.

"칫, 단단하구만!!"

"신경 쓰지마, 때려 박아라!"

그에 비해— 이쪽은 몇 줄기의 열선을 받아냈을까?

연기를 두르면서도 태연하게 거리를 좁힌 중장 전사의 대검이 못을 때리는 것처럼 때려 박았다.

그러나 그것마저도 이 철 덩어리 같은 혼돈의 첨병을 흔들기에는 이르지 못했다.

충격에, 촥. 미약하게 바닥을 비비며 그 거체가 포효를 지르는 검을 휘둘렀다.

"—엇차……!"

그 깎아내는 일격을 중장 전사는 간신히 대검으로 받아냈다.

물론, 중장 전사니까 간신히라도 버티고 있는 것이다. 어중간한 자라면 그대로 베였을 거다.

불똥을 튀기면서 검극 틈을 빠져나간 창잡이가 뛰어서 물러나고, 교대하면서 뛰어드는 갑옷 차림.

"그대로 있어라."

"억지를 부리는구만……!"

그러나 중장 전사는 고블린 슬레이어의 말에 응답하여, 온몸의 용력으로 목 없는 기사와 팽팽하게 맞섰다.

밀어내는 칼날이 회전하는 마검과 맞물려서 귀에 거슬리는 소리를 내지만, 부러질 기색은 전혀 없었다.

"가격이 다르……단, 말이다……!!"

"정말 그렇군."

그래서 고블린 슬레이어는 차분하게 노릴 수 있었다.

그는 그림자처럼 방 안을 미끄러져서 한손의 검을 바닥에 떨구더니, 한 동작으로 그것을 뽑아 들었다.

그것이 바로 상상을 초월할 정도로 기이하고 흉흉한 형상을 가진, 무시무시한 투척 나이프였다.

질주하면서 아래쪽으로 던진 칼날이 포효를 지르며, 하늘을 가르고 커다랗게 호를 그렸다.

그리고 다음 순간에는 기사의 장갑, 그 틈에 있는 손목을 깨물어 찢어냈다.

평소에 쓰는 검하고는 가격이 다른 것이다.

"——!!!!"

그것을 비명이라고 불러야 할지 모르겠다. 금속이 삐걱대는 쇳소리를 동반하며, 손목과 함께 검이 날아갔다.

"좋았어 잡았다아!!"

그리고 그 한순간을 놓칠 창잡이가 아니었다.

그는 재빨리 자신의 창을 끌어당겨 짧게 잡더니, 가까운 간격에서 노호의 공격을 뿜어냈다.

정확하게 겨누는 그 앞에는 손목을 잃은 혼돈의 첨병의, 그 팔이 있었다.

자갈 더미에 파고든 것 같은 감촉과 함께, 가차 없이 상처를 파헤쳤다. —그뿐만이 아니다.

“《사지타(화살)…… 케르타(필중)…… 라디우스(사출)》!!”

창날 끝에서 차례차례 뿜어져 나온 것은 공격 주문의 기초중의 기초《매직 미사일(힘의 화살)》의 비였다.

장갑을 관통하지 못하는 필중의 화살이 갑옷 안쪽에서 날뛰어, 혼돈의 권속은 그 육체가 갈기갈기 찢어졌다.

“——?!?!”

덜컥덜컥 부서진 인형 그 자체의 움직임으로 세 번, 혼돈의 첨병은 몸을 경련하고 멈추었다.

창을 뽑아내자, 후두둑 흘러 떨어지는 것은 철사 세공이나 무늬가 새겨진 녹색의 석판들뿐이다.

—그렇다면, 골렘 같은 것인가?

적어도 이 대형 갑옷을 입고 있었을 고대의 전사하고는, 비교도 할 수 없겠지만—.

“““““골동품으로는, 도움이 되지 못하는가.”””””

그 초자연적인 목소리에 약간의 짜증을 느끼는 것은, 흄의 이해력이 빈곤한 탓일까?

또 다시 공간을 물들이며 쏟아지는 괴력선을, 창잡이는 종이 한

장 차이로 훌쩍 피했다.

반지 덕분이다. 그렇지 않다면 무척 험한 꼴을 봤을 게 틀림없다.

그는 혀 차는 소리를 한 번 남기고, 즉시 차폐물, 다시 말해서 혼돈의 첨병의 거체 뒤로 돌아갔다.

그러자 비약의 효과가 끊어진 고블린 슬레이어가 뒤따르고, 마지막으로 중장 전사가 미끄러져 들어왔다.

고대의 강철은 치사의 마안도, 석화의 시선도, 일단 막아주는 모양이다.

세 모험가는, 전투가 시작된 이후 처음으로 한 번 크게 숨을 내쉬었다.

"어떻게 보나?"

고블린 슬레이어가 묻자, 온몸 여기저기가 타 들어간 중장 전사가 정색하며 응답했다.

"빌어먹게 아프다."

"진통제라면 있다만."

"힘이 안 들어가니까 됐어. 그보다도 부활이다. 스태미나 포션을 줘."

"그래."

고블린 슬레이어가 가방에서 꺼낸 병을 중장 전사가 붙잡아 들이켜고 공중에 던졌다.

그 병이 갑옷 뒤에서 드러나자마자 공중에서 하얀 빛을 쬐고서, 사르르 가루가 되어 깨지고 사라졌다.

""""숨어서 무엇을 꾸며 봤자, 내 눈에서는 벗어날 수 없다.""""

"숨어도 소용없다는데."

창잡이가 귀에 거슬리는 소리에 표정을 찌푸렸다.

"한 방에 관통은 못하는 모양이구만."

물론, 언제까지고 숨어 있을 수만은 없다. 저 왕눈깔도 움직이는 것이다.

빙글빙글 갑옷 주변을 계속 돌아서 움직이는 얼빠진 구도라도 피할 수는 있겠지만, 먼저 체력이 떨어지는 것은 이쪽이다.

고블린 슬레이어는 낮게 신음했다. 딱히 그렇게, 어려운 문제도 아닌 것 같았다.

"뭉갤까."

"그걸로 하지."

"그거 좋네."

작전이 정해지면 모험가들의 행동은 재빠르다.

중장 전사는 오우거의 장갑으로 바꿔 끼고, 고블린 슬레이어는 장비에 천을 감아 미끄럼 방지를 했다.

그리고 창잡이가 귀걸이에 손을 대고, 뿜어내는 마지막 주문을 말에 실어 자아냈다.

"《올레움(기름)…… 마레(바다)…… 파키오(생성)》!"

이변은 돌바닥 위에서 일어났다.

왕눈깔은 그것이 뭔지 이해를 했을까? 이해했어도, 그 의도를 깨닫기에는 시간이 걸렸으리라.

부유하고 있는 한, 《그리스(윤활)》의 술법 따위에 미끄러져 쓰러질 일은 없기에 아무런 의미도 없으니까.

그러나, 그것도— 그 초자연적인 시야를 거대한 그림자가 뒤덮기까지 한순간이었다.

"으랏, 차아아……!!"

중장 전사의 포효와 함께, 맹렬한 속도로 **혼돈의 첨병의 거체**가 밀려들어온다.

——바보 놈들.

왕눈깔의 입가, 균열 같은 그 턱이 조소의 형태로 일그러졌다.

그런 것이야 피하면 되는 것이다. 위로 부유하기에는 천장이 너무 낮지만, 좌우라면 충분하다.

옆으로 돌아가 버리면, 반대로 그 철 덩어리는 움직임을 막는 족쇄다. 이번에야말로 괴력선을 쬐어주마.

상대를 궁지로 몰아넣었다는 자부심을 느끼며, 왕눈깔은 둥실 공중을 떠돌아서——.

"바보 같은 놈이군."

다음 순간, 왕눈깔은 자신이 벽을 향해 돌진하고 있는 것을 인식하고 경악에 눈을 부릅떴다.

둔한 충격이 있었다.

모험가들 중 누군가가— 자신에게 일격을 때려 넣었다는 것은 마지막까지 이해 못했다.

"처음 한 수에서 맞췄었잖아. 백병전이라면 이쪽이 위라고."

창잡이가 당연한 말을 하는 것처럼 중얼거리고, 중장 전사가 웃었다. 고블린 슬레이어는 말이 없었다.

섣불리 간격에서 드나들려는 기회 따위, 공격할 절호의 틈이 아닌가?

덤으로 움직임이 죄다 보이니까 크게 고생할 것도 없이 맞출 수 있다. 그뿐인 이야기다.

벽에 격돌한 왕눈깔은 짧은 한순간 머뭇거릴 뿐이지 금방 복귀한다.

대단한 피해는 못 된다. 그렇지만, 그것은 이 전투에서 틀림없이 치명적인 한순간이었다.

"BEEHOOOOOLLLLLL?!?!?!?!"

이 세상 것이 아닌 절규가 왕눈깔의 턱에서 부풀어 올랐다.

말 그대로 충돌해온 거대 갑옷이 그 안구를 반쯤 뭉개고 역겨운 체액을 뿌렸다.

아직 죽지 않는다. 아직 죽지 않았다. 그러나— 하지만, 그뿐이다.

이미 떠오르지도 못하는 그 몸이 바닥 위를 기면서, 도망치려고 한 것인지, 저항하려고 한 것인지.

스스로도 모르는 채 경련을 반복하면서, 이계의 괴물은 힘을 쥐어 짜내 부르짖었다.

""""이, 야만인(바바리안), 놈들이……!!!""""

"틀리진 않았지만, 부족하잖아."

중장 전사가, 발치에 떨어진 고대의 명검(커시나트)을 주워 들며 너스레를 떨었다.

새로운 주인을 얻은 그 마검은 또 다시 새된 환희의 소리와 함께 그 칼날을 떨었다.

"위대한(그레이트)이 빠졌다."

그렇게, 그 이름을 부르는 것도 꺼림직한 괴물은 드디어 단순한 고깃덩어리로 변해 버렸다.

그걸로 끝이었다.

폐도로 변한 도시의 지하에 소용돌이치던 요기, 독기, 그렇게 불러야 할 무언가는 명백하게 흐려졌다.

바닥에 새겨진, 마력의 빛이 가득했던 마법진도 이미 이곳저곳 파손되어 기능이 정지되었다.

모험의 끝이다. 중장 전사는 칼날을 닦아내고, 과거에 존재한 신들의 전사에게 그 검을 돌려줬다.

기왕이면 완전한 — 생자인가 망자인가는 넘어가고 — 상태로 겨루어보고 싶었는데.

그런 그의 마음을 짐작한 것도 아니겠지만, 창잡이가 작게 코웃음을 쳤다.

“그 말, 마음에 들었나 보지?”

“그래.”

중장 전사는 당당하게 가슴을 펴고 응답했다.

창잡이가 지긋지긋한 기색으로 표정을 찌푸리는 옆에서, 고블린 슬레이어가 고개를 끄덕였다.

“나도, 그 영웅담은 좋아한다.”

§

“그래서 금화에 은화, 고대의 화폐가 헤아리는 것도 싫어질 정도에…… 보석도 굴러다니네.”

“저런 괴물은 쌓아두는 게 많은 법이니까.”

“흠.”

그렇게 싸움이 끝나면 약탈의 시간이었다.

고블린 슬레이어가 조사하여 자물쇠를 딴 보물 상자 안을, 창잡이가 신이 나서 헤아렸다.

—이런 것은 척후가 기뻐하는 거 아닌가?

중장 전사는 역시나 좀 삐딱한 광경을 보며 생각했지만, 금방 웃으며 고개를 옆으로 저었다.

셋 다 전사니까, 딱히 누가 기뻐해도 이상한 점은 아무것도 없지 않은가?

그렇게 생각하여 어깨 너머로 보물 상자를 들여다보자, 무척 고풍스런 서적도 담겨 있었다.

"근력을 높여주는 비책 같은 거라면 가지고 싶다만. 어떻지?"

"나도 잘은 모르지만, 사람 가죽으로 장정된 거니까 제대로 된 건 아닐 거야, 이거. 필요해?"

"아~니, 필요 없다."

"흥미 없다."

"그러면, 돌아가서 팔아버리자."

이 세상에 몇 권 안 남은 고문서 같은 것도, 모험가들에게는 이런 것이다.

그 밖에 발견한 마검 같은 것도, 갓 새내기 모험가라면 모를까—.

"이 정도 강화된 물건이라면, 몇 개 가지고 있으니까……."

특이한 힘을 숨기고 있는 것도 아니라면, 은 등급에게는 그저 남아도는 것이다.

"뭐 자세한 건 감정을 안 하면 잘라 말할 수 없지만. 젠장, 창은 없나…….”

그리고 대개의 경우 마력이 부여된 무기는 검이고, 때때로 도끼, 그리고 망치가 섞인 정도다.

창이나 곤봉 같은 것을 바라는 자는 좀처럼 눈독 들이는 물건을 발견하기가 어렵다.

깊은 숨을 내쉰 창잡이는 적당히 장검을 집어서 고블린 슬레이어에게 던졌다.

"너도 마검 한 자루 정도는 가지고 있는 게 어때? 은 등급인데 멋이 없잖아."

"필요 없다."

한 마디였다.

"고블린 놈들에게 빼앗기기라도 하면 곤란하다."

"정말이지, 너는 진짜 어쩔 도리가 없구나……."

"그 지팡이 같은 건, 가지고 가서 선물하는 건 어때?"

"아니."

창잡이는 중장 전사에게 고개를 옆으로 저었다.

"그 녀석, 지팡이는 필요 없대거든."

"흐흠……."

뭐, 그런 일도 있다. 모험가의 장비라는 건 사람마다 다르다.

하고 싶은 일이 있고, 하고 싶으니까 모험을 하는 거다.

무기의 성능이니 유리불리니 따지는 건, 생각하고 싶은 녀석만 생각하면 된다.

마음에 든 장비가 있다면— 그거면 되는 것이다.

"그렇지만 처음으로 슬쩍 마술이 걸린 검이나 창을 발견했을 때는 엄청 기뻐했었는데."

사치스러워진 건지, 감각이 둔해진 건지. 중장 전사는 약간 씁쓸함을 느끼며 웃었다.

어디선가 홉 고블린이랑 싸웠을 때 놈이 휘두르던 물건을 빼앗은 것이 처음, 이었던가?

고블린 놈들이 마검을 가지고 있다는 것의 낙차에 고생도 했고, 놀라기도 했고, 웃음도 나오고, 기쁘기도 하고.

얼마 동안은 처음 쓰던 **대검**을 제쳐두고, 그 장검을 휘두르고 다녔었지.

그 마검은 어떻게 했더라? 숙소의 상자에 던져두긴 했다, 라고 생각하는데—.

"결국, 이렇게나 보물이 있어도, 우리한테 필요한 건 거의 없구만."

자신들이 도달한 장소를 어떻게 보아야 좋을지, 중장 전사는 때때로 잘 모르게 된다.

처음과 비교하면 상당히 올라섰다는 것은 분명할 것이다. 그러나, 위를 보면 끝이 없다.

—정말이지.

기사도, 왕도, 꿈 속의 꿈 같구만.

"……딱히, 문제없지 않나."

문득 조용히, 평소처럼 담담한 어조로 고블린 슬레이어가 중얼거렸다.

재보를 가지고 돌아가지 않아도, 딱히 문제없지 않은가?

그들은 모든 방을 답파한 것이 아니다.

수괴가 죽었다고 해도, 괴물이나 함정이 한순간에 사라지는 일도 없으리라.

이 지하뿐 아니라 지상 부분에도 망자는 꿈틀거린다. 이 폐도는, 미궁으로 변해버렸다.

그걸 고려하고서도—.

"그 녀석은, 남겨두라고 했다."

중장 전사는 창잡이와 얼굴을 마주보았다. 창잡이는 웃고 있었다. 분명히 중장 전사도 그랬으리라.

잠시 지나, 모험가들은 지상을 향해 걷기 시작했다.

오수를 배로 거슬러 오르는 것은 통쾌했고, 자신들의 전과를 확인하는 것도 나쁘지 않은 기분이었다.

또 물에 들어가 지하 수맥을 통과하고, 다시 육지로 돌아오는 것은— 수고롭긴 했지만.

그 사이에 중장 전사는 머릿속으로 생각을 정리하고 있었다.

분명히 그 소년소녀는 탐색의 끝을 기다리며 야영을 하고 있으리라.

한껏 허영을 부리고, 멋을 부리고, 아무것도 아니란 듯, 말을 해주자.

"——아가, 운이 좋구나!"

먼 옛날의 영웅이, 그랬었던 것처럼.

제6장 『용사 대 죽은 자의 왕』

"으, 랏~차!!"

땅 바닥의 암흑에 안 어울리는 밝은 목소리와 함께, 끊어진 공간에서 소녀가 뛰쳐나왔다.

소녀는 빛나는 장비를 몸에 두르고, 손에는 태양의 빛을 담은 성스러운 검을 들고 있었다.

사방세계의 어느 곳에 있는지도 알 수 없는 지하 깊숙한 곳의 마궁(魔宮)이었다.

소용돌이치는 독기, 요기, 그것은 지상과 비교가 안 되며, 벽과 바닥은 역겨운 썩은 고기로 둘러싸여 있었다.

미약하게 태동하고 있는 것을 보니, 이것 자체가 진실로 생물의 몸 안일지도 모른다.

이미 그곳이 과거에『와이번이 머무르는 바위』로 불리던 바위산의 바로 아래라는 것을 알 수 있는 자는 없으리라.

그러나 검은 머리의 소녀— 용사는 힐끔 주위를 둘러보고「괜찮아 보여!」하고 잘라 말했다.

"그렇다고, 맨 먼저 뛰어드는 게 과연 괜찮은 건가 싶어요."

이어서 그녀에게 쓴 소리를 하며 여검사가 한 명, 상쾌하게.

마지막으로 지팡이를 쥔 젊은 아가씨— 현자가 다소 불안한 발걸음으로.

"일단, 위험이 없는 건 망원의 수정으로 확인했어……."

그녀가 손에 쥔 보옥을 술사— 현자는 가지고 놀다 질린 장난감을 넣는 것처럼 아무렇게나 주머니에 던져 넣었다.

"……그건 그렇고, 《전이》의 두루마리가 손에 들어온 것은 요행이었어."

"덤으로 이 좌표가 적혀 있었잖아."

용사는 어린애가 수풀에서 발견한 뱀을 찌르는 것처럼, 발끝으로 주위의 고깃덩이를 걷어찼다.

"어디의 누가 이런 걸 준비한 걸까?"

"서사시 같은 곳에서는 고대의 마술사 같은 것이 정석이지만, 세상에 숨어 있는 은자 같은 것도 많을 테니까요."

허리에 찬 만도(灣刀)를 확인하면서, 검성이 주위를 둘러보고 눈썹을 찌푸렸다.

기이한 광경이다. 이런 미궁은 이미 익숙하지만, 그렇다 해도 마음이 편한지 아닌지는 다른 것이다.

"어쨌거나, 선견지명이 있는 마술사가 이 세상에 있었다, 라는 거겠죠."

"어디의 누군가보다 한 수 높은 마술사구나."

용사가 응응 고개를 끄덕였다.

《전이》의 두루마리 자체는 너댓 개 가지고 있지만, 좌표를 모르면 어쩔 수 없는 것이다.

미리 이 땅에서 위협이 일어날 거라고 예견한 누군가가 있는 것이라면―.

“역시 사방세계는 넓구나.”

“……그보다도, 여기서부터가 큰일.”

용사의 놀림에 표정 하나 바꾸지 않고, 현자는 자신의 가방에서 차례차례 물품을 늘어놓았다.

도저히 그 가방에 들어갈 것 같지 않은 양. 아니, 애당초 가방 자체를 허공에서 꺼낸 것이다.

이 모험을 위해서 준비한 것―은 아니지만, 여행을 하다 보면 쌓이는 것이 많다.

물건을 잘 챙기는 건 멋진 일이다.

“준비를 하자.”

“알았어!”

각종 능력을 상승시키는 종류의 비약, 물약은 당연하다 치고―.

폭풍을 조종하는 신화시대의 거인과 같은 용력을 일시적으로 내리는, 괴력난신의 물약.

아주아주 단시간이라면 온갖 주문에 대한 저항을 획득할 수 있는, 무적의 비약.

하늘을 춤추고, 다채로운 바람 같은 민첩성을 내려주는, 질풍의 물약.

주위에 존재하는 자의 사고를 읽어내려는, 독심의 비약.

마시기만 해도 신들의 축복을 얻을 수 있는, 전쟁의 여신이 내리는 용맹의 성수.

목적지까지 가는 길을 순식간에 그려내는, 마법의 두루마리.

가는 길을 막아서는 함정이나 위험을 예견하는, 역시 마법의 두루마리.

하이 엘프의 왕족만 만드는 것이 용납되는, 신들의 음식이라고 하는 구운 과자.

그리고 신들에 대한 탄원으로 내려진, 몸에 영웅의 활력을 불어넣는 식량.

그 밖에도 수없이 많은, 여기에 기록하기에는 지면이 부족해질 정도의 물품들이 산처럼 늘어선다.

하나 같이 전설로 전해지거나, 보통 모험가는 평생 보지도 못하는 물품들뿐이다.

혹시나 만에 하나 시장에서 판매한다고 해도, 하나 사는 것만 해도 군함에 필적하는 금화를 쌓아야 하리라.

그것을 그녀들은 모험하기 전의 간식처럼, 물처럼 사용해 간다.

"정말로 편리합니다만."

검성이 빈 병을 던져 버렸다.

"효과시간이 짧은 것이 옥의 티군요."

"그리고 양이 많아. 좀 질려버리겠어. 맛있는 건 틀림없지만."

용사는 그렇게 말하고서 「그렇지!」 하고 짐에서 애용하는 조미료를 꺼냈다.

소금 같은 것처럼 뿌리는 분말은 작은 병에서 흘러내리자마자 반짝반짝 빛을 뿌렸다.

소유자가 바라는 대로 맛있어지는 마법의 향신료나 다름없다.

딱히 대단한 건 아닌, 조금 재치 있는 정도의 가치밖에 없는 것이지만—.

"역시 가장 도움이 되는 건 이거 아닐까!"

"저도 빌려도 될까요?"

"…………나도."

그녀들 세 사람에게는 대단히 호평인 것이다.

한 차례 수많은 두루마리를 읽어낸 현자도, 두 사람보다 한 발 늦게 식사를 한다.

언뜻 가녀리게 보이는 주제에 대식가다. 자기보다 성숙한 몸매는 그 탓인가 하고 용사는 추측했다.

—아니면 혹시 무슨 정체 모를 마법의 주문을 쓰고 있는 거야.

그런 생각을 하면서, 향신료를 모두에게 뿌린 용사는 손가락에 묻은 구운 과자 조각을 핥았다.

"하루 열 끼까지 나오니까, 다 함께 아침점심저녁으로 쓸 수 있어서 수수하게 좋네."

"……레아가 쓰기에는, 다소 부족해."

"당신은 레아가 아니잖아요. …………아닌 거 맞죠?"

"……후후후."

"수수께끼라니까, 정말로."

화기애애하다고 하기에 걸맞긴 하지만, 단란하다고 부르기엔 너무나 짧은 한 때.

그렇게 재빨리 준비를 마치고, 용사는「좋아」하고 힘차게 일어섰다.

"그러면 잠깐, 우리들이 세상을 구하러 다녀오자!"

그것은 마치, 첫 모험에 나서는 모험가 같았다.

§

"DAEEEEMOOOONNNN?!?!?!"

"이이이이이야아아아아아앗!!!!"

이형의 미궁을 다채로운 바람이 휘몰아칠 때마다, 역겨운 마신 놈들의 선혈이 솟아오른다.

빠르고 빨라 소리보다도 빠른 그것은 바람인가 질풍인가 열풍인가. 꾸물거리고 있으면 일도양단이다.

아무리 떨어져 있어도 파고드는(마이너 액션) 한 걸음으로 접근(인게이지), 이어지는 한순간(메이저 액션)으로 강타(배쉬), 강타, 강타.

절대적인 무기가 베어낸 공간 단층. 그것에서 살아남는 자를, 이어지는 만도가 휩쓸어 목숨을 빼앗는다.

그야말로 아무도 없는 들을 거니는 것 같은 전격전. 유상(몹)무상의 마신병으로는 1초도 막을 수가 없다.

물론, 마신 놈들도 손 놓고 보고만 있는 것이 아니다.

그림자에서, 예각에서, 스며 나오고 솟아 나와서, 허를 질러 아가씨들의 목숨을 빼앗고자 송곳니를 드러낸다.

그러나 그것을 오랜 강자(베테랑)인 검성이 놓칠 것인가는 또 다른 이야기다.

"발치의 그림자!"

"……응."

현자가 즉시(오토) 역장의 마검을 만들어내, 왼손에 쥔 그것을 한 동작으로 투사.

파렴치하게도 처녀들의 아래쪽으로 숨어든 그림자의 마신이 내지른 단말마를 뒤에 남기고, 앞으로, 앞으로, 앞으로.

길의 순서는 아까 펼친 두루마리가 예견을 해줬고, 함정의 위치도 이미 파악했다.

암흑의 성채 가장 안쪽에는 여신의 가호마저 닿지 않지만, 그것만으로 패할 정도로 모험가는 무르지 않다.

그렇기에 정의를 다스리는 그 여신은 왕관 탈환의 여로에 그 용사를 고른 것이다.

자신이 영웅이 될 수 있다는 사실이 온갖 모험가에게 어느 정도 긍지가 될 것인가?

그 영웅담이야말로 모험가에게는 성전, 그 중 하나가 틀림없으리라.

"우왓, 대군이 오시는데!"

몇 번째인가의 십자로를 지나쳤을 때, 용사는 밀려드는 적군을 발견하고 소리를 질렀다.

오고 또 온다. 나락(아웃 오브 더 피트)의 바닥에서 악몽 같은 괴물들이.

"어떡할까요?"

만도를 들고서 달리는 검성의 물음에 용사는 「우~응」 하고 작게 소리를 냈다.

딱히 망설이는 것이 아니다. 무섭기는 무섭지만, 그것은 뭐 멀쩡하고 괜찮다.

똑바로 돌진하여 길을 여는 것은 거부하지 않는다. 그것이 자신의 역할이라는 것을 그녀는 알고 있었다.

그렇지만 싸우는 것은 세 명이고, 등 뒤에는 더욱 많은 사람이 있다. 영리함도 세 배가 된다.

"……아껴두고 싶었지만."

현자가 지팡이를 겨누며 말했다.

"지금은 시간이 아쉬우니까."

"응, 맡길게!!"

돌진하는 속도를 늦추지 않고서, 현자가 두 마디, 세 마디 주문을 읊조렸다.

"《웬토스(바람)…… 세멜(일시)…… 콘킬리오(접속)》……."

곧장, 밀려들어오는 마신의 군세의 기세가 우뚝 쇠퇴했다.

수십 수백, 천을 넘어설 법한 괴이 놈들이 물에 빠진 것처럼 공중에서 버둥버둥 다리를 휘두른다.

날개의 유무 따위 문제도 안 된다. 이것은 《플로트(부유)》. 비행하고는 원리가 다르다.

주문으로 공중에 붙잡힌 그 마신 놈들에게, 이어지는 한 마디를 현자는 자비 없이 자아냈다.

"《레스팅기투르(소거)》."

그 순간, 바람이 송곳니를 드러냈다.

높은 곳으로 올라가 있던 마신 놈들은 곧장 중력에 붙잡혀 바닥에 차례차례 처박힌다.

용의 무리마저도 격추했다는 대현인이 말하기를—.

"높은 곳에서 떨어지면, 죽어간 신들도 죽는다."

하물며 마신들이야. 현자의 말에 용사가 「옛사람들은 좋은 말을 하네」라며 깔깔 웃었다.

뭉개진 과실 같은 시체가 펼쳐진 통로를, 용사 일행은 일절 다리를 멈추지 않고 달려서 빠져나갔다.

"그렇지만, 예상보다도 수가 적네."

방과 방, 싸움과 싸움 사이, 문득 용사는 그렇게 중얼거렸다.

그녀는 사악한 사교도 놈들의 아지트에는 괴물이 꽉 들어차 있다는 이미지가 있었다.

그렇지 않았던 것에 무심코「호오」하고 한숨을 쉬었는데.

"상대도 각 전선에 전력을 분산시키고 있으니까요."

이러한 포괄적인 질문에 대답을 해주는 것은 바로 옆을 달리는 검성이다.

연전이 이어지는데 땀 한 방울 흘리지 않고, 상쾌하게 달리는 모습은 친구지만 반할 것만 같고 부럽다.

"인해전술이란 수만 많은 게 아니라, 필요한 전력을 필요한 때와 장소에 보내야 성립하는 겁니다."

"그러니까, 다시 말해서?"

"병사와, 무기나 식량을 나르는 사람들, 만드는 사람들, 계획하는 사람들이 열심히 하고 있는 덕분, 이군요."

"왕도 손을 썼어. 모험가도 있어. 그 밖에도 이것저것."

현자가 덧붙였다. 덧붙여서, 용사가 안도한다면 뭐든지 말할 셈이었다.

"……역시 우리들, 질 수가 없네."

용사가 말하고 억지로 웃었다. 검성과 현자도 말없이 고개를 끄덕였다.

두 사람은 알고 있다. 이 작은 소녀가 그렇게 말하며 웃는 것은, 자기자신에게 들려주기 위해서라는 것을.

아무래도 용사가 나설 차례인 모양이다.

이 한 마디에, 어느 정도 무게가 있을까? 말만 많은 자들은 생각도 못할 것이다.

세상을 구하는 것이 자신의 사명이라니, 그런 것은 혼자서 짊어질 것이 아닌 것이다.

"네. 다들 열심히 하고 있어요."

"……우리도."

열심히 하고 있어. 검성과 현자의 말을 듣고, 용사는 일절 우려 없이 「응!」 하고 웃었다.

§

콰앙 힘차게 문을 걷어차서 발을 들인 커다란 방은, 이 세상의 암흑을 욱여넣은 것 같았다.

과거에는 사람이었던 것이 주위 일면에 흩어져 있고, 맥동하는 고기 벽과 바닥에 빨려 들어간다.

그 때마다 불룩, 불룩. 아주 약간 부풀어 오르고 있는 이상, 현자도 인정하지 않을 수 없었다.

"……역시, 이 마궁 그 자체가— 새로운 육체야."

"그렇고말고."

현자의 말에 응답한 그것은 어둠 속에서 메아리치는 오싹해질 정도로 차가운 목소리였다.

—이 세상 것이, 아니다.

그것은 이 방에 가득한 공기에 닿으면 싫어도 알게 되는 것이다.

사람이 살기엔 이곳은 너무나도 춥다.

“잘 왔다, 용사들이여.”

큰 방의 안쪽, 제단인가— 아니면 옥좌인가? 어쩌면 처형대일지도 모르지만.

그곳에 사람의 모양을 한 거대한 어둠이 꿈틀거리고 있었다.

보옥이 반짝이는 지팡이를 쥐고, 밤의 어둠을 그대로 옷으로 만든 것 같은 외투를 걸친 마술사.

그러나 그의 얼굴은 이미 사람의 그것이 아니며, 빛바랜 하얀 해골을 드러내고 있었다.

마술의 연구 끝에, 죽음을 넘어서도 더욱이 현세에 매달리는 망자(리치)나 묘지기(와이트).

“방문은 예측했지만, 내 예상보다 20은 빨랐군.”

산 자는 내지 못하는, 선 채로 말라 죽은 나무의 옹이에서 흘러 떨어지는 듯한 메마른 목소리였다.

그것을 듣고서 용사는 흥 코웃음을 쳤다.

20년인지, 20개월인지 20주인지, 20일인지, 20시간인지, 20분인지, 20초인지.

—어느 것이든, 별로 대단할 것 없는 예상이잖아.

새벽의 끝에서 빛나는 성검을, 죽은 자의 왕은 귀화가 타오르는 눈으로 귀찮게 쳐다보더니 손을 흔들었다.

"나는 딱히 세계를 멸망시키려고 생각하지는 않는다."

"놀이판을 뒤집으려고 하는 주제에."

응답한 것은 현자다.

그녀의 목소리는 언제나 평탄하고, 담담하여, 친구인 용사도 때때로 마음을 알 수가 없다.

그렇지만 그것에 차가움이 섞였을 때는, 알기 쉽다.

—진심으로, 화가 났을 때다.

"그러면, 이 땅이 바로 **귀퉁이**가 되니까."

죽은 자의 왕은 유유히 옥좌에 앉아, 그런 것을 깨닫지도 못하고서 말했다.

사방세계의 귀퉁이에 이르면, 내다볼 수 있는 것은 삼면이자 놀이판의 바깥.

이것이 바로 계층(플레인즈 워크) 건너기.

그러나 마술사로서 높은 경지를 논하는 상대에게 현자의 어조는 결코 변하지 않았다.

"그 결과, 사람이 잔뜩 죽어. 벌써, 이미 상당히. 돌이킬 수 없어."

"살아 있다면 죽는 법이다."

죽은 자의 왕은 모든 것을 다 안다는 식으로 말했다. 알고 있으니까 이제 필요 없다고, 단적으로.

"그건 곤란해."

그에 비해 현자는 딱 잘라 대답했다.

"살아 있는 자도 죽는 자도, 모든 것을 알기에는 세계는 너무 넓어."

—세계가 필요 없다고 잘라 말할 수 있는 너의 세계는, 참으로 자

그마한 것이겠지.

두 사람의, 아마도 사방세계에서도 최상위에 있을 술자들의 시선이 격렬하게 충돌했다.

마술사의 싸움이란 말의 싸움이며, 다시 말해서 이것은 이미 주문의 응수가 시작된 것이기도 했다.

머나먼 고대의 마술사들이라면, 무시무시한 주문이 새겨진 카드를 펼쳤을 것이다.

그러나 현자도, 이 사령술사도, 아직 그 영역에 이르지 못했다.

한 쪽은 이를 필요가 없다고 하며— 한 쪽은 이르기 위해서는 세계도 필요 없다고 단언한다.

맞서는 말은 섞이지 않으며, 이미 그 앞은 불을 보듯 뻔했다.

“바보 같은 소리네…….”

그러니까 묵묵히 듣고 있던 용사는 지긋지긋하다고— 현자 편을 들면서 말한 것이다.

“역시 이야기 들어볼 것도 없이 베어버리는 것이 좋지 않았을까?”

“뭐, 마지막 한 마디 정도는 들어줘야죠.”

검성이 달래는 것처럼 — 것처럼이 아니지만 — 용사에게 쓴웃음을 지었다.

“목숨을 걸고 싸우러 왔으니, 그 이상을 바라면 안 돼요.”

“하지만, 어차피 목숨만은 살려주마라거나 세상의 절반을 준다거나 그런 거잖아? 입장이 반대란 말이야.”

깔깔 웃으며 그렇게 말하자, 검성도 어깨를 으쓱거리는 수밖에 없었지만.

그렇다. 쳐들어온 것은 우리들이고, 죽기 직전인 것은 상대 쪽이다.

자신들은 놈을 죽이러 온 것이다. 그 이상도 그 이하도 아니다. 입장의 상하는 명백했다.

사령술사(네크로맨서)가 손에 쥔 지팡이가 희미한 소리를 냈다.

와이번의 소굴을 답파하여, 의식을 맺고, 사령의 군단을 만들어 내, 음모를 꾸며온 것이다.

자신의 긍지를 건 의식을 「바보 같은 소리」라는 한 마디로 업신여기면 이렇게도 되는 법이다.

그렇기에, 현자는 말하지 않을 수 없었다.

"놀이판을 뒤집고, 죽은 고기의 덩어리로, 바깥을 노린다. 왜냐하면, 자력으로는 귀퉁이에 이르지 못하니까."

——그것이야말로 바보 같은 소리다.

그러니, 과거에 놀이판의 바깥으로 뛰쳐나간 선배들에게 모든 것을 간파 당한 것이다.

그 마술사가 맡긴 것이, 갖가지 사람의 손이나 운명과 함께 돌고 돌아서 여기에 이른 것이다.

모든 것은, 인과다.

"깔끔한 방식이라고 생각한 모양이지만, 그 사악하며 꺼림칙한 신이라면, 이렇게 말했을 거야."

현자는 희미하게 입가를 풀었다.

"너의 계획은, 완전하지도 않고 결정적이지도 않다."

그 한 마디가 치명적이었던 모양이다.

"부정한 목숨을 내려 영구하게 욕보이고, 그 영겁의 후회를 무료

함의 위안으로 삼아줄까 생각했다만…….”

흔들. 그림자가 일어선다. 죽음의 그림자가. 사방세계를 공격한, 무시무시한 미궁의 주인(던전 마스터)이.

“아무래도 네놈들의 머리는, 기둥에 매달아두는 것이 어울리겠군.”

“덤벼봐!”

용사가 짖었다.

“상대해주지!”

싸움이, 시작됐다.

§

주문이 날아다니고, 빛줄기가 뒤섞이고, 삶과 죽음이 교차한다.

상상을 초월하는 싸움—이라고만 적으면 안이하지만, 굳이 쓰는 것을 용서해주기 바란다.

그것은, 상상을 초월하는 싸움이었다.

“《카엘룸(하늘)…… 카리븐클루스(화석)…… 콘킬리오(접속)》.”

일단 첫 수를 끊은 것은 현자가 넓은 방의 천장 가까운 곳에 소환하여 쏟아져 내린 유성우.

하늘의 화석이 차례차례 착탄하여 불을 뿜어 올리는 가운데, 검성과 용사는 똑바로 뛰어들었다.

검성의 일검은 미약하게 닿지 않았다. 상관할 것인가? 용사가 높이높이 들어 올린 태양의 검이야말로 진짜배기.

“————윽?!”

그러나 그 움직임이 미약하게 둔해진다. 불과 한순간. 사소한 속박(홀드)의 저주.

“《피는 모래로, 몸은 돌로, 영혼은 먼지가 되어라》.”

곧장, 용사의 온몸에 오싹한 한기가 덮쳤다.

석화의 저주다. 등줄기에 박히는 서늘함을, 그녀는 이를 악물고서 버텼다(세이빙).

용사의 움직임이 멎은 그 한순간을 메우고자, 앞으로 뛰쳐나간 검성을 가로막은 것은—.

“에잇, 성가시군요……!!”

대지에서 뛰쳐나온 검의 해일. 칼날의 장벽이다. 헤쳐나가려면 그 몸은 갈기갈기 베일 것이다.

—**열심히, 참아야죠!!**

그것이 바로 흄 전사의 영예이니.

검성은 주저 없이 칼날 한가운데로 뛰어들어, 자신의 핏줄기를 홍련의 깃발처럼 거느리고 만도를 휘둘렀다.

“오오, 훌륭하도다……!”

그것은 야만족치고는 제법이라는 정도의 의미였지만, 죽은 자의 왕에게서 찬사가 흘러나왔다.

검성은 버릇없는 것을 신경 쓰지 않고 혀를 찼다. 상대에게 여유가 있다는 것은 좋지 않다.

목이 달아나는 공포를 맛보게 해주고, 비명을 지르게 하지 못한 것은 불찰이었다.

“나는 이제 갈 수 있어!”

자세를 바로잡고, 용사가 외쳤다.

"일단 물러나!"

"무엇을, 아직 멀었어요……!"

옆에 나란히 선 용사는 사납게 울부짖는 검성을 힐끔 보고 수긍하여, 결단적으로 앞으로 튀어나왔다.

간격은 가깝다. 한 걸음이면 충분하다. 그 한 걸음을 나아가는 사이에 덮치는 것은 고사의 저주.

"《말라 죽으라. 황야에 우뚝 서서, 비를 기다리고, 해에 타들어가면서》."

"《모르스(죽음)…… 아드웨르수스(역전)…… 아니마(생명)》."

그러나 그것은 등 뒤에서 날아온 저주 되돌리기로 사라졌으니, 두려워할 것 없다.

"잔재주를……!"

그렇다면. 사령술사는 지팡이를 쥐지 않은 왼손을 크게 펼치고, 가까이 다가오는 소녀에게 내밀었다.

"《숨은 비장의 검, 검은 봉, 여덟이 둘에, 최후의 하나는 사신의 손》!"

"안 불렀거든……!!"

즉사의 저주를 담은 손이 파렴치하게도 용사의 심장을 움켜쥐고자 하지만, 빛나는 성검이 떨쳐낸다.

그러나 죽은 자의 왕이 바라는 틈은 그야말로 그것이었다. 진정으로 힘 있는 말을 받아보라.

"《마구나(마술)…… 마누스(손)…… 파키오(생성)!》"

보이지 않는 역장이 강력한 손이 되어 그녀를 옥죄어 뭉개자, 소녀는 견디지 못하고 비명을 질렀다.

"윽, 아아아……?!"

몸부림친다. 유일하게 자유로운 다리를 버둥버둥 흔들면서, 이를 악물고, 혼신의 힘으로.

뼈가 삐걱댄다. 관절이 으직으직 비명을 지른다. 숨이 막히고, 입에서 씁쓸한 것이 올라온다.

"으극, 이……익! 아, 으…… 우, 에……!!"

아프다. 번개에 맞았을 때도, 불꽃에 타올랐을 때도, 아까 그 석화도 그랬지만, 무섭다.

—그렇지만 이런 건 무섭고, 아플 뿐이야.

몇 번이고 공중을 차고, 팔에 힘을 주어서, 이를 악물고 움켜쥔 성검을 놓지 않고, 계속 저항했다.

그렇기에 내장이 뭉개지기 직전— 현자가 읊은 주문이 늦지 않았다.

"《아르마(무기)…… 후기오(도망)…… 아밋티무스(상실)》……!"

그것이 손이라면, 《아쿼드(빈 손)》가 통하지 않을 도리가 있으랴.

내던져 부서진 인형 같은 꼴이긴 했지만, 용사는 간신히 땅에 내려섰다.

떨리는 무릎에 힘을 넣고, 디디고 버텨서, 구겨진 표정을 필사적으로 꾸몄다.

"죽는 줄 알았네……!"

"아직 안 죽었어."

현자가 초과 영창의 토혈을 닦으면서 말했다.

"안 늦었어."

용사는 억지로 웃었다. 아까 그 대군, 역시 내가 맡아야 했어. 그런 생각.

"조금 더 서둘러 줬으면 좋았을걸……!"

생리적으로 눈가에 맺힌 눈물을 닦고, 용사는 성검을 고쳐쥐고 또다시 거대한 그림자에 뛰어들었다.

그 사이에, 오로지 홀로 전선을 지탱한 것은 검성이다.

폭풍의 거인 같은 용력이 있으면, 설령 혼자라도 무시무시한 마술사와 정면으로 치고받기에 충분하다.

온몸에서 피를 흘리는 처절한 꼴이었지만, 뭐 피가 나온다면 살아있다는 뜻.

길고 자랑스런 머리칼이 조금 잘려나갔지만 무사하니까.

—처녀의 머리칼 한 가닥, 고운 피부의 상처 하나는 목숨 하나로 속죄하면 된다고 엘프도 말했고.

"과연, 제법 한다 싶더라니— 거창한 힘을 얻은 모양이군."

죽은 자의 왕이 그렇게 말하고 조소했다. 다가오는 검성— 아니.

일어서서 달리는 용사, 그리고 숨을 가다듬고 지팡이를 겨누는 현자도 포함하여 세 사람에게 지팡이를 겨누었다.

"《마구나(마술)…… 레모라(저해)…… 레스팅기투르(소실)!》"

곧장, 얼어 붙는 파동이 아가씨들을 덮쳤다.

그것은 순식간에 그녀들의 몸을 침식하여, 그 몸에 내려진 갖가지 힘을 지워버렸다.

거인의 괴력도, 온갖 마술에 대한 내성도, 바람의 빠르기도, 검의 날카로움도, 모든 것을.

카운터 스펠(대항 주문)— 주문을 지우는 것은 마술사의 결투에서 다른 무엇보다도 명백한 결정타.

"변변찮은 주문이었구나, 현자여."

비웃어도 현자는 딱히, 아무 말도 하지 않았다.

아니, 말할 수 없었다, 라고 해야 할까?

지팡이에 의지해서 서 있는 것이 고작. 그런 것에 나눌 기력은 진작에 떨어져 있었으니—.

"그래서, 그게 어쨌다는 건가요?"

"크, 아악?!"

바보 같다는 식으로 그 칼날을 휘둘러 사령술사의 가슴을 베어내고, 검성이 대신 대답했다.

죽은 자의 왕은 반사적으로 지팡이에 역장의 칼날을 만들어 검성에게 차례차례 휘둘렀다.

무술의 달인은 아니지만, 상위 불사자로서 신체 능력을 이용한 참격이다.

이미 온몸이 온통 베인 검성이라면 목숨도 위태로울 것이다. —그러나, 그녀는 다리를 스윽 움직였다.

상대의 사선과 사선, 그 틈을 미끄러지듯, 아주 약간 다리를 미끄러뜨리며 움직이는 것이다.

그저 그것뿐이다. 그러나 얼마든지 치명적이었다.

노리기 위해서 방향을 바꾼다. 다리를 움직인다. 방향을 바꾼다. 다리를 움직인다.

괴상한, 아주 미약한 움직임만으로 죽은 자의 왕의 공격선은 통하지 않는다.

"후후……."

희미하게 웃은 검성은 흐르는 물을 헤치는 것처럼, 오른쪽으로 왼쪽으로 튕기며, 반격하고, 찌른다.

그 호화롭고 현란한 죽음의 무도(단스 마카브) 같은 신기에, 죽은 자의 왕은 눈을 부릅떴다.

여자의 손에 쥐어진 만도.

아무런 특색도 없는 그것은, 양식은 다르지만 동방의 구조다. 그러나, 그것뿐이다.

도신의 한가운데 희미하게 금이 가고 날이 나간 것 말고는, 아무 특색도 없는 그저—.

"강철의 검, 이라고……?!"

"저는 그다지 무기의 강함 약함에 흥미가 없으니까요."

새침하게 — 그야말로 혀라도 내밀 것처럼 — 검성은 입가를 풀었다.

과거 《죽음의 미궁》에서 이 태도를 휘두른 자가 이것을 안다면, 분명히 미소를 지었을 것임이 틀림없다.

전설의 명검인지 아닌지는 모르고, 흥미도 없다. 그녀가 믿는 것은 오로지 한 마디.

"부러지지 않고, 휘지 않고, 이것은 좋은 검입니다. 그러니까——저는 이깁니다."

"이놈……!!"

죽은 자의 왕이 무심코 주춤거린 그때, 태양의 빛이 드디어 암흑의 방 가장 안쪽에 이르렀다.

빛나는 장비를 피와 토사물로 더럽히면서, 발치는 비틀거리지만, 그러나 그래도 검을 들어 올린 용사.

검성이 먼저 휘두른 일격은, 그 시체의 몸을 움직이는 혼백을 파괴할 정도의 충격을 주었다.

삭아버린 망자의 말로는 도망칠 수 없는, 태양빛의 검을 저주하듯 노려보며 내뱉었다.

“신의 게임말 놈들이……!”

“그거 자기는 조종당하지 않았으니까 졌다고 말하고 싶은 거야? 조종당하면 이길 수 있었다고?”

그렇다고 해두고 싶겠지만, 단순히 변명이다. 꼴사나운 것도 정도가 있다.

용사는 양손의 검을 단단히 고쳐 쥐었다. 힘이 안 들어간다. 이를 악물고서, 다시 한 번.

“《엔노이아(사고)…… 야우(불)…… 아우로라(새벽)》.”

그때 전쟁의 처녀가 소리를 냈다.

현자가 지금 이 순간까지, 말도 없이 필사적으로 의식을 갈고 닦으며 준비하던 주문이 완성된 것이다.

상처 입은 몸에 힘이 돌아온다. 다시 한 번 싸울 수 있다. 다시 한 번, 검을 휘두를 수 있다.

고통도, 공포도, 아직 있지만. 이걸로 충분하다.

“네놈들도, 언젠가는 파멸을 맞이하게 될 거다! 숭앙을 받고 있더라도, 이제 곧—.”

“그럴지도 모르지.”

그래서 용사는 태연하게 웃었다. 애당초 모두 비슷한 말을 하는 걸. 입을 모아서.

“하지만, 지금은 아니야.”

여기서 자신이 진다면, 세계는 어둠이다. 도와준 사람들한테도 면목이 없지 않은가?

병사들이나 다른 모험가가 있고, 그들의 가족, 상관없는 사람도 잔뜩 있고, 친구와, 자신이 있다.

그런 여러 사람들을 모르니까, 죽은 자의 왕 같은 녀석들은 비슷한 말을 하는 것이다.

세계를 멸망시키고, 사람을 죽이는 것도 태연하고— 오히려 옳다는 생각마저 하고 있다.

—신들에게 조종을 당하지 않는 한, 세상을 구하는 녀석이 찾아올 리가 없다고?

그런 식으로 생각하는 이상, 분명히 무슨 말을 해도 소용없겠지만.

—그러면 내가 모두를 대신해서 해야 할 일도, 해줘야 할 말도 하나뿐이야.

새벽을 부르는 일격을 들어 올리고—— 앞으로.

Take that you fiend
“이거라도, 먹어라!!”

태양이, 폭발했다.

종장 「소귀(고블린) 퇴치의 모험(시나리오)을 시작하려는 이야기」

카나리아가 짹짹 지저귀는 소리에 멍하니 눈이 떠졌다.

몸이 지독하게 무겁고, 천장이 괜히 높았다.

"음……."

낮게 신음하고, 그는 천천히 상반신을 일으켰다. 삐걱, 침대가 소리를 냈다.

방이 어스레하게 춥다. 그 온도를 볼 때, 아직 그리 늦은 시간은 아니리라.

늦잠을 잤다고 해도 미약한 시간이리라. 늦잠을 잤다는 사실 자체가 문제이지만.

"안녕? ……오늘은 푹 잤네."

그렇게 상체를 일으킨 그를, 창가에서 소꿉친구 소녀가 생글생글 웃으며 지켜보고 있었다.

그는「그래」하고 낮게 신음하는 것처럼 목소리를 내고, 일어서서 재빨리 의복을 입었다.

—상당히, 지쳐 있었군.

생각해 보면 친구 — 라고 생각하는 것에 한순간, 틈이 있었지만 — 의 권유로 익숙지 않은 일을 한 것이다.

고블린 퇴치하고는 전혀 다른 모험에는, 상당히 신경을 사용했다.

—모험이라.

그렇게 생각하자, 그의 입가가 미약하게 느슨해졌지만.

"아, 뭔가 기쁜 기색이네."

"그런가?"

"그렇게 보여."

"그런가."

무엇이 기쁜지, 라는 의미로는 그녀도 마찬가지다. 어째선지 생글생글 웃는다.

그는 잠시 소꿉친구의 모습을 보고, 말을 공중에서 찾아 드디어 입을 열었다.

"춥진 않나."

"후흐흥. 나는 아주 따뜻하답니다."

그렇게 말하고, 뭔가 과시하는 것처럼 그녀는 양팔을 펼쳐 보였다.

—아아, 그렇군.

"새로운 옷인가."

"그래, 짜봤어."

어때? 그런 식으로 말하며 그녀는 작업복의 끈을 옆으로 풀고, 앞치마를 풀어서 보여줬다.

하얗고 새로운, 털실 상의를 보여준다.

그는 조금 생각하고, 역시 말을 찾아서 드디어 붙잡은 한 마디를 했다.

"어울린다, 고 생각한다만."

"……에헤헤."

아무래도, 그걸로 틀리지 않은 모양이다.

소꿉친구 소녀는 기쁜 기색으로 볼을 물들이고 눈웃음을 지었다.

"네 것도 짜뒀으니까, 나중에 입어볼래?"

"아아, 그래."

그는 고개를 끄덕이고, 힐끔 방 안쪽 장궤 위에 개서 놓아둔 검은 옷을 보았다.

어쩐지— 손을 대는 것이 아까운 생각이 들었는데, 틀린 것이 아니었던가 보다.

"의뢰 다음이라도 괜찮나?"

그렇게 말하고 그는 말이 부족하다고 생각했는지, 덧붙였다.

"더럽히고 싶지 않다."

"응. 좋아. 돌아오면, 입어줄 거지?"

"그래."

그렇게 말하고 고개를 끄덕이자, 소꿉친구 소녀는「기다릴게」하고.

역시, 기쁜 기색으로 말을 해줬다.

§

지저분한 가죽 갑옷, 싸구려 철 투구, 어중간한 길이의 검에, 자그마한 원형 방패.

평소처럼 장비를 갖추고 모험가 길드의 문을 통과하자, 역시 평소 같은 얼굴들이 있다.

신참 — 아니, 이제 그렇게는 못 부른다 — 전사와 성녀, 흰 토끼 엽병이 셋이서 뭔가 의논하고 있다.

“역시 하늘을 나는 녀석 상대로 경험을 쌓자고! 와이번 정도는 잡아야지.”

“그렇다고 로크 새 같은 건 무리잖아. 죽을 거야. 조금 더 뭐야 그, 다른 녀석!”

“근데에, 내가 생각하기에는요. 모험가는 딱히 괴물 퇴치만 하는 게 아닌 거 아닐까요?”

그들이 곤봉의 사용법을 물어본 것이 과연 언제였을까?

고블린 슬레이어에게는 사소한 기억이지만, 다소나마 도움이 되었다면 좋겠는데.

―그러고 보니, 그 탐색으로 상당히 물약을 사용했다.

먼저 보충을 해둬야 하리라.

고블린 슬레이어는 아는 모험가들이 제멋대로 인사하는 걸 들으며 공방으로 갔다.

신참 모험가라면 모를까, 이제 그는「고블린 고블린 그러는 뭔가 이상한 녀석」으로 다들 알고 있다.

그것을― 어떻게 받아들일 것인지, 잘 모르겠다.

그저 딱히 부정할 필요도 없고 나쁜 기분도 안 드니까, 그대로 두고 있었다.

“어어, 왔나.”

공방에서는 드워프로 착각할 것 같은 노인장이 평소처럼 괴팍한 태도로 철 투구를 노려보았다.

“맡긴 갑옷의 정비는 안 끝났다. 뭐냐? 《분해》라도 뿜어대는 고블린이라도 나왔냐?"

"아니."

"그렇겠지. 그런 고블린은 있을 리가 없어."

바위를 깎아내는 것처럼 웃는 노인장하고도, 꽤 오래 알고 지냈다고 새삼 생각한다.

물약을 비롯하여 소모한 장비를 이것저것 주문하자, 노인장이 익숙한 기색으로 물품을 내주었다.

꺼낸 물품을 늘어놓고, 하나씩 가격을 고하면서 한쪽 눈으로 찌릿 노려보았다.

"너 말이다. 가끔은…… 명검이나 명품 같은 거라도 안 살 테냐?"

"그 남양식 투척 나이프는 잘 쓰고 있다만."

"그러냐."

흥. 노인장은 코웃음을 친 다음에 「뭐 좋다」라고 낮게 으르렁거리듯 중얼거렸다.

"무명의 명품 같은 것도 《죽음의 미궁》에서는 꽤 활약했었다."

"그랬었나."

"그럼."

고블린 슬레이어는 그다지 흥미가 없는 일이었다. 영웅담은 좋아하지만, 상관없는 이야기다.

지갑에서 금화, 은화를 꺼내 늘어놓자 공방 안이 문득 갑자기 소란스러워졌다.

힐끔 철 투구 안에서 눈을 움직이자, 도제와 수인 여급이 뭔가 꺄아꺄아 들떠 있었다.

"야, 이거 좀 너무 크지 않아?"

"그럴까아? 내 사이즈로 짠 건데."

"있잖아, 너 말야……. 뭐 고맙게 받기는 하겠는데……."

"요전의 음료수도 맛있었지?"

"갑자기 떠넘기는 건 대체 뭐냐고, 정말로."

아무래도 수인 여급이 옷을 떠넘겨서 도제 소년이 입어본 모양이다.

이곳저곳 실이 풀려 있고 조금 자락이 부족하지만, 그러나 불만은 없는 것 같았다.

저 두 사람이 사이가 좋았던가, 고블린 슬레이어는 새삼스레 생각했다.

생각해 보면 여러 사람에게 관여하게 됐지만— 아직 모르는 일이 많은 법이다.

그리고 그것은 당연한 것이다.

사람 한 명의 모든 것을 아는 일 따위, 도저히 간단히 할 수 있는 일이 아니리라.

"그것 참, 땡땡이를 치면서 하는 꼬락서니 하고는."

깨닫고 보니 노인장도 탁자에 팔꿈치를 괴고서, 재주꾼이라도 구경하는 것처럼 둘을 보고 있었다.

"……너도, 조금은 몸가짐을 신경 써보는 게 어떠냐?"

"그런가?"

"아까도 엘프 여자가 돌격검을 사갔는데 말이다. 신입이고, 뭐 괜찮은 여자였다."

좀 백분 냄새가 났다만. 그런 감상에, 고블린 슬레이어는 「흠」 하고 중얼거렸다.

다소 계절에 안 맞긴 하지만, 딱히 어느 시기든 상관없이 신입 모험가는 나타나는 법이다.

별로 신경 쓰지 않으며, 고블린 슬레이어는 대금을 지불하고 다시 길드로 발을 들였다.

역시— 모험가는, 많다.

본격적인 겨울이 오기 전에 마지막 성수기라 그런지, 다들 모여서 소리를 내고 있었다.

"오오, 이건…… 술인가?! 이봐이봐, 나를 뭐라고 생각하는 거냐? 네놈은."

"필요 없으면 다시 내놔."

"아니, 받거든? 한 번 받았으니 이건 이제 내 거다."

중장 전사와 여기사가 소란을 피우는 것을, 소년 척후에 소녀 무술사가 기가 막힌단 기색으로 보고 있었다.

그 옆에 서 있는 하프 엘프 검사가 이쪽으로 눈인사를 하는 것을 보고, 고블린 슬레이어도 고개를 숙였다.

그리고 그들 옆을 지나치자, 문득 거리낌없는 기색으로 누가 어깨를 두드렸다.

"정말이지, 저 녀석은 그거지. 조금 더 센스가 있는 걸로 못하나 모르겠다."

"그렇군."

고블린 슬레이어는 싱글싱글 웃는 창잡이에게 수긍했다.

"너도 좀 근성을 보여봐라. 남자는, 은근히 그런 걸 보여주는 게 좋다니까."

"그런 건가."

"그런 거다."

그렇다면, 창잡이는 뭔가 마녀에게 선물이라도 한 것일까?

그 생각을 하고 있는데, 저쪽에서 육감적인 몸을 과시하는 걸음걸이로 그녀가 다가온다.

볼이 장밋빛으로 물든 것을 깨닫지 못할 정도로, 고블린 슬레이어의 관찰력은 낮지 않았다.

"어, 머……."

마녀가 긴 속눈썹을 깜빡였다.

"이야기, 하는…… 중이었, 어?"

"아니, 단순한 잡담이야."

그렇게 말하고, 창잡이는 육식 동물이 떠오르는 유연한 움직임으로 고블린 슬레이어와 떨어졌다.

"또 보자, 고블린 슬레이어. 우리는 이제부터 모험(데이트)이거든."

"그런가."

고블린 슬레이어는 천천히 고개를 끄덕이고, 무슨 말을 해야 할까 희미하게 낮은 신음을 했다.

"……조심해라."

"말할 것도 없지."

창잡이는 씨익 송곳니를 드러내더니, 손을 흔들고 상쾌하게 걸어갔다.

"또, 봐."

마지막으로 마녀가 돌아보면서 속삭이더니 희미한 미소를 짓고 떠나갔다.

무슨 선물을 했는지— 물어보는 건 못난 짓이리라.

그 정도는, 고블린 슬레이어라도 알 수 있었다.

§

"오르크볼그, 늦었어~!"

리자드맨 승려에게 뭔가 핀잔을 주고 있던 엘프 궁수가 퍼뜩, 고개를 들고 외쳤다.

평소와 같은 대합실, 한구석. 그의 정위치였던 장소는 그들의 정위치가 되어 있었다.

딱히 언제나 다섯 명이 있는 건 아니다. 그러나 네 사람의 모습이 있는 것은 좋은 일이었다.

성큼성큼 평소와 같은 발걸음으로 다가온 고블린 슬레이어가 「그런가」 하고 응답했다.

"늦지 않았다고 생각했는데. 미안하다."

"신경 쓰지 말거라, 카미키리마루. 이 길쭉귀 녀석이 멋대로 일찍 일어난 것뿐이다."

"뭐 어때. 요즘 들어서 다들 여기저기 어수선했으니까, 오랜만이잖아?"

"엘프가 그리 경솔하게 오랜만이란 말을 좀 말거라."

드워프 도사와 엘프 궁수는 시끌벅적, 평소와 같은 대화도— 그러고 보니 오랜만이던가?

고블린 슬레이어는 그 대화에 귀를 기울이면서, 남은 얼굴을 보았다.

긴 의자에 앉지 않았지만, 느긋하게 쉬는 기색의 리자드맨 승려.

그리고 무릎 위에 손을 모으고, 오도카니 앉은 여신관.

"무슨 문제라도 있었나?"

"아니, 아무것도 없었다네. 소승들은 단순한 심부름이었으니."

리자드맨 승려가 천천히 그 기다란 목을 좌우로 흔든 다음, 기괴한 손놀림으로 합장을 했다.

"신관 선생과 엘프 선생이, 아무래도 공덕을 쌓은 듯 하네. 그 이야기를 듣고 있었지."

"고, 공덕이라뇨. 그건……."

여신관이 올라간 목소리를 냈다.

"대단한, 일은……."

아닌 것도 아닐지도 모르지만요. 쑥스러운 기색으로, 그녀는 그렇게 중얼거렸다.

분명히, 엘프 궁수와 함께 어느 요새로 갔었다고 했던가.

보아하니 새롭게 받았던 청옥의 인식표에도 희미한 상처가 생기고 지저분해져서, 이제 제법 그럴 듯해졌다.

본인은 얼마나 깨달았을지 모르지만— 경험이란 이런 것이 틀림없으리라.

"고블린 슬레이어 씨 쪽은, 어땠나요?"

"고블린 퇴치가 아니었다."

그것만은 틀림없다. 고블린 슬레이어는 자신이 아는 범위의 정보를 단적으로 말했다.

"그 뭐라고 했던, 묘한 괴물이 있었다. 전에도 싸웠었다만, 역시 수고가 들더군, 그건."

"네에……."

여신관은 고개를 갸우뚱 기울였다. 오우거나, 데몬이었던 걸까요? 하며.

"우우."

이제 슬슬 드워프 도사에게서 떨어진 엘프 궁수가 불만스레 입술을 삐죽거렸다.

"조금 더 자세하게 얘기를 해봐. 시작부터 시작해서, 끝이 와서 끝날 때까지."

"나는 말을 잘 못한다."

"그리고 오르크볼그가 멋대로 모험에 가는 건 좀 마음에 안 들어."

"멋대로는 아니라고 생각한다만."

"멋대로 맞아. 어차피 오늘도 『고블린이다』가 될 거잖아?"

"그렇다만."

"이렇다니까."

아~아. 엘프 궁수는 하이 엘프답지도 못하게, 그러나 그에 걸맞은 우아함으로 다리를 흔들었다.

그렇게 말은 하면서도 음색은 뾰족하지 않다. 표정도 밝고—「못 말리겠네」라는 식이다.

"그러면, 얼른 다녀오셔요. 기다려 줄 테니까."

"그래."

고블린 슬레이어는 철 투구를 세로로 흔들고, 돌려서 접수처 쪽을 확인했다.

아무래도 아침 의뢰는 대부분 처리된 기색이니 문제없을 것 같았다.

고블린 슬레이어는 여전히 거침없는 발걸음으로 접수처를 향했다.

접수처 너머에서는 이것저것 바쁘게, 접수원 아가씨가 생쥐처럼 움직이고 있었다.

그런 그녀가 문득 이쪽을 발견하고서, 땋은 머리를 꼬리처럼 흔들며 빙글 돌아보았다.

"어머, 고블린 슬레이어 씨!"

척척. 이미 미리 분류를 해두었을 것이다. 그녀는 몇 가지 서류를 안고서 자리에 앉았다.

맞은편에 앉은 고블린 슬레이어가 들여다보니, 과연, 역시 고블린이다.

"바빠 보이는데, 괜찮나."

"언제나 바쁘기는 바쁘니까요."

접수원 아가씨는 무심코 나온 것처럼 쓴웃음. 사람은 눈에 띄는 것에만 신경을 쓰게 되는 법이지만.

"세상의 위기도 있었고, 고블린도 나오고, 물의 도시에서도 소동이 있었고……."

"그런가."

"네, 큰일이에요."

생글생글 표정을 무너뜨리지 않은 채, 접수원이 살짝 울적한 숨을 내쉬었다.

고블린 퇴치는, 뭐 늘 있는 것이다.

신입 파티 하나에 고블린 소굴 하나. 이런 우스갯소리가 딱히 틀린 것도 아니다.

대개는 간단히 정리된다. 그렇지 않은 것이 조금. 그리고, 그것 말고 모험이 산더미 같다.

"그리고 올해 동짓날에는 또 다른 행사를 하자는 이야기가 나와서—."

"그런 건가?"

"네. 그래서, 저기."

접수원 아가씨는 뭔가 말을 망설이듯 말을 흐리고 꼬물꼬물, 그 땋은 머리칼 끝을 손가락으로 만지작거렸다.

"어쩌면, 도움을 부탁드릴지도 모르겠는데요……."

"나는 상관없다."

딱히 고민할 필요도 없이, 고블린 슬레이어는 담담하게 응답했다.

평소에 신세를 지고 있다면 뭔가 답례를, 이것은 창잡이의 말이었던가?

—이치에 맞는다.

그렇게 생각한 것이다.

고블린은 아니겠지만, 고블린을 사냥하는 것은 자신의 사명에 지나지 않는다.

고블린 퇴치만 해서 세상이 돌아가는 것이 아니다. **그런 것은 당연한 일이다.**

"돕도록 하지."

그렇게 말하고, 그는 — 보기 드물게 — 주저하는 기색으로 덧붙였다.

"나라도 괜찮다면."

곧장 접수원의 얼굴에 확 빛이 밝혀지고, 꽃봉오리가 흐드러지는 것처럼 볼이 풀어졌다.

그렇지만 그녀는 역시 직무에 충실해서 어흠, 귀여운 헛기침을 한 번.

"그러면, 저기, 오늘은 어떤 용건이신가요?"

장난스레, 괜히, 일부러 딱딱한 식으로 물어보자 고블린 슬레이어는 응답했다.

"고블린이다."

■작가 후기

안녕하세요! 카규 쿠모입니다.

고블린 슬레이어 12권, 즐겁게 읽으셨을까요?

고블린이 나왔으니까 고블린 슬레이어 씨가 고블린을 퇴치하러 가기까지의 이야기였군요.

한껏 열심히 썼다고 생각하니, 즐거우셨다면 다행이겠습니다.

그런데 12권, 깜짝 놀랐습니다. 각성해서 마지막이 되어 새벽하는 것이 세 권 전이잖아요.

이번에는 단편집이라서, 이런저런 모험가의 이런저런 모험이라는 느낌이 됐습니다.

실제로 세계라는 것은 알고 있는 부분보다 모르는 부분이 더 많은 법이죠.

그도 그럴 것이 모험이라고 하면 고블린 퇴치보다도, 다른 것들이 잔뜩 있으니까요.

세상을 구하기 위해 악한 마법사를 날려버리는 것도, 대도회지의 그림자를 달리는 것도 모두 모험입니다.

……이런 느낌이 드는 것은, 언제나 말하는 것이니 반복하지는 않겠습니다만.

예를 들어서 이번에 고블린 슬레이어는 코미컬라이즈나 TRPG,

TV 애니메이션에 이어서 극장 공개입니다.

그러면 당연히, 자신이 직접 알고 있는 사람들 말고도 수많은 사람이 연관되는 법입니다.

작품 본편의 제작에 연관되어 주신 사람도, 제가 모두 알지는 못합니다.

홍보나 기획 같은 걸 담당해주시는 분, 전단지나 판촉물을 제조해주시는 분. 영화관 여러분.

외국에서도 연관되어 주시는 분이 있으니, 분명히 제가 상상하지 못하는 업종 사람도 있겠죠.

그리고 물론, 이렇게 책을 손에 집어주신 독자 여러분 덕분이기도 합니다.

웹판 무렵부터 응원해주시는 분들이나, 정리 블로그 관리인님. 친구들.

극장 공개는 물론, 이 책 한 권만 해도 대단히 많은 사람 덕분에 세상에 나오게 되는 겁니다.

칸나츠키 선생님이나, 편집부 여러분에게…… 어이쿠, 이것까지 꼽아보자면 페이지가 아무리 있어도 부족합니다.

이렇게 되면 도저히 「나 혼자의 힘으로 해냈다」라고 말할 수가 없죠.

만약 「카규 쿠모는 혼자서 극장 공개까지 해냈다」라고 말하는 사람이 있으면, 그건 아니라고 말할 겁니다.

참으로 저는 좋은 인연이 많았고, 참으로 고마운 일이라고 생각하고 있습니다.

진심으로 감사합니다.

다음은 드디어 13권이 됩니다.

아마도 고블린이 나와서 고블린 슬레이어 씨가 고블린 퇴치를 하는 이야기가 되겠죠.

앞으로도 한껏 열심히 쓸 생각이니, 즐겨주시면 기쁠 겁니다.

그러면, 또 봬요.

■역자 후기

야~야~야~ 똥손이 뭐 어때서~ 소울하기 딱 좋은 손인데~.

안녕하십니까! 불초 역자입니다. 타 작품 후기에서는 이미 여러 번 우려먹은 발 부상 소식입니다만, 고블린 슬레이어는 지난 권을 보니 다친 직후가 아니겠습니까? 그래서 가볍게 보고를 해보자면 입원, 퇴원, 목발을 거쳐 지금은 일단 제 발로 걷고 있습니다. 그러나 아직도 아프군요. 회복에 1년은 걸릴 거라고 의사 선생님이 그랬으니 올해는 얌전히 집에 틀어박혀서…… 어라? 언제나 틀어박혀 있잖아? 이 시국 때문이 아니라 언제나 자가격리 상황입니다. 어? 이것은 눈물?

아무튼 그렇기 때문은 아닙니다만, 집에 틀어박혀 있으면 무슨 낙이 있겠습니까? 애니를 보거나, 게임을 하거나 뭐 그렇지 않겠습니까? 역자 후기 첫 문장에서 눈치 채신 분들이 있겠지만 결국 그 외팔이 늑대가 됐습니다. 난이도 극악하기로 유명한 그 제작사의 닌자입니다. 이것도 타 작품 후기에서 언급을 했던 건데, 본래 일본어가 가능하다는 점을 살려서 게임을 일어판으로 하며 상세한 해설을 해보려고 했었습니다만 하다 보니 그건 뒷전이고 난이도에 분통을 터뜨리게 되었죠. 그 이후의 이야기를 해보기로 하겠습니다.

인간의 적응력이란 위대합니다. 아무리 어려운 게임이라고 하더라도 인간은 결국 적응을 하는 법입니다. 워낙 똥손이라 분명히 아무리 시간이 지나도 어렵긴 합니다만 하다 보면 그래도 똥손조차 할 만한 정도로 보이게 되니까 참으로 위대하다고 해야 할 겁니다. 그래요. 요령을 좀 알겠더군요.

다만, 그 요령이라는 게 플레이 타임 80시간이 필요했을 뿐입니다.

고작 80시간 말이죠. HAHAHAHAHA!!!!

너무 한 거 아니냐. 아니 어떻게 게임이 플레이 타임이 80시간이 되어서야 요령을 좀 알 수가 있단 말입니까? 역자는 이런 게임을 붙들고서 난이도 때문에 쌍욕을 입 밖에 내지 않은 자신이 자랑스럽습니다. 진짜입니다. 다른 이유로는 했지만요. 그래도 게임의 난이도 자체에 쌍욕은 안 했어요. 쌍욕은…….

당최 이런 게임 하면서 난이도 더 올려서 하는 변태들은 대체 무슨 변태들인지 모르겠습니다. 다만 역자도 일단은 변태라서요. 가능성이 보이니까 병이 도져서 도전 과제는 전부 클리어 하고야 말겠다는 목표에 그만 불타오르고 말았습니다. 그래서 어쩔 수 없이 2회차는 하지만, 내가 결단코 3회차는 안 하리라. 두고 봐라.

그나마 다행인 점은, 25퍼센트 할인에 낚여 예구한 무슨 발렌타인 양의 좀비 도시 탈출기가 발매되기 전까지는 달성이 될 것 같다는 점이군요. 이번 작에서는 도전 과제나 특전 해금에 타임 어택을 강요하지는 않아주면 참 좋을 것 같아요.

아무튼 여러분도 아무리 어려운 일이라도 근성으로 도전해보시기

바랍니다. 결국 가능해질지도 몰라요.

그럼 역자는 또 다음에 뵙겠습니다!

고블린 슬레이어 12

초판 1쇄 발행 2020년 6월 20일

지은이_ Kumo Kagyu
일러스트_ Noboru Kannatuki
옮긴이_ 박경용

발행인_ 신현호
편집부장_ 윤영천
편집진행_ 김기준 · 김승신 · 원현선 · 권세라 · 유재슬
편집디자인_ 양우연
국제업무_ 정아라 · 전은지
관리 · 영업_ 김민원 · 조은걸 · 조인희

펴낸곳_ (주)디앤씨미디어
등록_ 2002년 4월 25일 제20-260호
주소_ 서울시 구로구 디지털로 26길 111 JnK디지털타워 503호
전화_ 02-333-2513(대표)
팩시밀리_ 02-333-2514
이메일_ lnovelpiya@naver.com
L노벨 공식 카페_ http://cafe.naver.com/lnovel11

ISBN 979-11-278-5580-2 04830
ISBN 979-11-278-4050-1 (세트)

값 9,800원